大魚讀品
BIG FISH BOOKS

让日常阅读成为砍向我们内心冰封大海的斧头。

到厨房去

忧伤的时候，

[土] 爱诗乐·沛克
Asli Perker
_著

韩玲 _译

soufflé

四川文艺出版社

图书在版编目（CIP）数据

忧伤的时候，到厨房去 /（土）爱诗乐·沛克著；
韩玲译.—成都：四川文艺出版社，2020.12
ISBN 978-7-5411-5825-4

Ⅰ.①忧… Ⅱ.①爱… ②韩… Ⅲ.①长篇小说—土
耳其—现代 Ⅳ.①I374.45

中国版本图书馆CIP数据核字（2020）第217956号

著作权合同登记号：图进字 21-2020-398

YOUSHANG DE SHIHOU, DAO CHUFANG QU

忧伤的时候，到厨房去

〔土〕爱诗乐·沛克著　韩玲译

出 品 人　张庆宁
策划出品　北京磨铁文化集团股份有限公司
责任编辑　陈雪媛
特约监制　冯　倩
封面设计　魏庆荣
责任校对　汪　平

出版发行　四川文艺出版社（成都市槐树街2号）
网　　址　www.scwys.com
电　　话　028-86259287（发行部）　028-86259303（编辑部）
传　　真　028-86259306

邮购地址　成都市槐树街2号四川文艺出版社邮购部　610031
印　　刷　河北鹏润印刷有限公司
成品尺寸　140mm×200mm　　　　开　本　32开
印　　张　10.25　　　　　　　　字　数　195千
版　　次　2020年12月第一版　　　印　次　2020年12月第一次印刷
书　　号　ISBN 978-7-5411-5825-4
定　　价　49.80元

献给罗克珊娜

如果在痛苦和虚无之间选择，我选择痛苦。
——威廉·福克纳

一

　　像每天早上那样，莉莉亚一迈出自己的房门扭头向右看，便知道有什么事情不对。即使阿尔尼花了很长时间把自己的屋子收拾得井然有序，上班前还要锁上屋门，以免妻子弄乱房间，他还是从来没有意识到自己总是把门口的基里姆地毯放偏到了左边。也许这就是莉莉亚每天早上在他上班离开后，总会用木屐拖鞋的鞋尖把地毯拖正的缘故吧。

　　他们的婚姻已经维系了三十多年，近几年来，他们都意识到，最明智的做法是各有各的房间，这样他们便可以既同住在一个屋檐下，又不干涉彼此的生活。唯一能证明他们曾经相爱过的，是阿尔尼每天下班回来在莉莉亚嘴唇上那轻轻的、优雅的、低调的一吻。而后接下来的几十分钟里，他们通常会坐在厨房中央案台周围的凳子上，吃莉莉亚准备好的美味晚餐，同时看看十三频道吉姆·莱勒[1]主持的新闻报道。虽然莉莉亚在美国这三十七年间已经变得像个真正的美国女人了，但那暗黑的肤色上黑碧玺般美丽的杏仁大眼，以及每餐必放生姜的习惯，仍在表明着她的菲律宾血统。

阿尔尼永远是个绅士，他总会对莉莉亚的厨艺赞美一番，而后起身刷自己的碗筷，再告辞回自己的房间。这也就意味着，四十五分钟的进餐时间过后，莉莉亚便又回到了自己的生活中。她要么在电脑前待一会儿，要么翻翻丈夫带回家的报纸。电脑放在橱柜内嵌的一块空间里，那是她专门留出来给自己做书斋的地方。每天晚上十点，她会听到艾德的脚步声，一旦这个高大的金发男人出现在厨房门口，莉莉亚便会叮嘱他要轻一点儿。艾德是个五十五岁的退休警察，十年来一直住在莉莉亚他们家的三楼，不过莉莉亚仍需要时刻提醒自己他住在这里。自从在一个商场当保安值夜班以来，艾德养成了每天晚上同一时间下楼的习惯，而这给莉莉亚的生活又增添了新的元素。在厨房凳子上坐上十五分钟吃完夜宵，艾德总会对带着探究神情的莉莉亚说，他着实喜欢这些饭菜，而后，他会因为自己稍稍填补了眼前这位六十二岁女人生活的巨大空虚而得意扬扬。

然而，也就仅此而已了。住在同一个屋檐下，也就只能把他们拉近到这样的地步了。比方说，莉莉亚从来没有勇气问这

---

[1]　吉姆·莱勒（Jim Lehrer，1934—2020），美国公共电视台（PBS）《新闻一小时》主播。

个几乎已经成为自己家庭一员的男人，周末都去哪儿了。好在她将膳食费包含在艾德每月支付的四百美元租金里，这样他们才有了交谈的引子。否则，艾德就会像只吃花生酱和果酱吐司的美国人那样，消瘦得如同幽灵一般。

多亏了莉莉亚生活里的这些常规琐事，那天早晨她才意识到有什么东西不对劲儿。阿尔尼门口的基里姆小地毯——那还是和他们住过一阵子的一位土耳其女人送的礼物——正不偏不倚地摆在原处，这只能说明阿尔尼还没离开自己的房间。即便如此，莉莉亚擅自进入房间之前还是敲了两次门。没有人回答后，她走进房间，却发现丈夫倒在了床右侧的地板上。他还穿着睡衣，莉莉亚无法判断他已在那里躺了多久。她既没有尖叫也没有惊慌，而是跑到自己房间，拿起电话，打了911。在电话那头的人询问她以了解情况的同时，她透过指尖感觉到了阿尔尼微弱的脉搏，这才意识到他还活着。

不久，寂静的街区传来了救护车响亮的长鸣。此前莉莉亚一直陪着丈夫。这时她走下楼，眼泪第一次夺眶而出。真正让她心痛的是，她想阿尔尼从床上摔下来时可能还尽量不弄出声音来。他为什么不像其他男人那样倒下时有很大声响呢？为什么他一定还要抓着床沿？莉莉亚确信，丈夫这样倒下一定是不想弄出声响：这该死的静谧！

在把门打开，让护理人员上楼后，莉莉亚含着泪朝邻居的房子看了看。没有人出来看，连掀开点窗帘的都没有。莉莉亚不愿意承认这种事没人管，她更倾向于认为，是邻居们都上班去了，或是送孩子去学校了。她是如何远离从前那种脾气暴躁的生活，进入这种平和状态的？她是如何让自己接受这种生活的？然而，她仍然无法让自己生气：无论是对邻居，还是对她丈夫，抑或是对自己的冷淡。她的愤怒是什么时候消失的？年轻的时候，她曾以为自己那一腔愤怒永远不会止息。在她以前拥挤的家里，打架如同拥抱、嬉笑一样平常。他们在一起的短暂时光里，屋里回荡着的，既有吵架声，又有笑声。派对会演变成打架，然后又变成派对，随后还会变成醉汉聚会和愤怒的狂欢，不过总是欢乐不断。在她吵闹的家里，总会有人让人抱怨、让人生气、让人自豪或被赶出家门，最后又会回来。

然而，在阿尔尼静谧的世界里，莉莉亚的家庭不过是个马戏团：一开始很搞笑、很有趣，一段时间后就会让人感觉太吵闹、太低俗了。有什么能比周日下午看场棒球赛更舒服的呢？然后安安静静地吃晚餐，什么噪声也没有，只能听到银质餐具的叮当声，或是他为数不多但充满智慧的笑话。有什么宝地能替代阿尔尼那安全、干净、整洁的房间呢？那里满是最重要的剪报，都被小心翼翼地夹在文件夹里。有什么菲律宾民歌能像美国公共广播公司播音员那稳重、自信的声音一样带给人快乐呢？每个圣诞夜晚餐后，妻子和她的家人们所讲的那些古老的精灵故事又怎样呢？这些人在美国生活了那么多年，享用着各种各样的技术和医药，甚至还开着最新型号的汽车，可是他们仍然相信树林里住着某些神秘生物这些东西。不仅如此，他们还认为把这些故事一代一代地传下去是件好事。阿尔尼无法接受，他也绝对不会让自己的孩子受这种无稽之谈的影响。以前他对这些年年都会讲一次的故事总是充耳不闻，不过最终他在孩子身上培养出了对平和与安静的热爱。实际上，他做得太成功了，所以，即使儿女们很少打电话，也很少来吃饭，甚至几乎从来不让他们老两口儿照看孙子、孙女，只是很偶尔地来上个把小时，他都很理解。虽然他不是亲生父亲，他们却百分之百地遗传了他的习惯。

然而，莉莉亚承认，总是一个人独自待在房间，这让她心碎欲绝，但又不能朝儿女们发火。为了两个孩子，她愿意放弃一切，做什么都可以，虽然他们并不是莉莉亚怀胎九月所生。经过各种行政手续，她好不容易把他们从越南带到这里，花了很多钱让他们恢复健康，让他们上最好的学校。更重要的是，她为了两个孩子放弃了自己的生活。刚结婚不久的时候，他们住在曼哈顿，莉莉亚出众的美貌和创造力帮助他们进入了各种社会圈子，让他们成为每个派对的座上宾。她得以在这些派对上向一些重要人物展示自己的画作，并由此在一般人很难接近的美术馆里举办了画展。她喜欢待在这个满是知识分子和放荡不羁的艺术家的世界里。收养孩子后，他们搬离城市，来到这个有花园和很多房间的大房子里。这当然是阿尔尼的主意。似乎这是理所当然的，有孩子的美国家庭都这样。除此以外，两个孩子经历了太多的创伤，需要一个安静、稳定、平和的地方。不用阿尔尼说，莉莉亚也知道曼哈顿不是这样的地方。于是，莉莉亚妥协了。每次都是这样。

最终，他们被撇在了这个有七间卧室、四个卫生间，不知道有多少橱柜的大房子里，而这房子原本是为两个孩子买的。莉莉亚一个人无法打扫那么大的地方，以前请的墨西哥阿姨又总是干活不利索，以致房子里满是灰尘，而窗户上那层厚厚的灰尘已经很难让人看清外面的花园了。现在，他们辛辛苦苦养大的孩子都不愿意把自己的孩子带到这儿来，哪怕一个小时也不肯，都嫌这房子太脏了。

对讲机里的声音把莉莉亚带回了现实。护理人员用担架把六十岁的阿尔尼抬进救护车，莉莉亚也跟着上了车，坐在他旁边，握着他的手。伴着救护车回响在纽约郊区那空旷大街上的长鸣，他们驶向了医院。救护车内的静谧并没让莉莉亚觉得不自在，毕竟，她已经在这种氛围中生活了很多年。

* * *

同时，在早六个小时的时区，马克正要打开公寓的大门，手里还提着一个小蛋糕盒。每周五他都会早早地离开画廊回家。走到蒙日路时他总会到马路右手边的法式蛋糕店买两块甜点，而后便加快脚步，这样就可以更快地和爱人、相伴二十二年的妻子克拉拉相聚了。每当他走到楼梯口的时候，总会迫不及待地去闻一闻那由自家公寓一层的门缝散发出来的咖啡香气。多年前的一趟纽约之行中，他们发现了滴漏式咖啡，从那以后就把欧洲人最珍爱的卡布奇诺放到了一边，转而迷恋起香草咖啡来。

他们从结婚以来就一直住在同一个公寓里。这是个一居室的房子，厨房最宽敞。克拉拉从小就喜欢下厨，所以厨房是她待得最久的地方。可以毫不夸张地说，厨房是这个公寓最吸引人的地方，里面摆放着鲜花、绿植和饰品，中央有一张餐桌，角落里还有个小电视。他们的客厅俨然是一个图书馆，架子上整齐地放满了书，他们经常挑一本坐在厨房里读。马克对此从来不抱怨什么，每天晚上都乐呵呵地跟随妻子回到卧室，闻着她身上混带着食物气息的香水味，而后睡意便来了。这份愉悦，世界上任何东西都无法交换。

刚结婚不久的时候，他们约定有孩子后就搬到大一点儿的公寓去，至少要有两间卧室。他们甚至还猜测有没有可能再找个有这么大厨房的，最后他们再也没必要找新公寓了。他们一直想要孩子，从未放弃，也从未绝望过，但后来要用药，要注射荷尔蒙，便放弃了。朋友们建议他们收养，他们也没接受。他们从没对任何人说起过，其实克拉拉想要的是一个小马克，而马克想要的是一个小克拉拉，收养的孩子是不符合这种想法的。相反，他们从彼此身上找到了快乐，他们自己就像是长不大的孩子。出行的路线一年比一年长，每过一天他们也更快乐一点儿。克拉拉每天在厨房里忙碌着，厨艺见长，而马克则坐在角落里，浸在她的温暖中，读着自己的漫画杂志：《流动的冰川》《哄堂大笑》《精神病患者》《波多伊》。

让克拉拉教马克记住蔬菜的名字或香料的味道，那是不可能的。头两次她让马克去农贸市场，均以失败告终。此后，她决定不再管他，把他当成自己最忠实的顾客。她觉得马克坚持每周五从法式蛋糕店买点什么回家的行为就是孩子气的表现，但她着实喜欢这样。每周一次，外头的一道道甜点让她沉醉不已，而自己做的却比不上，这让她十分苦恼。她把奶油舔到嘴里，留在味蕾上，一面感受着它在鼻子后的味道，一面琢磨着究竟自己的烘焙在哪里出了问题。

旅行多年，他们去了很多国家。克拉拉带回了菜谱，而马克带回了报纸、小说和漫画。他们两个都忘不了在伊斯坦布尔吃到的酿甜椒。有一次他们在希腊，马克说那里的酿甜椒和在伊斯坦布尔吃到的味道一样，克拉拉却强烈反对。虽然克拉拉试过多次，但怎么也烹制不出那种味儿来。她仿照土耳其人做赊贝饭卷失败后，又开始计划去土耳其的爱琴海地区度假。马克对克拉拉想要的或计划的任何事都不反对，他喜欢让自己完全适应克拉拉的生活节奏。幸福充溢着他们那间十六平方米的厨房，留驻在他的骨髓里。

　　他自己的画廊就在莱茵河对岸。他在里面也很快乐。画廊里出售的是漫画家的原作，那些漫画家出的书都是他从小就爱读的。那里什么都有：《幸运的路克》黑白页、《高卢英雄传》素描、《丁丁历险记》黑白页。画廊曾经名噪一时，全欧洲的漫画迷都慕名而来。实际上他赚了很多钱。即便是这样，克拉拉仍总会提到，自己在家做饭吃而不去饭店有多划算，马克每次听到都不免笑起来。只要他们愿意，每天去最好的饭店吃都没问题，但是这样的建议会打击克拉拉的生活理念。至少他说服了克拉拉，不用让他带午饭去上班了。每天中午十二点，他会锁上画廊大门，匆匆吃上一口，然后跑去自己最喜欢的漫画书店。他会关注每一本新书、每一位新漫画家。去纽约旅行的时候，看到那里的漫画产业那么兴盛，他十分震惊。两人还定了规矩，去完一家漫画书店就去一家饭店。当他看到每个月有那么多期漫画出版的时候，便会有些茫然，不知道读者是如何做到每期都追的。走在一排排书架间，欣赏着眼前这些书，马克甚至都想搬到这座纷乱的城市里来。为期十五天的旅行快要结束的时候，克拉拉抱怨，这里的农贸市场太小，鸡蛋黄的颜色太浅，牛奶喝起来味道也很奇怪。似乎这位巴黎美食家在纽约喜欢的东西只有咖啡。当然，和以往一样，她想怎么做他都奉陪。

马克手里拿着钥匙在门外等了一两分钟，他发觉空气中少了咖啡的香味，无论怎么嗅都嗅不到。他看了看表，现在是十点零三分，和每周五没什么不同。克拉拉不可能不做咖啡的，也不可能不告诉他一声就因为什么急事出去。克拉拉总会告诉他。就算他接到临时通知，要离开画廊到别处去，她也总会及时打电话，了解到安排上的变化。提着蛋糕盒的手，一阵刺痛，他忐忑地把钥匙插进门锁。一进走廊，就听到了《数字与字母》[1]的声音。除非有什么十分重要的事，克拉拉从来一期不落，而且总会和选手一样，在规定时间内根据给出的数字得到想要的结果。马克走进厨房，期望能看到已把一切抛到脑后的妻子正在那儿纠结于数字问题。然而，克拉拉正右侧身躺在厨房的操作台前，之前抱着的咖啡罐在地上摔得粉碎。现在马克能闻到香草咖啡的气味了。他泣不成声，两根手指按在妻子纤细无比的手腕上。没有脉搏了。他摸了摸她优美的颈部。也没有脉搏了。打完必要的电话后，他在妻子身边躺了下来，呼吸着她留在身后的气息。

*   *   *

四点十分，比巴黎时间早一小时。电话铃响起的时候，菲

---

[1] 一档法语电视游戏节目。

尔达看着墙上的钟表笑了起来。压力锅刚开始冒气。她高兴地把火调小,定时二十分钟,这样她就可以心无杂念地和女儿通话了。欧瑜生活在巴黎,每周五同一时间下班回家前都会给她打电话。她说一周工作结束后给妈妈打电话,才会有个快乐的周末。她会向菲尔达问每个人的情况、发生的所有事情,几乎不放过她因为不在而错过的所有细节。她姑姑好吗,她叔叔好吗,打架的堂兄弟和好了吗,舅舅还住在那所房子里吗,还是搬到其他地方去了……她想知道所有的事情。有时她会问街对面熟食店里蜂蜜的价格,或是家门前的大树有没有被修枝,有时又会问菲尔达怎么腌芹菜根。

菲尔达不明白,在巴黎生活了六年的女儿竟会对这里的蜂蜜价格或大树修枝感兴趣,但她从来不需要女儿解释。能尽可能多地和女儿说说话,她就很高兴了。而且,这使她感觉,仿佛她们仍住得很近,仍然有相同的喜忧,这对避免她发疯地去想宝贝女儿很有帮助。女儿总是说着同样的话:"只有三个小时的飞机,想来就来了,我也可以去伊斯坦布尔啊。只要你愿意,完全可以在这儿吃早饭,回去吃晚饭。"菲尔达无法对女儿说为什么这样行不通。当妈的永远不会那样做的。她想让女儿住在楼下或对门,想早晨去她那儿喝杯土耳其咖啡,或为她做点饭,这样女儿下班累了回家后就什么都不用干了。她帮了儿子、儿媳很大的忙,替他们看小孩儿,为他们做饭。他们只要晚上来这儿,端起盛满饭菜的保鲜盒就可以吃。由于她的帮助,儿子一家人从来没有低血糖之类的毛病。然而她永远无法对女儿说这些。如果说了，真主保佑，女儿可能会因为害怕一辈子受束缚而离她更远。

实际上，她理解为什么欧瑜要搬去欧洲。她第一次去巴黎看女儿的时候，就默默地想，要是自己出生在那里就好了。那是个美丽的城市。每条道路、每个拐角，都是一幅画作。交通系统很完善，走路也很方便。欧瑜带她去了农贸市场，从她眼里搜寻着认可的目光。菲尔达觉得这些市场也很漂亮。所有地方都像是一部法国电影，精致而高雅，但这里还是无法替代费纳佑卢的农贸市场。巴黎的农贸市场只有伊斯坦布尔农贸市场的十分之一大，但她无法否认自己着实喜欢这里的奶酪摊。在看过法国的各种奶酪后，她不得不承认，仅因见识过那些塞浦路斯奶酪、伊兹密尔图伦奶酪、卡塞里干酪、辫状奶酪就沾沾自喜，显得挺傻的。

在那间狭小的法国厨房里，她做了女儿最喜欢吃的菜——葡萄叶饭卷，欧瑜则给她秀了几样法式菜肴。菲尔达感谢真主赐给女儿好厨艺。要是她连莳萝和欧芹也分不清可怎么办呢？她知道很多女孩都那样。每当女儿打电话问她菜谱的问题时，她总是感觉很骄傲。她跟朋友们讲欧瑜有多喜欢做饭，连最难的菜肴都做。她想对朋友们说："她不会是那种做不出饭菜、填不饱丈夫肚子的小娇妻。"但是这话还是没说出口，因为她也不知道女儿要找的丈夫对此在不在乎。欧瑜看不上土耳其男人。菲尔达从电影里知道，法国男人的胃口和土耳其男人的一样大，但区别在于，法国男人自己做饭。他们不认为女人应该包揽所有的家务，这种观念来自另一种文化。欧瑜的做饭天赋可要浪费掉了，但是如果女儿真嫁给一个法国男人的话，这一点最不用她担心了。

菲尔达拿起电话，对每周一次的聊天感到很兴奋。她已盼望许久。

"欧瑜……"

"菲尔达太太？"

"是的，是我。"

"我是西玛，您母亲的邻居。"

西玛既是菲尔达母亲的邻居，又是她的房东，所以菲尔达无法确定这个电话是关于什么的。几天前她已经汇款交了房租，或许是出了她始料未及的问题，又或许是房租涨价了而自己忘了这码事？缺少维生素 B 就会健忘，她很确信这一点。

"对不起，西玛太太。我女儿一般会在这个时间从巴黎给我打长途，所以……抱歉，有什么事吗？"

"我想您该尽快赶过来。您母亲摔倒了，我想她摔骨折了。我听到了她的叫喊声，感谢真主，幸好我有她房间的钥匙。我必须得进去，抱歉。已经叫了救护车，我想车很快就会到的。您应该快点赶过来，或是直接去医院，我也不知道……"

菲尔达边说着马上就到，边挂上电话。关上炉灶后，她冲出了房门。她不停地自言自语道："希望不是胯部。"每个人都知道，一个八十二岁的人摔坏胯部意味着什么。

　　幸好她们住得很近。当年她弟弟决定结婚并暗示不会搬离和母亲居住多年的房子时，菲尔达想办法在自己住处附近为母亲租了一间小屋。多亏了这个决定，她须臾之间就赶了过去，和救护车同时到达。她的母亲，奈斯比太太，总喜欢夸大疼痛的程度，哪怕只是有一丁点疼。现在她几乎是乐在其中地呻吟着，好让整个世界都知道。菲尔达知道，自己最害怕的事情终于来了。母亲可能要搬来和他们一起住。谁知道要住多久呢？她明白，这一生最艰难的日子即将开始。

二

　　绿色的制服在医院白色的背景下显得格外扎眼。莉莉亚神情镇定，等着医生来到她面前。离家前情绪上的波澜起伏在救护车里就已经消失了，取而代之的，是一种奇怪而安宁的感觉。莉莉亚知道，如果他们对她说，他死了，她一定会坚强而镇定地挺住。实际上，她甚至不介意对自己承认，那正是她内心深处想要的结果。她感到疲倦了，多年来一直经受的感情上的疲惫一下子全都涌了上来。她想让这种有伴侣的孤独赶紧结束，这样整个世界就都知道她是孤独的了。过去三十年，阿尔尼似乎一直在她的生活里，而实际上他二十几年前就已经缩进了自己的壳里，迫使她陷入一种优雅的孤独中。

　　没错，两个孩子来了之后，最初几年他们确实像一家子，随后也过着一家人的生活。然而大约十年后，这种积极的生活方式最终还是灰飞烟灭了。孩子刚来的时候，一个八岁，一个九岁。他们经历了超乎自己年龄所应该承受的伤痛，莉莉亚和阿尔尼都无法接近他们，更糟糕的是语言也不通。所以在两个孩子学英语期间，莉莉亚和阿尔尼开始学越南语。他们四个人在屋里活动，手上总要拿着词典，努力学着他们所有人都很陌生的东西。最后，他们干脆习惯了一直沉默，所以后来即便两个孩子能流利地说英语了，也没有什么可说的了。手势和面部表情早已替代了语言。不管怎么说，在那之后不久——他们搬到美国的九年后——阿江就开始上大学了，比他小一岁的妹妹阿珰一年以后也上了大学。收养孩子十年后，莉莉亚、阿尔尼无法再和孩子一起生活，最后只是给他们支付学费和其他所有开销，而且不得不接受无法再和他们在一起过圣诞节和感恩节的现实。

两个孩子回家的次数急剧下降，偶尔打电话也只谈需要多少钱。后来有了互联网，电话便改成了电邮。这样，莉莉亚所习惯的为数不多的通话也从她的生活里消失了。阿尔尼对所有这些都不在意，他觉得其他父母和孩子也是这么过来的，他要很长时间才能明白这是两个孩子想要传递的一部分信息。然而，就连这也不能让阿尔尼相信莉莉亚的直觉。

几年后，莉莉亚在一次感恩节晚餐后喝着咖啡、吃着南瓜饼的时候提到了这件事。她说她认为感恩节非常重要，人们期待着偶尔能收到一份感激之情。两个孩子立刻明白接下来该说什么。这个机会他们已经等了很多年。阿珰先开了口，直接切入正题。她总比哥哥更凶悍，更容易生气。她指责莉莉亚和阿尔尼利用他们俩挣钱，她说他们明知从越南领养小孩的人是怎么从政府获得一笔补助的。说这话的时候，她的脸上完全是一副轻蔑的表情。有政府的帮助，莉莉亚从来都不用工作，不是吗？阿江不住地点头同意。莉莉亚听到这种指责的那一刻，感觉自己最终完全失去了面对各种困难时仍会升起并跳动的幸福感。她矢志不渝地相信人类的善心，但最终证明这是错的。同时，她没有给两个孩子看他们小时候在医院看病的费用单——那是阿尔尼认认真真收起来的，没有给他们看买房子每月的还款记录——那房子就是为他们买的，也没有给他们看兄妹俩上大学时成堆的交款收据。她没有告诉两个孩子，这些年政府给的钱连他们花销的三分之一都不到。那天晚上，她为自己那颗受伤的心疗愈的唯一方式，便是慢慢睡去。

那天傍晚送两个孩子离开的时候，阿尔尼亲了亲他们的脸颊。他并没有说："你们这么说对我们是不公平的，你们伤了妈妈的心。"相反，每到节假日和生日的时候，他还是继续给两个孩子，还有他们出生不久的宝宝们寄去一小笔钱。两个孩子此后再没有谈过此事。莉莉亚不知道阿尔尼是否和她一样，也觉得他们其实一直都在这两个孩子身上浪费着时间、金钱和感情。当他们夫妻俩各住各的之后，这个问题就和其他所有问题一起被埋葬了。

现在莉莉亚希望获得真正的自由。她想让某种神圣的力量割断她和丈夫之间的纽带。这根纽带她自己不会去割断，但只要它还存在，就会一直折磨她。她希望生活可以轻易地向她展示自己之前放弃的、害怕去做的事情。她想象着，如果自己的愿望成真了要做什么。首先，她应该去度假。她想去意大利，年轻的时候她曾去过那里，现在至少还能再呼吸一次罗马的空气。她迫不及待地想重新体验那些中断了但还有记忆的生活。她对生活、对他人都很慷慨，现在她想获得回报。她要立刻把那个又大又沉闷、落满灰尘的老房子卖掉，然后搬回曼哈顿去。就像从前一样，她要看遍所有电影，欣赏每一场百老汇的演出，整天泡在博物馆里。到中央公园野餐或是骑着单车游览，在这座城市都还不晚。去看自由女神像是第一要务——好提醒自己当初为什么要来这个国家、这座城市。

她来这座城市是要闪耀、要盛开、要画画、要感受生活。六十二岁的年纪，尤其是当前，她一点儿也不觉得自己老。她很健康，皮肤仍然很好，墨黑的秀发仍抗拒着变白。仿佛是天神赋予了她强健的体魄，好让她最大限度地享受生活。她对他人或许已经失去了信仰，但对自己没有。她要给兄弟姐妹们打电话，安排和他们一起去旅行。她要多说菲律宾语，学着从一个旅游者的视角来看美国。她精力充沛、满怀希望，这让她对自己感到自豪。一丝微笑掠过脸庞，与她那宽阔的脸颊很相衬。她站在那里，面带着借由刚发觉的隐秘愿望所带来的喜悦去迎接医生。那位医生误解了莉莉亚脸上的喜悦，他微笑着说：

"您丈夫目前已经稳定了。他脑部有轻微的脑血管损伤，导致了局部麻痹。庆幸的是，没有造成太大伤害。他的左半部分身体很弱，我们不确定这种状态会持续多久，也不确定他是否还能正常行动。不过，我会写下所需的身体和心理治疗项目，他应该立刻就开始这些治疗。您往后要有些艰难的日子了，您二位都是。我相信您也需要一些心理上的帮助，我们稍后再进一步详谈。先这样吧，您最好回家休息一下。他出院后，您会有很多事要做。"

莉莉亚脸上的微笑僵住了。医生走后，她愣了半天，试图从"他的左半部分身体很弱"这句话中恢复过来。她瘫坐到身后的椅子上，感觉半分钟前浑身充满的力量顷刻间都从指尖流走了，只剩下一个空壳。"六十二"这个数字现在在她脑海里不停地跳动着。她感觉自己老了，太老了。她不知道该先给哪个孩子打电话。虽然阿玛是两个孩子中较好斗的，但她从不掩饰自己跟阿尔尼更亲。她把绝大部分愤怒都指向了莉莉亚，对阿尔尼则像对待故事里的一个受害者，仿佛他和所有这些愤怒都没有关系。也许她只是在行使与生俱来的憎恨母亲的权利，就像所有女孩到了一定年纪后那样。如果她是莉莉亚的亲生女儿，她也会找到其他理由来和莉莉亚对峙的。

莉莉亚拿起手机，极不情愿地看了几分钟。从家里走得匆忙，她没带老花镜，所以只能把胳膊伸到远处，仔细分辨屏幕上的名字。她真希望自己是一个能记住女儿电话号码的母亲。多年来，她想给予的母爱都藏在心里，变成了一种深深的伤痛。

最后她找到了那个号码，颤颤巍巍地按下了呼叫键。阿珰在她们之间拉开的距离足以让莉莉亚不愿去打这个电话，虽然这对莉莉亚来说完全有利。想着要听到电话另一端女儿那气急败坏的声音，她感觉心脏都要犯病了，这也是阿珰不接电话时莉莉亚感觉如释重负的原因。她很清楚，那个年轻女人出门从来不会落下手机，她不接电话仅仅是因为屏幕上出现的名字。她没时间和那个所谓的母亲说话。当听到女儿语音信箱留言提示时，她没留任何信息。她想这应算一种惩罚了。她知道，如果阿珰认为事情很重要，会打过来的。莉莉亚相信，这个脾气暴躁的年轻女人一定会因为没被告知如此重要的消息而冲她大声喊叫，不过莉莉亚还是选择给阿江打电话。几声电话铃响后，她听到了儿子倦怠的声音，明显一个字都不情愿吐出来。"你好，莉莉亚，还好吗？"他问。莉莉亚现在后悔让孩子在青少年时期就开始直呼她名字了。那个时候她根本不想取代他们母亲的地位，所以从来没谈过这个问题。而且，对自己名字负责的是她，"莉莉亚"是她最喜欢的百合花的名字，她希望有尽可能多的人这样叫她。越多人叫她莉莉亚，她就越觉得自己像是一枝百合花。

她出生时的名字叫"曼格格威"，那是菲律宾疾病之神的名字。这位女神能够治愈疾病，帮人疗伤，把人们团结到一起。她是个谈判者，在蒲甘文化中处于颇受尊敬的地位。有些人说，她只是披着救世主的外衣到处传播疾病，但是莉莉亚对这种解释全然不理会。她喜欢曼格格威。小时候看到人们得了病，她会紧闭双眼，把小手放在他们疼痛的部位，试着给他们治病。不巧的是，美国人并不接受这个名字。他们想简写一番，但这样一来就把整个名字全毁了，意思也完全变了样。所以莉莉亚自己选了一个名字。后来在她参加的派对上，她了解到，E. M.福斯特的那本《天使不敢涉足的地方》里有个人物叫莉莉亚。那些派对上的知识分子总会问，她的名字是不是来自那本小说。她立刻读了那本书。看到书里赋予这个名字的意义后，她感到害怕。书中的莉莉亚是一个富有自由精神的女性，她去了意大利并爱上了这个国家，同时还爱上了一个比她小的男人。可悲的是，她年纪轻轻就因为难产死了。名字的寓意便是"毫无理由地消逝"，正像百合花一样。

莉莉亚和其世代的祖先一样，相信名字会影响人的命运，不过她说服自己说，这种信仰只适用于出生时起的名字，就不再害怕了。然而一生里有那么一两个阶段，她仍会忍不住去想这个迷信的说法。她的命运不就像百合花吗？她不就是一年年一点点衰败的吗？她不就是因为随随便便对待自己的信仰而给自己带来不幸的吗？两个孩子刚来美国的时候，她和阿尔尼曾试着给他们起个美国化的名字，但是在那个语言不通的时期，他们无法解释自己的意思，最终只好放弃，继续叫原名。他们想，等时机成熟了两个孩子自会改名的。然而，两个孩子却对他们的原名越来越忠诚。或许是因为他们的名字是从前生活所留下的唯一东西吧。"江"是越南一条大河的名字，"珰"是美丽的意思。两个孩子都曾坚定地教人们怎么正确讲出他们的名字。莉莉亚有时觉得阿珰和很多人一样，在这个问题上很鄙视她。她觉得在阿珰眼里，她是个背叛了自己身份的人，而这并不完全是错的。

"你好，阿江。有个坏消息。阿尔尼病了。他……呃……有血栓，在大脑里，有点类似中风。现在他在重症监护病房里，我们在圣约瑟夫医院。"

"天哪！这是什么时候的事？"

"今天早上九点十分我发现了他。出血或者其他症状什么的，应该更早一点儿。"

"你怎么不早点打电话？"

"对不起，我没有时间，我也刚镇定下来。"

"好吧，今天下班后我过去看看。阿珰知道这件事吗？"

"我给她打电话了，但是没人接。"

"我会告诉她的。我不确定她今天能不能过去，晚上她公公婆婆去她家吃晚饭。不过我一定会过去的。"

挂上电话的那一刻，莉莉亚真希望自己没打过这个电话。最让她难过的是，两个孩子每天都会和彼此联系，他们知道彼此的安排，甚至买的房子都离得很近。他们只对她和阿尔尼保持这种疏远的关系。她那亲爱的儿子说下班后过来看看。而实际上，他是一家保险公司的主管——这得益于他们掏钱让他受教育。他想什么时候离开办公室都可以，尤其是现在这种时候。

但他说只能下班后过来。他竟然还敢质问她为什么不早点打电话，而她还和以前一样怯怯地回答，向他道歉。她把手机塞到连衣裙的口袋里，双手都在颤抖。有好一阵子她想哭，因为气愤，眼泪在睫毛边上打转。她站起来，在模糊一片的走廊里摇晃着朝门口走去。她想回家，想尽快摆脱肠胃里医院那难吃的食物。她特别想吃炖菜，就像小时候每次不开心或很疲惫的时候那样。那种类似卷心菜汤炖土豆、猪肉和鱼露的食物，正是她现在所需要的。

在家门口下了出租车后，她没有走正门，而是径直朝侧门走去，那里直接连着厨房。一跨入房间，厨房那种熟悉的香味立刻包裹住她，安慰着她，把她揽入怀中，去治愈她全部的伤痕。

*   *   *

马克站在克拉拉的衣橱前，要选一套她穿的衣服。他一打开衣橱门，妻子的气息立刻扑面而来，唤醒了他所有的情感记忆。他以为自己能控制住的。他甚至不知道，前一天在他们把克拉拉那没有生命迹象的身体带走后自己哭了多久、睡了多久，或是都做了些什么。他隐约记得人们在他周围说着话，知道已经安排了一家殡仪馆料理一切后事。他还记得自己用一杯水吞了两个药片。他没注意到所有人都回家了，只剩下他一个人。

唯一确定的是，他要找一套衣服带去殡仪馆。

　　马克总觉得在敞开的棺材里放死尸是件很奇怪的事情。实际上，每次他和克拉拉去参加葬礼后总会谈及此事，并相互保证不会让彼此的葬礼如此。两人都不知道，这一天竟然来得这么早。他们一直以为两人会在年老的时候相继死去，并且所有的原则都是建立在这个想法上的。

　　事与愿违，马克突然间发现自己一个人守着克拉拉冰冷的尸体。他只有五十五岁，而克拉拉只有五十二岁。在他摆脱抗抑郁药物作用之前，所有的后事就都已经安排好了。他怎么向克拉拉解释呢？死亡并不像他们所想的那样合情理或现实。它所带来的震惊足以震撼一个人的心灵。继续活着的人希望再看一眼他爱的女人，根本无法这么快就说再见。

　　现在他站在架子前思索着，克拉拉会想穿什么衣服呢？与这个世界告别的时候她希望穿什么呢？他望着挂成一排的衣服。当所有女人都把腿往裤子里塞的时候，他的妻子一直坚持穿裙子。无论是夏天还是冬天，她都喜欢穿短袖，冷的话就从各种颜色的羊绒开衫里选一件披上。他最终决定选一件棕色的裙子。而开衫，他选了一件蓝色的，因为每当他看到这件，心里总会有暖暖的感觉。可惜的是，他从来没对妻子说过。他双手捧起开衫，凑到鼻子前。或许克拉拉没等洗就把开衫放进了衣橱，好留下自己的味道，作为给丈夫的礼物。他任凭眼泪掉下来，在柔软的羊毛上干掉。等到他有勇气继续下去的时候，他又选了一双小巧的芭蕾舞鞋，然后把这些都放进袋子里，踉踉跄跄地向大门走去。他没有勇气向厨房看一眼。从昨天到现在，他没吃过任何东西，只到卫生间的洗手池接了一点儿水喝。他走出房子，关上大门，留下一个寂寞而孤独的公寓，而以前从来没有这样过。

通常，无论去哪儿他都会步行或坐地铁。现在他既没有力气走路，也没有心情去地铁站旁蒙日广场里的农贸市场了。蒙日广场离他们的公寓只有一百米，克拉拉每周会去三次，所有的水果和蔬菜都从那里买，市场里的每个人都认识她。圣诞节的时候，她会提着大大小小的果篮回来，那是农户们送给她的，里面盛满了小柑橘、苹果和榅桲，而她则会以用蓝丝带扎好包装好的美味蛋糕和开胃点心回报大家。马克知道，过不了几天农户们一定会问克拉拉去哪儿了。克拉拉离开几天、去哪儿，都会让他们知道，哪怕去度假也不例外，他们已经习惯了。马克很清楚，他们的眼睛仍会在这灰霾的一天搜寻着克拉拉灿烂的笑容。

从农贸市场走开后，他在出租车招呼站上了辆车，把殡仪馆的地址递给司机后，闭上了眼睛。他甚至不想看到日光。他仍然无法接受所发生的事情，无法接受生命竟可以如此快速地变化。他记起自己还没打电话让画廊里的助手阿牟知道这件事。这个想法很快就从他脑海中消失了，就像来时一样快。什么都不重要了，这个也无所谓。阿牟和他一样喜欢自己的工作。午餐时间他们有时会在各种漫画书店遇见，但彼此略点下头后就继续看书了。阿牟和马克一样远离社会生活，喜欢把自己所有的时间都用在最喜欢的漫画书上。马克娶到克拉拉后就幸运多了，他之所以能认识身边的人都是因为有克拉拉。每个人都喜欢他，并将他视为朋友，也都是因为他那可爱的妻子。克拉拉为他建立并巩固了朋友间的友谊，并确保这些关系能永远维持下去。如果说前一天他的公寓里能满是熟人和朋友，那他的妻子便是唯一的原因。每个人都知道他是克拉拉的小宝贝，这也是他们会去照顾他，就像照顾一个孤儿一样的原因。马克打心眼儿里希望阿牟有朝一日能和他一样幸运，希望有人能像克拉拉爱他一样去爱阿牟。

出租车司机在殡仪馆门口停下车后，同情地摇了摇头。他以温和而严肃的神情接过马克手中的钱，待他递过去零钱时马克早已下车关门了。他紧紧地握着那只袋子，根本没想过找零这码事。他感到头晕。他希望有人从楼里看到他，然后从里面出来接过袋子，这样他就可以从这里跑开了。此时，他突然明白，明天来这里和克拉拉说再见是多么困难的一件事。他强迫自己走进去，把袋子递给进入视线的第一个人，报上自己的姓名，而后像进来时一样迅速离开。他没法开口，说这些是克拉拉·贝拉尔的衣服。他还没准备好说出妻子的名字。他再次钻进出租车，说："蒙日路，赛场酒店。"

赛场酒店是他们街上众多酒店之一，他每天去画廊几乎都会看到。他让前台接待员尽可能在最高的楼层给他提供一间最暗的房间。接待员立刻明白这个眼睛通红、没有行李的男人不是来旅行的，而是一个遇到麻烦的巴黎人。因此她迅速填好表格，让他签上字，而后给他安排了酒店里最不受欢迎的房间。马克进入房间，连窗帘也没有拉开，他相信窗户外面一定是堵墙。台灯在门打开的时候就自动亮了。他关上灯，一头倒在床上。没过多久他就沉沉睡去了，直到第二天才醒来。那是既没有梦境也没有记忆的一晚。

第二天他睁开眼睛的前一两分钟，几乎记不起自己是在哪里。房间一片漆黑，也不知道是几点了。他半睁开眼睛，看看腕表上的荧光指针，十二点。再看看那一小块显示日期的地方，他突然意识到，自己就要错过克拉拉的葬礼了。追悼仪式一点半开始，两点一刻的时候他们去蒙帕纳斯公墓安葬遗体。他起床离开。在他用二十二小时的睡眠修复那颗受伤的心时，外面乱成了一团。远亲和朋友一直都在各处找他。他们已经给所有医院打过电话，问警察有没有接到当天或前一天的自杀案件。每个人都焦急地等着他再次出现。马克没想到会这样，一回到家，才意识到大家有多着急。然而，他状态很差，顾不上去对自己不负责任的行为感到羞耻。彼时他只能应对一种感情，他希望所有人都能理解这一点。他一句话也没说，直接走进自己的房间，换了一套西装。

去卫生间刮胡子的时候，他闭着眼睛坐在马桶上，手里拿着电动剃须刀，这样就不用看到属于克拉拉的一切了。他闭着双眼刮完了胡子，因为那时他没办法去看妻子的洗发水，或是她的抗皱霜。他不会去碰克拉拉的梳子，或是她留在水槽肥皂边的一枚戒指。他回到客厅的人群中。这时，克拉拉的老朋友之一奥黛特走到他面前，拂去他领子上的头发，用手捧起他的脸，看着他的眼睛。她的脸因为哭得太久肿了起来，鼻子和嘴巴都有些变形了。马克想等她说些什么，可以减轻他的痛苦，但是她没有。他以祈求的目光看着她，不知道该如何一个人处理这一切。奥黛特问他有没有吃过什么东西。马克这才意识到，两天来，他没碰过一点儿食物，于是他摇了摇头。以前他不舒服或是情绪不高的时候，克拉拉会给他做素什锦。她会选些当季的蔬菜，恰到好处地做好。看着他把整整一盘都吃下去后，她会抱紧他说："你会没事的，"还会补充一句，"别担心，我的拥抱和素什锦几分钟后就会起作用了。"

奥黛特扶马克坐下，然后去了厨房。对她而言，到这里来也很难受。克拉拉的身影深深印在每块瓷砖、每套碟叉上，甚至印在了乱糟糟的桌子上。她确定朋友的冰箱里一定有些可以吃的东西。她打开冰箱，蹲下来看还有什么。里面有两个小餐盒，她拿出来一个，在微波炉里加热了一下。奥黛特知道不能让马克进厨房来，于是她把饭菜放在托盘里端了出去。

"葬礼后大家都会去我们那儿，我准备了很好的膳食服务，相信克拉拉也会很欣赏的。你也会来的，对不对？"

马克点点头，表示赞同。

"你要是愿意，可以和我们待一段时间。我会把这里的一切重新安排一下，然后……打扫干净……"

马克明白奥黛特所说的"打扫干净"是什么意思。清空冰箱、清理厨房，让属于克拉拉的一切都消失。他知道这些事自己一样也做不了，因此又点了点头。他只提了一点异议。

"我去住宾馆，今晚收拾一下就去。"

"去你昨天住的宾馆吗？"

"是的。"

"能告诉我是哪家吗？"

"赛场酒店。"

"好吧。如果你改变主意了，随时都可以来我们这儿。你知道的。"

"好的。"

奥黛特把马克一个人留下，心里并不十分舒服。她不知道马克是不是那种倾向于自杀的人。她这才意识到，自己从来没试图了解过这个男人。他选择生活在克拉拉的羽翼下，像地球的卫星月亮那样生活着，似乎还很高兴。以至于要想了解他，你必须先了解克拉拉。马克的生活就像是克拉拉生活的一个分支，可能还是最重要的一个。他在妻子的庇护下所获得的安宁，尽人皆知，而且他们对这种完完全全的臣服一直感到惊讶。奥黛特有时会思考他们两人的关系，并对此感到嫉妒。她安慰自己说，这种她和丈夫之间从来没有过的亲密是出于他们没有孩子的缘故。她感谢上帝赐给她孩子，正是因为有了孩子，她就永远不会体会这种决然的孤独。她又看了看马克，似乎他吃东西都难以下咽。如果他们有孩子，或许他能从这种痛苦中恢复得更快一些。他会强迫自己这样，因为孩子的事比任何其他事情都重要。另外，马克或许会通过再婚来恢复状态。仅仅想到这种可能性都会生气，这让她自己也有些惊讶。她知道，现在想到自己的朋友或许已被丈夫背叛，这很荒谬，但她还是忍不住朝马克投去憎恶的一瞥。她相信，五六个月后马克就会告诉他们，他和另一个女人在一起了，就要结婚。他会成为另一个女人的卫星。他就是那种没有女人在身边就活不下去的男人。这两天，他甚至不能自己填饱肚子。这样下去，他还能活多久？

完全顾不上其他人为他安排的计划，马克竭力吞下最后几口食物。接下来的几个小时像是他不得不扛到肩上的重担。他已经开始盼望能去酒店睡上一觉了。他想逃离这个公寓，逃离克拉拉的气息，逃离这些让他想起克拉拉的面孔，尤其是他自己。最能让他想起克拉拉的便是他自己。克拉拉是他多年来一直披在身上的毯子，现在她不在了，只留他瑟瑟发抖。很多个夜晚，他们面对面地躺在被子里，常常会聊起多年以后彼此会不会和另一个人一起生活的话题。两人都会说，不可能。马克总会说得更大声些。之后他们便会睡去，为着他们的永恒之爱沉醉不已。马克看着自己，记起了那些夜晚。他看着公寓里的其他女人：他的朋友们。他再次想到了那句"不可能"，而后便遇到了奥黛特那凌厉的目光。

*　　*　　*

　　这边母亲在医院里扯着嗓门大声尖叫着，生怕大家听不到，那边菲尔达不停地为由她们引起的不便向人们道歉。她很清楚骨折到底有多痛，因为她的两个胳膊都断过。然而，她也知道根本没必要那么喊。当然，奈斯比太太一定会让所有人都知道她的痛楚。她特别擅长夸大所有的不适和情绪，而且总能设法让别人不辞辛劳地围着她转。当她终于不再喊了，菲尔达猜，一定是医生在手术前将她麻醉了。

　　几小时后，医生走出手术室，满头大汗。奈斯比太太是他遇到过的最难缠的一个病人。和菲尔达说话之前，他先深吸了一口气。"手术进行得很顺利，"他说，"呃，刚才麻醉起来很费劲。要知道，她摔倒的时候髋骨并没断。她之所以摔倒，是因为骨头无法承受重量而自己断了。"菲尔达听着，一副她完全能听明白的神情。"我们已经为她安上了假肢。现在最重要的是，要在两三天内就开始理疗。这对保持她的行走能力非常重要。奈斯比太太的痛觉阈限很低……"听到这儿，菲尔达有意地哼了一下鼻子，尽可能适宜地笑了。她的痛觉阈限很低？或者该说，她的夸张阈限很高吧。她心里想。不过她没打算把这个想法告诉医生。医生莞尔一笑，仿佛知道她在想什么，又说："因此，即便她像刚才那样喊叫，您也必须让她走动起来。"菲尔达用力点点头，表示"一定会这样做"。她继续思考着和母亲在一起时自己可能会遭的罪。她完全清楚，她们正站在一条路的路口，而这条路通向的是奈斯比太太生命的终点。菲尔达也顾不上还站在面前的医生，她闭上眼睛，祈求能得到真主的帮助。或许她需要再多做些瑜伽，那是她近期才开始的。没有某种精神上的支撑，她是无法应对这种重负的。她知道绝大多数老人髋骨摔坏后一年内就会死去。这叫作栓子，会导致心力衰竭。即便如此，她也知道有些人摔了髋骨后还活了好多年，在内心深处，她相信母亲是不会有心力衰竭的，而且，迄今为止，除了她想象出来的那些疾病外，她不是活得很健康吗？

母亲自打菲尔达记事起就一直"病着"。奈斯比太太有晕厥的习惯。她不晕厥的时候，则在抗抑郁药物的作用下死睡。那种叫西番莲的药物是她最好的朋友，而酒精含量百分之八十五的柠檬花露水则是她的第二个挚友。每当孩子们有一点儿不听话，她就威胁说要跳窗自杀。若是想不露声色些，她便重重地倒在厨房地面的瓷砖上。她所经历的一切都被放大了。她的快乐、痛苦、紧张、疼痛，尤其是她的疼痛。她痛得那么厉害，如同整个世界都是她的胳膊、腿儿。然而即便是有这些所谓的疼痛，这些年做的检查都没发现她有什么大病。实际上，她比很多同龄人都健康。

手术完几天后，奈斯比太太呻吟着，脑袋剧烈地左右摇晃，眼里却没有一滴眼泪，就这样，出了院。和每次发生这种事时一样，她每隔两分钟就禁不住要喊女儿的名字，这让菲尔达又一次体会到了那种她这辈子已经不再陌生的绝望感。待她把母亲弄到那个狭小的电梯里，带她上楼进了公寓，又是另一番情景了。菲尔达心里确信母亲会发脾气的。母亲出院前，她在家里花了些时间备出她的房间，而且还让希南也准备好了。希南自打小时候就认识奈斯比太太——比三十五年前娶菲尔达的时间都要久——他知道奈斯比太太的所有习惯，就像熟悉的亲生母亲那样。他这位岳母，那时候就以时常晕倒而出名。和街区里的其他孩子一样，他知道要是奈斯比大婶（那时对年长的妇女是这么称呼的）晕倒在街上，就会赶紧去告诉菲尔达。而和其他孩子不一样的是，每次他在门口看到菲尔达，就会心跳加速，结巴得说不出话来，最后可怜的菲尔达只得自己去弄明白到底发生了什么。每次像这样等菲尔达找到母亲时，她都会看到，街角卖水果的小贩、熟食店的男人或是杂货店的女人已经在用奈斯比太太随身带在包里的柠檬花露水搓她的手腕，帮她恢复意识了。母亲苏醒后，菲尔达会接过她手里的袋子，扶着她走回家。她知道，街上所有人——包括那些帮奈斯比太太恢复意识的人——都在背后嘲笑她们，只有希南是个例外。

希南跟家里人说要娶菲尔达的时候，他很清楚自己将会遭遇什么。兄弟们问他："你确定吗？"他们指的是奈斯比太太，不是菲尔达。整个街区的人都非常喜欢菲尔达，这个可怜的姑娘从小就如圣女一般，而且最重要的是，她很漂亮。她是每个人都想要的妻子和儿媳。然而，整个街区没有人想和奈斯比太太攀亲家。萨尼耶太太竭力劝儿子改变主意，说娶菲尔达会影响到整个家庭，但是希南就是不听。最后，他们别无选择，只能和希南一起去跟菲尔达家提亲。不幸的是，菲尔达的父亲没能活着看到这幸福的一天。他年纪轻轻就得脑溢血死了，很多人说这都是不幸娶了奈斯比太太的缘故。

　　希南家按照习俗上门提亲的那一天，是奈斯比太太一生中最开心的日子。从那天开始直到举行婚礼，她一次也没有晕倒过。她根本不知疲倦，虽然大事小事都由她操持，却从没听她喊过累。对此，周围邻居都拍手称好，与此同时他们也有点惊讶。"婚礼能带来奇迹"，祖先们这么说，或许他们是对的。可惜菲尔达一嫁出去，一切又和从前一样了。奈斯比太太突然意识到自己有多累，她不知道该睡哪张床，西番莲药也永远没个够。邻居们在婚礼后来她家道喜的时候，她抱怨起一个人打扫整个房子有多辛苦、儿子有多难缠、菲尔达早就把她忘了，等等。就这样，希南开始了和妻子还有丈母娘的婚姻生活。

　　现在，当菲尔达跟他说，母亲要和他们住一段时间，可能会比较麻烦的时候，他甚至都没什么反应。和奈斯比太太住一起，什么时候容易过？现在他为什么要期盼容易点呢？这对他来说无所谓。另外，他知道妻子会输的。在此之前，他们唯一的优势就是奈斯比太太住在别处。没错，她有时会在他们家住两天，夏天会和他们一起去度假，希南对这些日子没有一点儿好的回忆，他们夫妻俩几乎都要崩溃了。但他们之所以能轻松地应付过去，是因为他们知道她很快就会回自己的地方住了。这次不一样了，她要在这里待上一阵子。但是希南已经老了，不想再管了。他快六十岁了。不上班的时候，大多数时间都在看电视或阅读。不过，一想到菲尔达那么多可贵的时间都要和她妈一起度过，就让人不安。

奈斯比太太刚被接回家的时候，她感到非常累，甚至没力气去责骂希南不去医院看她。她脸色非常差，身体生平第一次表现出真正的虚弱。看到这一切，菲尔达第一次开始相信母亲确实很痛苦。她为母亲安排的房间虽然小，但很干净整洁。她还把一台小电视机放到其中一个抽屉柜上，并让希南调出母亲喜欢看的频道。卫生间就在隔壁，所以去厕所不成问题。在医院里，他们已经向奈斯比太太示范过怎么从床上坐起来，怎么用步行器。重要的是，她要努力站起来，在理疗师的帮助下恢复行走能力。菲尔达已经让希南买了他们能买到的最好的步行器，她也把步行器放到了母亲房间的角落里。她会尽自己所能去帮助奈斯比太太康复，然后尽快让她回家。

结果一切都是徒劳。奈斯比太太刚来没几个小时，他们就意识到，情况不是他们想的那么简单。即便她真要去厕所，也没办法让她相信其实只要她愿意，完全可以自己走到厕所去。她已经在医院度过了整个恢复期，医生也跟她说回到家后就可以站立和走路。医生还建议她不要害怕走路。实际上，立即开始行走对她来说非常重要。尽管如此，奈斯比太太还是不停地哭喊，说这些她都做不来。连坐都坐不起来，怎么能站起来走路呢？她祈求他们再给她一两天时间，等不疼了再说。过了一会儿后，菲尔达让希南去客厅忙他自己的事了。两个人都在这里太浪费时间了，而且，她也不想让他们两个人都疯掉。

希南坐在电视机对面的安乐椅上，尽量不去理会小卧室里传出的喊叫声。不管把音量调得多高，他都仍然能听到丈母娘房间里的噪声。他开始后悔把客厅的门拆掉了。随后，呻吟声慢慢变小了。妻子关上了小卧室的门。从那以后，就她一个人在那扇关闭的房门后孤军奋战，哄母亲不要再喊了。

菲尔达曾以为，在理疗师的帮助下，母亲会开始改变想法，慢慢再走动起来，然而奈斯比太太第一天就给理疗师泼了冷水。她躺在床上的时候，甚至都不让理疗师碰她的腿，更别说站立和行走了。因为母亲经常叫喊，菲尔达感到难为情，跑去邻居们那儿道歉。大家都反映，她母亲在家里所说的每个字，他们都听得清清楚楚。没有一个人说什么也没听到，好让她的痛苦减少几分。整整一周过去了，奈斯比太太仍不停地哼哼着，喊叫着，说她的疼痛一点儿也没减轻，还以更高的嗓门央求着菲尔达，完全不顾菲尔达之前提醒她说整栋楼都能听到她喊叫的事实。"你想要了我的命吗？我都要疼晕过去了。求你了，再等一段时间吧，亲爱的。"她说，还故意用了"亲爱的"这个她从来不用的词。菲尔达确信母亲要晕过去了。她不知道母亲是怎么做到的，但不论什么时候，只要她想晕，就一定会晕倒。最后她认输了，同意暂时不让奈斯比太太下床行走，她还想，母亲这次或许真的很疼。菲尔达把情况向理疗师说了一下，理疗师极力表示她一点儿也不同意菲尔达所说的："不得不说，如果现在不让她走动，以后即便她想走也不可能了。您想暂缓的话就暂缓吧，但我们不得不尽快让她的双腿动起来。"菲尔达知道理疗师想说什么。她想说，要是菲尔达不想她母亲一辈子躺在床上，就必须用尽浑身解数让她站起来。然而，理疗师不知道她母亲的首要问题是：如果她自己不想站起来，就没人能让她站起来。另外，菲尔达也需要休息。过去的一周里，他们家的所有生活习惯都发生了变化，母亲的造访把他们平静的生活搅得天翻地覆。就这样，他们暂时放弃了。

她每天扶母亲上两次厕所，端便盆去厕所的时候尽量不让自己吐出来。晚上入睡后，奈斯比太太还要喊她一两次，不是因为她要用便盆，就是她需要再吃几片止疼药。每次她一喊"菲尔达"，希南也会跟着醒来，随后夫妻俩谁都无法再睡着。而等希南再次入睡，就又要起床上班了，因此他的黑眼圈越来越重。睡眠不足也引发了菲尔达的偏头痛，她已经习惯一边忍着脑袋里的阵阵疼痛，一边做家务了。与此同时，来看望母亲的人进进出出的，从来没断过，而菲尔达总想拿最好的自制点心来招待客人，于是，她所有的空余时间就都花在了在厨房做点心上。不过，她还是做得和以前一样好。

　　菲尔达喜欢尝试各种食谱，在家里做各种吃的，也喜欢看人们品尝她手艺时的各种表情。她年轻时就这样，总是亲手给丈夫和孩子烤生日蛋糕，从来不会在超市买烤好的烧鸡，也从没用过外面卖的番茄酱。她总是在阳台上晒各种浆果，而且会晒嫩茄子。这是跟马伊德太太学的。她来自安泰普市，那是土耳其东部一座美丽的城市。有时希南出差去安纳托利亚[1]的各个城市，也会带上她。他们一起出差时，总会受邀出席当地人摆的酒宴，菲尔达随后便会带食谱回来，一到家就十分认真地试做起来。她会一遍又一遍地做同一种菜，直到真正掌握为止。由此她成了切尔克斯烤鸡、棕榈烘肉卷和扁豆菜的大师。不过她从来都吃得不多，这也是五十八岁的她只有五十公斤的原因。同样，也没有特别的食物能宽慰她，饮料倒可以。每当她感觉不舒服、情绪低落或颓唐时，总会给自己做一杯沙露普茶，这是一种由野生兰草根做成的饮料，欧瑜说尝起来和印度拉茶一样。然后她会在上面撒些肉桂粉来安抚神经。希南觉得很奇怪，即使是大热天，她也能喝下这么热的饮料，但他完全了解妻子

---

[1]　又名小亚细亚半岛，是亚洲西南部的一个半岛。现全境属土耳其。

和这种饮料之间神圣的关系，所以对此从来不置一词。

现在，在经过两周和母亲不断纠缠以及所有那些额外的家务之余，她终于能找些时间坐下来休息一下了。她母亲也一定因有那么多人来探望而累坏了，现在正酣睡着。菲尔达这阵子一直想喝沙露普茶，于是她为自己做了一杯泡沫丰富的沙露普茶。第一口尤其妙不可言。她巧妙地舔去沾在上嘴唇的肉桂粉，把这层味道添加到味蕾上已有的那部分，内心深处再次温暖起来。好在伊斯坦布尔炎热而潮湿的夏天过后，冬天就不远了。她喜欢听到加热器发出的蒸汽声，这种声音总会让她振作起来。看到奈斯比太太能酣睡，菲尔达很高兴，因为现在她终于有时间接欧瑜的电话了。这一周她已经和女儿通过话了，告诉了欧瑜她外婆的情况，但她省略了细节，留待下一次细说。她知道，再过一两分钟电话就会响。在此之前，她又给自己倒了一杯沙露普茶，这样就可以尽享那有限的与女儿共度的时间了。她忘了修无绳电话，于是只能在走廊里接固定电话，旁边就是母亲的房间。如果她不想让铃声吵醒母亲，就要在电话响第二声的时候快速抓起话筒。她搬了个椅子去走廊，一手端着杯子，一手按住话筒等着。铃一响，她就接了起来。

"妈妈？"

"宝贝，你还好吗？"

"我挺好的。重要的是，你还好吗？那疯婆娘怎么样？"

"谢天谢地，她听不到你说话。和往常一样，你这外婆，除了呻吟还能干什么？现在她睡着呢，所以我不能大声说话。不过你能听见我说话，是不是？我要小声点。她不让我们关门，说一关门屋里太憋闷。以前决定拆客厅和厨房门的时候从来没想过这一点，现在麻烦找上门来了。她耳朵特别灵，什么都听得到。什么鸡毛蒜皮的小事都问，简直难以置信。'谁打电话了？她说什么了？''你怎么那么说呢？'"

"这么说，腿不好使了，脑子倒好用得很嘛。"

"没错，她把理疗师都逼疯了，最后人家不得不冲她嚷嚷，说她像个婴儿似的。她不知道还有更糟的呢，那得是怎样的一个婴儿啊！"

"她现在下床吗？"

"开玩笑！我可让她害惨了。她总喊疼，疼得受不了。我没办法，孩子，我让理疗师暂时先别来了。我想或许我们可以喘口气。没办法。或许她真的很疼。不知道该不该逼她，她已经很老了。"

"妈妈！当然要这样！必须逼她，不然你就得一直照顾她。"

"不要这么说，孩子，她是我的妈妈，我能怎么办？不过别担心，我会让她练习走路的，最终她也得这么做。"

如果不是奈斯比太太选择在这个时候插话，她们可能还会再说一会儿。

"菲尔达！你是在跟欧瑜说话吗？"

"是的，妈妈。（看，她什么都听到了。）"

"我也想和小外孙女说说话，她怎么不给外婆打电话呢？"

自己在这世上最喜欢的一件事就这样被打断了，这让菲尔达不是很高兴，但她还是把电话线拉到母亲房间，把听筒递了过去。此时，如果有整整一坛子沙露普茶，她一定会全部喝光。奈斯比太太也闻到了香味儿，她用手捂住听筒，对菲尔达喊道："能不能来杯沙露普茶？"就这样，最后成了母亲在电话里和外孙女叽叽喳喳的，而菲尔达还要再去煮些她最喜欢的沙露普茶来。

三

　　马克把自己关在酒店房间里，整个世界都被挡在了门外。自从进屋后，他就再没有迈出去一步。他只想一个人在那间窗外满是墙壁的黑屋子里待着。他在赛场酒店整整待了十天，除了给他送饭的酒店人员，什么人也没见。他不知道奥黛特已经给酒店打过几次电话询问他的情况，他自己也猜不到这一点。

　　奥黛特听说马克每天只吃一餐，而前台的人也不可能告诉她更多了，因为他们再也没见过他。因为好奇，他们也向客房服务的人打听，才得知他一直在睡觉。通常他们不会把客人的事告诉其他人，但奥黛特解释了整个情况，并表示她担心马克会伤害自己。听到这儿，酒店的人紧张起来，开始留意起他。直到第十天，看到他拎着一个小包下楼，他们才松了一口气。他们最不想看到的，就是走进一个房间后发现一具死尸。

　　马克满脸都长出了胡子，眼睛因为睡得过多而肿了起来。

一开口说话，声音让他自己也吃了一惊，是一种自胸腔深处发出的喘不上气的声音。他没有多说什么，把钱递出去后就走了，空留背后酒店人员怜悯的目光——尤其是女性。天气比十天前冷了一些，虽然只有四点钟，天却已经开始黑了。蒙日路上满是熙熙攘攘下班回家的人，商店橱窗的灯一闪一闪的。他环顾四周，再次记起自己数天不想出门的原因。这里有克拉拉喜欢的书店，就在街对面。她每个月都会去那儿买四本书，并总是责怪马克在雅克这种大商场买东西，虽然她自己也欣赏他们的创办理念。邻居们就像是她的家人，尤其是那些一直生活在同一个地方的人。紧挨着书店，是一家水产店，克拉拉总去那儿。水产店老板皮埃尔的肚子上总围着一条脏兮兮的围裙，每当他看到克拉拉，总会朝她调戏般地挤挤眼，并坚持要给她最新鲜的水产品。进店前，克拉拉想买的是一种鱼，出来时往往买的是另一种。再旁边是一家鲜花店，克拉拉几乎每天都会停下来和店主打招呼。夏天，波莱特大婶总会请她喝养生的法国廊酒，而到了冬天，大家则会举起盛满干邑白兰地的酒杯，祝福彼此身体健康。

马克如何继续这里的生活呢？他如何能够每天从这些商店前走过？他低下头盯着自己的鞋，开始往家走。他并不知道，商店里那些人的目光都跟随着他，问着同样的问题。克拉拉已经是他们生活的一部分，他们如何去适应没有她的日子呢？更糟糕的是，他们怎么能眼睁睁地看着这个男人受罪呢？马克没注意到，在面包店外抽烟的弗朗西斯大老远就看到了他——他的面包店离马克的公寓只有几步的距离，也没注意到对方在等他。因此，发觉有一只手抓住他胳膊的时候，马克几乎被吓得灵魂都要出窍了。弗朗西斯什么也没说，他递给马克一个纸盒，马克接了过来，也什么都没说，继续往前走去。他什么也说不出来。他按下进入公寓大门的密码，希望不会遇见什么人，而后跑上第一层，庆幸走道里没有人。跑到家门前时他已经气喘吁吁了。为了不让邻居听到声响，他缓慢地打开了门。

他很清楚，如果是克拉拉一个人被留在世上，她一定能从周围邻居和熟人的温暖中获得慰藉，能在他们安全的臂弯中恢复身心，而他却一直躲避着自己的影子。事实上，他不知道还有什么方法可以应对所发生的一切。在酒店噩梦般昏睡的日子里，他曾想离开这个国家，想去一个说另一种语言的国家。他曾想把现在的生活抛在身后，但他知道自己做不到。走过大门右手边的厨房时，他把头扭到一边。他把弗朗西斯给他的纸盒放到客厅的桌子上，将夹克扔在一把扶手椅上。在屋子里站了一会儿后，他意识到需要听到人的声音，这可以帮助他摆脱公寓里那些家具带来的沉重感。客厅里没有电视机，克拉拉的小收音机仍在厨房的窗台上。他走到卧室，打开了闹钟上的广播。伊迪丝·琵雅芙[1]那首《不，我什么都不后悔》响彻了整个房

---

[1] 伊迪丝·琵雅芙（Edith Piaf, 1915—1963），二十世纪上半叶法国最著名也最受爱戴的女歌手之一。

间，这终于让马克想到了妻子以外的一些事。生活永远不变会是什么样子？他记得，第一次听到这首歌的时候他七岁，多年来他一直读同样的漫画书和杂志，同样的电视节目里几乎是一成不变的嘉宾，新闻里和那些知识分子所谈的问题甚至也都是一成不变的，只有演播室的装潢摆设变了。每周日在同一个街道的同一个广场上，同一群人伴着同一支曲子起舞。这是一个历史顺着砖墙不断延续的城市，它永远不会让任何人忘记过去。被捆绑在这样的一个城市里，他如何能忘记克拉拉呢？当一切都不允许被抹去的时候，他如何将她从自己的生活里抹去呢？

　　他打开床头柜上的台灯，在床上坐下来。他环顾屋子，突然发现梳妆台上克拉拉的印记已经被擦掉了。他稍稍掀起床罩，里面的床单和枕套也都换了。他站起来把床罩全部掀开。枕头已被拍得鼓起来，每天早上总会在克拉拉脸上留下印记的褶皱也已经被熨平。他慌乱地跑到卫生间，打开里面的橱柜门，妻子的护肤霜不见了，指甲油和洗甲水也都不见了。发夹和香体剂全没有了，只有梳子还留在那里。他找了很久，试图在上面找到一根头发，但是没有。他的喉咙里仿佛塞住了什么。他打开洗衣机旁脏衣篮的盖子，里面是空的。他又跑回卧室，站在衣橱前。这时他的心脏几乎跳到嗓子眼儿了。当空空的衣架映入眼帘时，他流下了眼泪。他打开抽屉，是空的。她的袜子、手绢，以及所有属于她的东西都没有了。任何留着妻子气味的东西都没有了。他想打电话对奥黛特大喊，质问她为什么要夺去他对克拉拉的记忆，她怎么能将妻子从他身边偷走呢？她怎么不问问他就把一切都抹去了呢？他一屁股坐到床上，胳膊肘抵着膝盖，头埋在双手里，开始啜泣起来。所有的感情都浇注到他身上，久久无法消散。他需要妻子，他需要遗留着过去记忆的东西。

继而，他突然抬起头并起身快速向厨房走去，脸颊上的眼泪已经干了。在黑暗里站了一小会儿后，他终于鼓足勇气打开了厨房的灯。这里比以往任何时候都干净，即使他想找到那些熟悉的香味也找不到了。桌子上的花瓶是空的，散乱的烹饪书也被收拾起来摆在了架子上。甚至广播天线都被收了起来，放在多年来一直空着的天线槽里。马克走到炉子旁边的抽屉那里，站了一会儿。几分钟后，他打开了从上面数第二个抽屉。绣着小公鸡的隔热手套还在，那是克拉拉留下的。他颤颤巍巍地伸手拿了出来，抚摩着上面的小公鸡刺绣，把手套凑到鼻子前，吸着多年来所有食物混合在一起的那股熟悉的味道。他在旁边的椅子上坐下，手里仍握着那只手套，忘记了把抽屉关上。过了一会儿，他小心翼翼地把手套戴到了右手上。无论他怎么感受，都感觉不到她。他趴在桌子上，头埋在胳膊里，又哭了起来，直到睡去。

几小时后他睁开眼睛，胳膊已经麻了。几天以来他第一次感到有点饿。现在是晚上十一点刚过，带着奇怪的内疚感，他脱下手套，将它轻轻地放在桌子上，几乎不想伤到它的样子。他站在厨房中间环顾四周。以前，他也有不得不自己照顾自己的时候。克拉拉去南部她姨妈家的时候，他就要自己待上两三天。庆幸的是，克拉拉总会在大大小小的容器里储备上一些饭菜，用一张纸条注明该先吃哪个。她甚至会在面包片上抹些奶酪，用保鲜膜卷起来，这样马克只要把它们放到微波炉里热上三四分钟就好了。现在，冰箱里空空的架子只是在强调着克拉拉永远离开了的现实。他知道晚上这个时候店铺都不营业了，或许他可以走着去"慕夫塔"吃点土耳其烤肉，那种地方是专为去酒吧的人准备的。有时他和克拉拉也会去。他们偶尔会敞开肚皮吃，虽然知道再晚一会儿身体肯定会不舒服。马克想到那些探险的日子，脸上露出些微笑，继而感到遗憾。那些日子已经一去不复返了。他记起在回家路上，弗朗西斯递给他的纸盒，里面应该有些吃的。他走到客厅，拿起纸盒，回到厨房。虽然不是现在，但是终有一天，他会明白，这个现在让他如此恐惧的厨房，是唯一一处能让他慢慢地、温和地疗伤的地方。他必须让自己投入这里，就像人们在情绪低落时会投入爱人温暖的怀抱那样。厨房里的每一样东西都会像温暖的棉被一样包裹住他，将他的双手暖热。

他打开纸盒，笨手笨脚地切了一片法式蛋饼。他用潮湿的手指捡起掉在餐具柜上的碎屑，并随手打开电视。晚间新闻在报道人们期待已久的尚·吉罗[1]漫画作品集。为了买那本作品集，人们通宵排队。第一天就售出一百万本。马克盯着电视，简直要惊呆了。多年来他一直等着这一天。他扭头看看墙上的日历，上面有克拉拉用红笔写的提示：马克和JG的一个重要日子！那位具有传奇色彩的法国漫画家为这本作品集付出了很多年，整个漫画界都知道这本书将在当天零点开售。新闻里说，成千上万的漫画迷几乎跑到法国每个城市的漫画书店，一连几个小时在寒风中等着，就为了买那一本书。很久都没有漫画书那么受关注了。如果一切都照计划来的话，马克也会在那晚的队伍当中。克拉拉会给他做个三明治，那漫长的等待则会变成让人兴高采烈的小型野餐。很多年来，马克一直梦想着等那本书一出版就把它买到手。他曾计划着带那本书回家，一边宁静地品着咖啡，一边在书页间流连忘返。他一眼不眨地盯着电视屏幕，当新闻最后显示书的封面时，他差点呛着。他看了看手表，已经快到零点了，但还是禁不住给阿牟打了电话。他确信阿牟昨晚一定去排队了，现在手里正拿着那本书看呢。

"马克？"

"你好，阿牟。抱歉我没有早点给你打电话。我没法打。"

"我知道，别担心，画廊里一切都好。"

---

[1] 尚·吉罗（Jean Giraud，1938—2012），法国著名漫画家，笔名墨比斯。下文的JG也是同一人。

阿牟掩饰不住声音里的兴奋。他想告诉马克，现在手里的这本书真是杰作，可他不确定时机是否合适。

"你买墨比斯了吗？"

"买啦！我排了一个晚上，天快亮时才买到。马克，这本书太棒了，难以用言语形容，确实是绝无仅有啊。市里的每个书店前都有人排队，但是每人只允许买一本。幸运的是，我说服了一个朋友替你排队，我们还为你买了一本。"

马克快要无法呼吸。听筒还紧紧地贴着耳朵，他就大哭了起来。阿牟静静地在电话的另一端等着，对自己付钱找朋友排队的事只字未提。一分多钟过去后，马克才开口说话。

"谢谢你……谢谢。我明天去画廊找你，谢谢你所做的一切。"

挂上电话后，他继续哭了一阵儿。他也不知道为什么。他不知道痛苦正从身体里被慢慢排泄出去，但他感到难以想象的疲惫。仿佛多年来他所走过的路，所有没睡着的夜晚，最终擒住了他，使他一下子垮了下来。眼泪似有千斤重，整个身子都很沉。他把纸盒放在冰箱里，向卧室走去。他钻到冰冷的被褥里，背对着克拉拉留下的空白。无论那颗心如何在痛苦里悸动，他的眼睛最终闭上了。睡着前那一刻，他意识到自己明天早上想要醒来。生活还将继续。

*　　*　　*

在丈夫住院的时候，莉莉亚把家里重新布置了一下，好适应生活中的新变化。阿尔尼不可能再一个人住在二楼的房间了。他绝大部分的生活都要依靠莉莉亚，因此莉莉亚把他的东西挪到了离她日常起居最近的房间——厨房旁边的一个小餐室。有了阿尔尼的书架、个人物品和书桌后，这个餐室变成了一个更有生机、更舒适的地方。当然，阿尔尼回到家以后，完全反对这种做法。他讨厌住得离厨房这么近。从一开始他就受不了饭菜的气味，默默地希望妻子是那种只会用微波炉热饭的女人。虽然只字未提，但他一直都吃不惯莉莉亚做的饭，觉得味道太冲了。她的厨艺，所有人都热情赞美的厨艺，对他来说没有任何意义。没错，她擅长做意大利菜，但那不是他们这个年纪应该吃的东西。再说，三明治就简单得多，而且也更干净、更便宜。

早早回自己房间休息，不仅是避开饭菜气味的一种方法，同时也意味着他不用听莉莉亚和她兄弟姐妹之间那些没必要的电话，不用承认他们两人之间剑拔弩张的沉默，也免得碰上艾德。倒不是他反感艾德，只是他们之间没有什么共同话题。实际上，他和任何人都没多少共同话题，因此他总是喜欢一个人待着。即便是工作上的伙伴偶尔来家里吃饭，他也要在自己房间待上十五分钟，整理一下思路，短暂休息之后，再重新回到对话中。但是现在看来，似乎他要永远失去自己的天地了。他知道自己需要莉莉亚的帮助才能四处走动，甚至包括上厕所，至少目前是需要一阵子，但过后他仍希望一个人待着。雇保姆也根本不可能。医院的费用高得离谱，保险只报销了那么一丁点儿，他们已经花掉了大部分积蓄，还得想办法支付今后的费用。他相信，剩下的积蓄没多久就会用光。他很快就要月月领退休金了，但那点钱很可能不够花。他也知道，莉莉亚太老了，做不了全职护理。无论她身体多好，让她一天多次爬上爬下也不公平。在这种情况下，他别无选择，只能待在一层，直到身体好起来——他坚信自己会好起来的。

　　莉莉亚觉得，自己在这么短的时间内就做得这么棒，而阿尔尼的脸上毫无赞赏之情，这让她很气恼。她知道阿尔尼是个孤僻的人，但也不可能指望她一天不停地爬楼梯。她这把年纪还要照顾半瘫的人已经够糟的了。她不觉得自己还要再做什么。理想的办法是雇个帮手照顾阿尔尼，可他们俩都知道那根本不可能。他们的保险连请个一周来三次的理疗师都不够。她一连几天都在考虑这事，想要找到一个解决办法。她能想出的唯一的办法，就是把空置多年的四个房间租出去。他们的房子离一所学校很近，那所学校专门教外国人英语，找房客并不难。她甚至可以让租金含餐费，就像给艾德的条件一样，让租房条件更吸引人。反正她每天都做饭，只要加量就行了。这样还可以让房客不用厨房，至少做饭的时候不用。阿尔尼回家的那天，莉莉亚决定提出这个话题。虽然她有点不情愿，但并不是很担心，因为她知道，家政大权在他们婚姻当中第一次完全落入了她的手中。阿尔尼最不想让家里有的，就是更多的人和噪声，尤其是在重新布置过客厅之后。然而，虽然向妻子说明了这一切，他也知道没有其他办法。他生平第一次想到，该把花在孩子身上的钱省下来。阿珰和阿江仅去医院看过他一次，即便是这样，他们还借口说要去接孩子，然后匆匆走掉了。他没想让他们一整天都在那里，但看到他们那么不在意他，心里总是不好受的。即便是对一个知道怎么控制感情并视将爱恨掩藏于心底为美德的人来说，这也太伤人了。毕竟，强忍着和众多陌生人挤在一块儿住，以此换来孩子们奢华生活的人，是他。

　　他纯粹是因为迫不得已才接受了这种提议。莉莉亚第二天就去学校贴小广告了。嘴角泄露的那一丝笑容表明，她是喜欢这个主意的。莉莉亚不会跟阿尔尼说什么，但他们生活里的这个变化并没有完全打击到她。最后她终于可以在这所房子里听到些动静了。看人们进进出出，不时地聊上几句，这多好啊。她一个人静静待着的时间太长了。

　　阿尔尼回家的第一天，就意识到他有多需要莉莉亚的帮助。自己上不了厕所就不说了，更要命的是他们光挪到厕所就花了二十分钟，虽然厕所只有四十英尺远。莉莉亚很有耐心，她一直这样。她没有不耐烦，相反，总是尽自己的最大能力帮助丈夫。阿尔尼对此很感激，但仍无法控制自己的愤怒，他发现自己有好几次都在朝她吼。为什么要站在他右边，不站在他左边？她看不到他左边身体虚弱吗？进厕所之前怎么不先把门打开，省得他站那儿等着那么费劲？他知道这是妻子第一次遇到这样的问题，她已经尽力了。她会慢慢学着改进的，但他还是无法阻止自己因为一点儿小错就将对生活和命运的愤怒全部发泄出来。他意识到，一整天下来，他已经把妻子累得精疲力尽了。吃过晚饭，莉莉亚一定感到非常累，一早就回自己房间去了。上楼之前她还没忘记吻一下丈夫并道晚安。她还记着打开了婴儿监视器，那是她买来听阿尔尼动静的。这样，如果他半夜里有什么需要，她也能听到。她爬上楼梯，脚下的木板发出的吱呀声都听得清清楚楚。慢慢洗完脸后，她仔细照了照镜子。十天前她还觉得自己很年轻，现在却被困在一个无聊的郊区，一所吱呀作响的房子里，和一个有病又不高兴的男人在一起。更糟的是，她不知道这样的生活还要持续多久。一个不确定的未来在前面等着她。她想抛下这一切远走高飞，不想进入一个麻烦不断的梦魇中，而想搭上一辆出租车走得远远的。她在床上躺下来，闭上眼睛。她平躺着摊开双臂，开始念小时候的祈祷词。她还以为自己早已经忘记了。小的时候，她和朋友们会跳一种能帮助她们获得快乐的部落舞。虽然并不完全清楚自己在做什么，但她们最后会进入一种恍惚的状态，清醒后会觉得完全恢复了活力。无论是真是假，莉莉亚坚定地相信，这种仪式会带给她某种内在的力量。他们刚搬来的时候，她想在花园里跳一次那种舞，只跳一次，可是阿尔尼阻止了她。他解释说，那些盎格鲁－撒克逊白人连喝茶都不在花园里，更别说跳舞了。他还进一步说，要是她想在这个社区赢得尊重，最好不要在室外待那么长时间，这也是她必须拿到驾照的原因。她一直喜欢走路，但在这片街区，走路不合适，人们会对此嗤之以鼻的。

莉莉亚用了很多年才习惯这种生活：拥有美丽的花园，但不能享用；门廊上摆着别致的白色躺椅，但一次也没坐过。虽然皮肤黝黑，但她已然成了这里的一分子。现在她意识到，自己被迫接受的这一切实际上是多么空洞。或许因为不去做那些喜欢的事而获得了邻居的尊重，但是这么多年了，她连邻居是谁都不知道。经历过这场变故后，他们也只是远远地打个招呼而已。像往常那样，她又一次在这些想法中挣扎着睡着了。她讨厌自己那么懦弱，总是依照别人对自己的期望而活。这便是为什么她闭着眼睛时，眉头拧成了一个结。

从婴儿监视器中听到阿尔尼的声音时是早上六点半。通过那些小孔传到她那儿的声音表明，丈夫正在对什么东西发火。莉莉亚从床上跳起来，立即跑下楼，虽然膝盖的疼痛让她几乎跑不动了。她发现阿尔尼在门口，倚在步行器上，几乎要晕过去了。尽管他们在一起那么多年，并且处于现在这种情况，她仍意识到，自己还是有点怕他。她踌躇地问阿尔尼要一个人做什么。阿尔尼当即吼道，他要上厕所。正当莉莉亚想要解释，她没听到动静是因为太累了，她很抱歉时，阿尔尼却再次严厉地打断她，说他只叫了她一次，然后决定自己来。莉莉亚没再说什么，扶着丈夫回到房间。很显然，这种状态下，他再也站不起来了。她不得不说服阿尔尼用从医院买的塑料杯小便，而后给他擦洗了一下，这才回自己的房间换衣服。在接下来的日子里，她将开始明白生活会变得多么艰辛。她将在每天晚上睡觉时都希望第二天能轻松一点儿，结果却发现自己更疲惫。她的睡眠时间会越来越少，睡着的时候也不踏实，而且总会做噩梦。有些夜晚她会调小婴儿监视器的声音，不再理会阿尔尼那些气势汹汹的辱骂。

尽管有这么多困难，莉莉亚还是去语言学校找到了四个房客，他们都同意在房租里含餐费。房客们陆续搬了进来，整个房子开始变得更乱了。虽然莉莉亚有时会提醒房客，但她并没有让他们保持绝对的安静。她为阿尔尼改变了自己的生活方式，并按照他的意愿生活了这么多年，或许现在该轮到他了。听到丈夫抱怨楼上噪声太大、晚上睡不着觉时，她都付之一笑。她把他所有的牢骚都存到自己大脑的一角，就像是永远不会洗的那些脏衣服一样。现在她在厨房待的时间更长了，而且不用强迫自己调低电视机的声音。她看到一些节目介绍的菜谱，然后把它们记下来。随着房子里的新面孔越来越多，她做的饭菜种类也更多样，色彩也更丰富。以前从来没用过的一些佐料和蔬菜，现在也变成了她的食物。虽然照顾阿尔尼让她感到厌恶和疲惫，但她还是禁不住想，他的病是长期以来在他们身上发生过的最好的事。以前，电视里的主持人是他们晚餐唯一的客人，而现在，每天的晚餐都变成了一场小型晚宴，莉莉亚白天都在盼望着那一时刻的到来。房客们都是学生，白天什么时候回来的都有。他们会在厨房里和做着饭的莉莉亚聊天，甚至还会帮她打下手。他们谁都没有去主动了解阿尔尼，以为他的坏脾气是由生病引起的。对于阿尔尼一直很孤僻、很安静，而且，其实也很无趣的事实，莉莉亚只字未提。房子里有了新生机，连艾德也开始常来厨房了。当然，艾德习惯上的突然变化，和其中一个房客密不可分，这些都逃不过莉莉亚的眼睛。

乌拉是个美人。她的父亲是非洲人，母亲是瑞士人。她在瑞士出生、长大，在法国读书，而后回到自己的祖国，开始在那儿工作。她从工作中抽出了一段时间，来纽约提高英语水平，以备工作之需。她的母语是瑞士东部的罗曼什语，这也是每个人都对她感兴趣的一个原因。她很高兴能吸引那么多人的注意，还会大大方方地用这种奇怪的混合语言朗诵诗歌。中午回来后，乌拉对莉莉亚说"Co vai"，她知道乌拉是在向她问好。

同样，日本房客纪昭从厨房门口探出头说"Nanika atta"时，她便知道他的意思是"近来可好"。能知道该回答"Genki desu"（我很好）已经让她或多或少有些成就感了。纪昭二十八岁，是一名平面设计师。和所有日本人一样，他颇具个性，很有礼貌，而且工作努力。虽然他下午上课，莉莉亚却发现他每天早上很早就开始在花园冥想，这也给了她某种力量，得以开始新一天的奋斗。纪昭不像很多日本甚至美国、英国、澳大利亚、瑞典或法国的同龄人那样信仰佛教。他信仰日本的神道教[1]。他的宗教里没有先知或圣典，他向大树、太阳、岩石甚至声音祈祷。每天一早，纪昭都会坐在沾满露珠的草坪上，脸朝向天空，喃喃低语地来祈祷。随后他会回到屋里，喝一杯味噌汤作为仪式的结束，从八世纪回到现代。莉莉亚，还有十六岁就信了佛教的乌拉，让纪昭讲讲他的信仰。像他这样年轻的人还愿意坚守那些古老的仪式，让她们感到十分惊讶。

　　随着纪昭进入了莉莉亚的生活，另一种世界知名食物也上了莉莉亚的菜单——寿司。她在网上花了很长时间寻找最简单的寿司食谱，还看了很多做寿司的视频。阿尔尼从来都搞不懂，妻子接受陌生人怎么那么快。她简直没有任何界限，没有任何原则或标准。这些人搬到他们家还不到一个月，她就已经知道这些人喜欢吃的所有饭菜了，而且，她还把这些饭菜做了出来。随着时间的推移，厨房里的对话变得越来越长，惊讶、喜悦、好奇的声音不断从厨房传出来。而另一边，阿尔尼则坚持要一直关着门。他跟莉莉亚说过，可能的话，他要在其他人下楼到厨房之前安静地进餐，而且随后要一直关着门。不仅如此，他还要求这些人小点声，建议他们回各自的房间吃饭。莉莉亚根

---

[1]　简称神道，日本传统民族宗教，以自然崇拜为主，属于泛灵多神信仰（精灵崇拜），视自然界各种动植物为神祇。

本不听他最后那两条。她不会让他们一声不吭地吃饭，也不会让他们踮着脚尖走路的。要是阿尔尼愿意，就去药店给他买耳塞，或者可以在电视上插上长线耳机。

也不知道为什么，阿尔尼对这两个建议都拒绝了。似乎为了赌气，他宁愿忍受着其他人的搅扰。其中一部分原因是他想让莉莉亚心烦，就像莉莉亚惹他心烦一样。他开始意识到，多年来妻子聚积起来的愤怒终于开始浮出水面了。以前他就注意到莉莉亚一直压抑着自己很多方面的个性，因此非常不开心，尤其是近些年。但他以为，只要不去管，就永远不用设法去解决。现在看来，妻子似乎正趁他躺在那里完全无助的时候进行报复了。他知道自己无法反击，他的手脚都被束缚着。他无法指责莉莉亚不照顾他，但是很显然，她不再把他当回事了。

而莉莉亚却发现，家里充满新的生机后，照顾阿尔尼也容易起来。早上她睁开眼睛，一想到能看到纪昭在花园里祈祷，就很高兴。早上忙完，她喜欢和来自格鲁吉亚的房客娜塔莉喝杯土耳其咖啡，而且她尤其希望能见到弗拉维奥。他总是醒得最晚，但那睡眼惺忪的样子显得很老练。和莉莉亚认识的其他西班牙人不同，弗拉维奥有着淡金色的头发、蓝色的眼睛、脸上还有雀斑，看起来就像喷上去的一样。莉莉亚第一次见到弗拉维奥时就注意到了，他还甩出一句显然是练了很久的话："我是个西班牙白化病患。"莉莉亚没对他说，在美国，即便是讲笑话也不能这么说。

四十二岁的弗拉维奥是个哲学教师。人到中年后，他想摆脱那个生活了一辈子的地方，决定来纽约。他曾经来过这里，而且很喜欢这个城市。他在曼哈顿租不起房子，而后发现了莉莉亚的租房广告。广告里说从房子步行到火车站很近，坐火车去曼哈顿也仅需要二十五分钟。他还喜欢有人做饭。刚刚离婚的他，连怎么炒鸡蛋都不会。他有成千上万本书和论文要读，有很多事情要思考，而做饭会干扰他做这些事情。莉莉亚第一眼见到弗拉维奥，就感受到了他浑身上下散发出的魅力。他不算帅，也不难看，他不是世上最善交际的那种人，但举手投足之间的谦恭有礼，会立刻吸引女人的注意。他用一种诗意的方式谈着最为普通的事情，并且深刻地解释每一个细节，所以他的听众会不自觉地被他吸引。就像一个相貌平平的男人站在有聚光灯和音乐的舞台上，就会变成英俊潇洒、富有号召力的摇滚明星那样。弗拉维奥说起话来，头发会更卷曲，眼神会更深邃。每当此时，屋子里所有的女人都会竖起耳朵，以各种理由出来看他一眼。在他把目光投向莉莉亚这个方向时，她似乎是所有人当中最兴奋的。她感到两人之间有种神秘的联系，这种联系难以言表，她也不知道该拿这种感觉怎么办。每当弗拉维奥蓝色的目光与她相遇时，她就会不由得加快在锅里的搅拌速度或是去橱柜找某个不需要的作料。她发现这种意料之外的感情一点儿都不方便说，但可以用身体的每一个细胞来体会事物的感觉让她很高兴。她不知道丈夫是否能感受得到厨房里的活力是如何一天天变化的，也不知道这些感情有多少从那扇紧闭的房门下渗了进去。

所有这些事也有助于莉莉亚忘掉两个孩子对他们生活的漠不关心。他们从来没打过电话，这仍让她很在意。有时晚上睡觉前也总是想着这件事，可是疲倦的眼睛还没等她多想就合上了，第二天又总是更加忙碌，根本没时间多想。理疗师一周来三次，这也开始成为家里要忙的一部分。在为阿尔尼理疗后，这位理疗师总是禁不住诱惑地去厨房和莉莉亚边喝咖啡边吃她烤的饼干，而且总是帮莉莉亚放松她照顾病患以来变得硬邦邦的身体。她很好奇，像莉莉亚这样一个女人是如何和阿尔尼维持那么长时间婚姻的。她问莉莉亚，阿尔尼是不是生病以后才变成现在这样子。莉莉亚朝阿尔尼的房间看了看，确保房门紧闭之后，小声凑到她耳边说：

"阿尔尼一直很孤僻。当然，我们年轻的时候有段时间很快乐，一起去旅游，但白天阿尔尼总想一个人待着。即便是我们搬到各自房间之前，他也总是在书房里待很久。"

"但他不像现在这样暴脾气……"

"我总是确保周遭没什么事能让他生气，什么都按照他的喜好去做。他晚上回自己房间后，我也不敢出一声。你能想象吗？他以前常说，他能在自己房间听到从厨房里传来的动静，可是厨房在一层啊，那可能吗？但我从来不说什么。这么多年我都是踮着脚尖在这所房子里生活的。"

"那现在呢？他住在隔壁房间会不会很难适应？另外，从心理角度说，他不是很稳定。"

"是的，但我的身体也不像以前了。我已经六十二岁了，每天都有成堆的事要做。要是样样事都顺着他的性子来，我肯定会疯掉的，那时候就不知道谁会照顾我们了。"

"他还抱怨那些房客太吵了。"

"我们根本没办法，或许他现在才意识到这一点，可是正常人就是那么生活的。他们会聊天，会大笑，走路会拖着脚，吃饭喝水会出声，他们会谈每天的经历，冲厕所也不会担心是不是发出了噪声。他们不会为了不弄出声响，花五分钟去关冰箱门。这是正常的生活方式，不是大门紧闭地过日子，或是藏在自己的影子里。我们这样过日子这么多年了，最后怎么样呢？他还是生病了。或许我们生活里有了点噪声，他就会好转了。"

"你们没有孩子吗？"

"有，有两个，是收养的。"

"阿尔尼房间里相片上的那两个吗？"

"没错，阿珰和阿江。"

莉莉亚说这两个名字时的愤怒表情让理疗师没敢再问下去。她转而问起莉莉亚要做什么饭。

"Khachapuri."

"什么？"

"Khachapuri，这是格鲁吉亚的一种食物，我们有个女房客是个年轻的格鲁吉亚人。这是我第一次尝试做这种吃的。我在网上找到的食谱，看看能做成什么样吧。"

"这些小面团是干什么用的？"

"噢，首先切成这种小面团，然后擀成薄薄的圆饼，再用奶酪加豇豆做馅料。其实他们用的是一种特殊的奶酪，但我找不到，就用了羊乳酪，还加了点盐。炸过之后，伴着蒜汁腌白鸡一起吃。不知道其他人会不会喜欢。"

"其他人都是哪里的？"

"一个来自瑞士，一个来自日本，还有一个来自西班牙。"

莉莉亚发现，即便是说"西班牙"这个词都能让她揉面更有劲儿。她甚至都在向自己竭力掩饰着这一天大多时间都在想弗拉维奥而不是其他人或其他事的事实。今天晚上他会早回来吗？他会回来吃晚饭吗？他会谈自己读的书吗？他会喜欢她做的饭菜吗？莉莉亚期待着每一个夜晚的到来。弗拉维奥回来晚的日子，她会用保鲜膜把他盘里的饭菜包好，坐在厨房里看电视，直到他回来。如果他回来得实在太晚了，她便会带着一点儿心碎的感觉上床睡觉，希望第二天一早能见到他。她尚没有问自己是否对这种想法感到难为情。要知道这些感情在温暖着她的心，就已经足够了。

*　　　*　　　*

　　母亲搬来和他们一起住已经两个多星期了，而菲尔达也让自己适应了他们生活的新节奏。她一般夜里会醒两次，起来照顾母亲。第二天很早便起床，给希南做好早饭。看他离开去上班后，她再去给母亲倒便盆。奈斯比太太仍然拒绝去洗手间，说自己甚至连用便盆的力气都没有。要是菲尔达早上迟了一两分钟，母亲便会抱怨肾疼，并大声地呻吟。菲尔达用自己曾伤过的手腕扶母亲坐起来，奈斯比太太则抱怨自己命不好，生活从来就没容易过，她说她年纪轻轻就死了丈夫，唯一一个儿子也指望不上，身体也不中用了，一辈子都这样痛苦。现在她就是个废物。她早就知道迟早会这样的，不得不求别人施舍。她甚至都没关心过女儿的生活发生了什么。

　　菲尔达浑身疼。她甚至能感觉到脊椎上的每一块椎间盘。即便她尽量对母亲说她不会一直下不了床，但她很清楚，母亲不是要解决问题，而是要夸大问题。奈斯比太太一点儿也不配合，因此他们最终停止了理疗。菲尔达一要移动母亲瘫在床上的腿，便会听到一声声尖叫，像针扎在了皮肤上一样。然而，奈斯比太太那强壮的体格看上去很健康，胃口也相当好。她几乎每天都会对菲尔达说自己想吃什么，饭菜一端上来，便狼吞虎咽地吃下去。今天她想吃西葫芦面，明天想吃羊排。母亲的胃口一直很好，但她这么想吃东西，让菲尔达有些疑惑。有时她会想，这是不是一个濒临死亡的女人最后的请求。她总是特别容易内疚，因此总是不自觉地到厨房里，母亲点什么她就做什么。有一次奈斯比太太想吃羊脖子布丁，她发觉女儿不知道怎么做，于是大失所望地看着她说：

"你是说你竟从来没做过羊脖子布丁？"

"没有……是的……我的意思是说，我从来没试过。"

"即便这是希南最喜欢的甜点？"

希南从来都不喜欢这种用羊脖子加橙子和桂皮做的布丁，而且，他从来就不曾理解有人竟喜欢那么吃，但他从没告诉过丈母娘实情，总是假装很喜欢。每次给他吃这种中间插桂皮棒的甜点，他都担心自己会吐出来，但第一口咽下去以后，他就不恶心了。也许是因为他总会对岳母的这道特色甜点赞不绝口，所以奈斯比太太相信，这就是女婿最喜欢吃的甜点，每到开斋节的时候都会做。

突然间，菲尔达感觉，母亲几乎要站起来，穿上围裙，去厨房为她心爱的女婿做这道甜点了。然而，奈斯比太太在最后一秒钟意识到，用左胳膊撑住床的她几乎已经坐了起来，仿佛随时都能站起来，于是，她又躺回床上，再次咒骂起自己的命运来："哎哟，奈斯比太太啊，你怎么这么命苦啊？你这样一个妇道人家怎么落得这样一个下场啊？如果是以前，我立马就去做了，可现在连动都动不了啊。"说着，眼泪就从她油亮亮的脸上淌了下来。虽然菲尔达有些同情母亲，但她一点儿也不担心那些眼泪，她知道那仅仅是母亲无休止的闹剧里的另一出罢了。她去厨房拿来一张纸和一支铅笔，在挨着母亲床边的地毯上坐下，把纸、笔递过去。她说："没关系，妈妈，你把食谱给我，我去做。"

奈斯比太太开始讲起了做法，脸上仍带着泪："首先要煮羊脖子，煮透了，直到它开始碎掉，然后再煮两次，每次都换一锅水。然后切碎……不，是像这样撕碎，再放到锅里，加些水、糖、柠檬皮碎末、橘皮碎末，再加桂皮和丁香，煮到锅里没水了，加葡萄干、李子干、杏干、桂皮，整体煮一遍，当心别煮煳了。做好后撒点儿杏仁、松子和桂皮棒，要趁热吃。"

菲尔达也没问需要多少糖、桂皮和杏干，草草地把食谱记了下来。她知道要是问的话，母亲肯定能告诉她各种配料都需要多少。她的记性依然很好。然而，菲尔达想挑战一下自己在没有具体细节的情况下掌握每种食材的能力。她是这种独特技艺的高手。同时，母亲也安静了下来，眼泪也不流了。从她移动嘴里假牙的方式看，菲尔达判断她快要饿了——或许是想羊脖子布丁想的。她问母亲想不想吃用葱、蒜、番茄酱和橄榄油嫩煎的青豆。"当然，"奈斯比太太说，并补充了一句，"菲尔达，有没有酸奶？有的话就在旁边加点儿。"奈斯比太太从来都要额外来点什么。要是她想吃青豆，就要拌上酸奶。要是她想喝酸奶，就要在里面加糖。要是她想吃糖，就会问有没有草莓。如此下去，没完没了，菲尔达一天在厨房和母亲的房间之间来来回回很多趟，一刻也不得歇息。偶尔趁母亲极短的午睡时间，她会给朋友打个电话，跟她们说说自己的近况。她总是极为小心，因为绝大多数时候，母亲中途就醒了，问是谁的电话。要是对方她也认识，就一定要在电话里跟对方聊，而且会不停地讲下去，直到对方相信她快要不行了，真心为她感到难过才肯罢休。

通常情况下，菲尔达有着非常活跃的社交生活。她每天都至少要出去两次，帮别人的忙，每两周去见一大群朋友，必要的话，还去孙子、孙女的学校开家长会。现在，她觉得和所有这些都隔绝了。仿佛白天把时间全花在母亲身上都不够，晚上连和丈夫聊天的机会也没有，因为他们总是被奈斯比太太的吆喝声打断。母亲总是煞有介事地对因占用她和丈夫在一起的时间所引起的不便而道歉——但能不能给她的腿做做按摩？腿真的很疼啊，虽然按说应该已经瘫痪了。是要下雨了吗？还是反季要下起雪来了？晚上他们夫妻俩也不能定期去看电影了，而这一习惯已经延续了多年。以前菲尔达会记下欧瑜推荐的电影，然后每周和丈夫一起去看。如果希南不想去，她就白天一个人去。电影成为菲尔达和欧瑜每周通话里总会谈论的话题，可惜现在也变了。

菲尔达不喜欢总谈自己的母亲，就像那些初为人母的女人总谈自己的孩子那样。虽然外界的生活仍在继续，她自己的生活却被压缩在了这个家中。她没法再去看孙子、孙女，于是儿子有时就在孩子们放学后把他们接到菲尔达那里。菲尔达刚抱着孩子亲了亲，就听到母亲责怪孙子为什么不常来看看奶奶。在奈斯比太太的字典里，没有"够"这个字。在她看来，任何人一天里不和她待上两个小时，就一无是处。菲尔达和孙子、孙女在一起的短暂时间里，她总是尽量让他们开开心心的，把匆匆混合好的磅饼放入烤箱。奇怪的是，第一个闻到蛋糕香味的总是奈斯比太太，似乎一切总是顺她的意。菲尔达向自己保证，老了以后绝不像她母亲那样。母亲有什么毛病，她们也会有。容颜、行为方式最终都没什么两样。但这不会发生在她身上，她不会变成另一个奈斯比太太。她会在身体里那颗时间炸弹爆炸前就把电线剪掉。

去农贸市场对菲尔达来说是很特别的经历。从一个摊位走到另一个摊位，就像是在那些从未去过的小村庄之间做短途旅行。她总是凭着停留在鼻尖上的味道找到自己想买的任何东西，并且总会从蔬菜、水果的色彩中得到启发。在她看来，一个盘子必须要像一幅静物画那样被好好安排。饭卷外的葡萄叶要像擦过一样闪亮，欧芹看起来要有充沛的精神和力量。另外，味道上的和谐应该像一首举世无双的交响乐。没有什么材料可以随随便便地加到一盘食物中，它们都应该起到特定的作用。西红柿应中和茄子的涩味，肉里淡淡的桂皮味可以安抚人们一天下来紧张的神经。肉丸里的孜然也不仅仅是用来提味儿的，在牛肉馅里恰到好处地撒点，能帮助肠胃消化。菜里放过多番茄酱，就像是在一张漂亮的脸上涂了太多化妆品。加得太多，菜看起来就不再像轻扑粉黛，而像抹了大片口红一样俗气了。不，菲尔达烤的面包没有特别加了什么。朋友们猜错了。那是她使用的有机全麦面粉的香气。那不是从超市买的，而是直接从乡下运来的。她做的塔尔哈纳浓汤味道很特别，这也难怪，因为她所用的胡椒来自土耳其东部城市乌尔法。她做的炖肉比其他人做的都好吃，其秘密就在于她总会往里加点菩提树树叶。吃到这种炖肉的人都会立刻放松下来，感受到心里的爱意。

菲尔达一有空就去农贸市场，尽量逃离母亲给家里带来的不快。她无法像过去一样，为了买到最新鲜的食材遍寻周围不同社区的多个农贸市场，但哪怕只是去最近的一个，短短的行程也能让她放松心情，自由呼吸。她知道，如果跟别人说，西葫芦花能带给她一种平和感，他们一定会笑她，所以她从未对别人谈起自己内心深处的这些情感。最让她高兴的，是给自己所爱的人做他们最喜欢吃的食物。给杰姆做朝鲜蓟，给欧瑜做葡萄叶饭卷，给希南做穆萨卡[1]，都会让她爱意满满。每次欧瑜对他们说要回家的时候，菲尔达就变得像个没经验的恋人一样手脚不利落起来，甚至还会把菜烧煳。

她记得，自己还是个孩子时就给母亲烤她喜欢吃的饼干。

---

[1] Moussaka，用肉末、茄子和奶酪烤制的一道希腊名菜。

她与食物的关系反映了想要取悦他人的程度，因此，无论她现在多么生气，都要尽最大努力为母亲做羊脖子布丁。于是在农贸市场走了一圈之后，她发觉自己在央求肉贩。如果今天没有新宰的羊羔，明天能不能宰？她母亲正躺在病床上，特别想吃羊脖子布丁。即便是那整天闻着肉味儿过活的屠夫，也觉得这种甜点很奇怪。想到甜点的样子，他又皱眉头又吐舌头，想赶紧忘掉那种东西。"用羊肉做的甜点？"他问，几乎是带着轻蔑的表情。不过他还是保证，说周五能有新鲜羊肉。菲尔达是个老顾客，虽然近来由于她丈夫心脏不好，他们羊肉吃得少了，可她仍是个很有价值的客户。但是有时候她也很难缠，从来不会不好意思地提很具体的要求。可惜她是唯一一个不要羊肉要羊骨头的人，这让他很生气。他最讨厌那些不知道该怎么吃东西的人了，但是对此却也没有办法。

两小时后菲尔达从农贸市场回到家，一个"惊喜"正等着她，但不是什么好事。奈斯比太太正坐在床上，红红的眼睛里带着泪。看到母亲搁在床上的腿，以及稍微并到了一起的膝盖，菲尔达就明白是怎么回事了。她尽量不去看床边空空的便盆，因为看到的话会把人气疯。她知道，要是母亲愿意，是一定能够到便盆的，只要她再稍稍努力一点儿，她就不用收拾这些烂摊子了。然而不管她心情怎样，看到母亲哭成那样，她的心都快碎了。她径直走到母亲身边，抱了抱她。她想说："别担心，这种事常有，我们一起收拾干净。"但她说不出口，因为这些话她自己一个字都不相信。然而，她还是紧紧抱住了奈斯比太太。过了一会儿，她去卫生间拿回来一卷卫生纸、一大盆肥皂水和一块抹布。她掀起母亲的睡衣，开始擦洗她腿下面那团黑乎乎的东西。直到气味变得无法忍受，她才想起要把窗户打开。没多久，奈斯比太太就不再不好意思了。安静了几分钟后，她就开始跟女儿讲两个人怎么互换了角色。以前是她给菲尔达擦洗，现在轮到女儿给她擦洗了，是不是？菲尔达看着母亲，被这话惊呆了。有没有什么办法让母亲明白，其实她们不必这么生活的？究竟有没有可能让自己这位聪明的母亲明白，她所相信的只是她脑子里臆造出来的荒谬的谎话？可这就是她母亲典型的举动。和往常一样，她早已决定了自己想要什么，而后照着做，不管结果会有多严重、多不可逆。她甚至都没意识到，她正在把自己、女儿甚至全家拖向灾难性的结局。

擦洗完后，菲尔达站了起来。她感到几周以来一直疼痛的左膝现在疼得更加厉害了。她知道这是因为很长时间没练瑜伽了。在她这样的年纪，要保持如此旺盛的精力，瑜伽是首选。那些瑜伽动作能净化身心，平复心情，让她的身材保持年轻，她总后悔学得太晚了。起初她以为，瑜伽可以帮助她度过这些艰难的日子，但是现在她意识到，除了照顾母亲，什么时间都没有。菲尔达端着盆，向卫生间走去，同时尽量伸了伸腿。把脏水倒进马桶后，她把盆子放到浴缸里，开始灌热水，然后再清洗。听着哗哗的水声，她跪在了地上，胳膊搭在了浴缸冰凉的边沿上，眼泪无法抑制地从脸颊滚落下来。她想，要是和欧瑜在一起就好了。她想和她一起烤蛋糕。

*　　*　　*

每天早上天不亮马克就会醒来，然后快步走出去，好尽可能快速地离开他空荡荡的公寓。由于那个时候店铺都没开门，街上也没什么熟悉的面孔，他可以平静地走到画廊去。以前，每天早上都是阿牟开门。虽然最初两天阿牟看到画廊门开着的时候很惊讶，但没过多久他就习惯了。马克的画廊现在营业到很晚，这成为他可以不回家的理由，无论对他还是对顾客而言，都是从来没有过的事。毕竟，顾客们都习惯画廊会在一天中最不寻常的时间关门了。

马克会在外面吃完晚饭，一直等到附近所有店铺都关门了，没有人在外面了，才回家。每天晚上他都在国宾区吃晚饭，然后有时去看场电影，有时去酒吧。连续一段时间在外面待久了，他感觉异常疲惫，因为，比起任何其他地方，他总能在家中找到更多的宁静。饭店里的喧哗，酒吧里的音乐，电影院冰冷的座位，一段时间后都变得让人难以消受。他也厌倦了饭店里那些稀奇古怪的饭菜，虽然总体上来说菜品都很好，但是价格相当贵，他还是怀念厨房里那简单的味道。他觉得，自己的胃一日比一日沉重。一定是对那些饭店里所用的食材起反应了。他回到家后，只会在厨房里待上几分钟，绝大多数时间不是在睡觉就是在客厅里翻书。迄今为止，他一直拒绝参加所有请他出席的晚宴，他还没有找到与朋友们交往的勇气。每当有朋友路过他的画廊，他总是简单地招呼几句，心中祈祷他们赶快离开。他从来都是个不善交际的人，但对他们的朋友也从来不会无礼或冷淡，而且，他从来不是那种不受待见的人，别人表示出友好的时候，他不会转身不理。克拉拉去世之前，大家围绕着餐桌一次次真诚的交谈一直温暖着他的心。现在，他无法想象自己要坐在他们当中。他感觉自己已经无话可说，去正视任何人都是不可能的。他常常发现自己的眼睛总往别处看，就是不去看对面说话人的脸。他甚至不知道自己绝大多数时间里说的都是什么，总是咕咕哝哝地去聊自己看过的一部电影，或是来画廊的一位顾客。

圣诞节越是临近，马克就越是绝望。可能的情况下，他总是闭着眼睛走路。他绕另一条远路回家，这样就不用路过他们每年都去买圣诞树的那家街角小店了。他把公寓的窗帘都拉上，这样就不会看到街对面一楼的那家人。多年来他们两家都会看到彼此为圣诞节做的准备，都会在窗前打开彩色小灯向彼此发送圣诞快乐的信号。以前，在一年中最快乐的那几周里，每当马克回到公寓，他总会在满是香草、生姜和巧克力屑饼干的味道里喝上一杯，这样直到第二年都不会忘记那种味道。那种甜甜的香味总是让他感到特别高兴。今年他没拿出圣诞装饰品来，那些东西仍在床底下的盒子里。他也没在窗户上贴纸雪花，以前圣诞节即将过完的时候，他总喜欢用短指甲把它抠去。有些时候，因为怀念那种上面浮有一层搅拌好的奶油的热可可，他会坐下来，哭上一些时日。他想去蒙马特的圣心教堂祈祷，然后去一家咖啡店吃泡芙，就像他们以前那样，但是他仍没有找到力量去做其中任何一件事。对他来说，整个城市就像一座监狱。无论他去哪里，都无法摆脱内心的沉重和深深的遗憾。现在，鼻梁上持续不断的疼痛演变成了头痛，因此他口袋里总是揣着止疼片。

　　每年十二月二十五日早上，他们总会穿着睡衣去客厅，在圣诞树下打开礼物，就像两个小孩子那样。虽然圣诞节结束的时候他们总感到难过，但想到新年在即，便又有了精神。这个圣诞清晨，马克没有礼物，他走进厨房，在桌边坐下来。他知道今天哪里都不开门，所以昨天买了些吃的，准备在家待一整天。吃过棕色纸袋里的早餐后，他吞下两片安眠药。克拉拉去世后他就一直在吃，不久他就感到厌倦了。他不再盯着电视机，把它关上，又回到卧室里。他早就拔掉了固定电话的电话线，手机也没开，这样就不用去听任何来自朋友善意的祝福了。他重新躺在乱糟糟的床上，用被子蒙住头，几乎一整天都这样睡着，直到摇晃的大床最终将他唤醒。

　　奥黛特一遍又一遍地给马克打电话，但一直打不通，于是她坐上出租车，把准备圣诞晚宴的工作留给了丈夫和朋友们。

当每个人的孩子都长大，开始在他们自己的小家庆祝节日后，奥黛特、西尔维、克拉拉和苏珊这几个老朋友就开始一起轮番在其中一人的住处过圣诞节了。奥黛特几天前就打电话给马克，告诉他今年在她家吃饭，她的丈夫亨利也去过画廊，告诉马克说他们真的很希望他能来。马克没说不去，但他们或多或少能猜出，他是不会露面的。因此奥黛特决定亲自来叫马克，由其余的人准备晚餐。马克睁开眼睛，发现奥黛特仍抓着他的胳膊，使劲儿摇他。

"你吃什么了？告诉我！"

"就几片安眠药。"

"多少？告诉我多少！"

"两片。"

奥黛特这才放下心来。

"我叫了你十分钟！我知道你一定吃了什么，但我不知道到底是什么、吃了多少，所以担心起来，我差点就要叫救护车了。"

"有时候我并不是没想过要自杀，但是没有克拉拉，我连这个都做不了。"

这是几个月来奥黛特听马克讲的第一句完整而有意义的话。她惊讶地看着他，带着些许满意的神情。他起码能说点和自己情感相关的话了。这挺好的。她环顾四周，这个以前充满快乐的公寓，现在看上去阴沉沉的，没有一点儿生气。马克的孤独遍布每一个角落。这个在圣诞节躺在被褥里睡觉的男人，他的绝望甚至从镜子里都能看到。

"起来吧，我们走。"

"我很累。"

"你不是累，而是抑郁。我在客厅里等你，起来穿好衣服。家里还有一大堆事要忙，要是我的圣诞树干蛋糕出了问题，就要你负责。"

马克没对奥黛特说，他听到这道甜点的名字有多难受。他没有任何抵抗地穿好衣服，眼前不禁浮现出两年前一个圣诞节早晨克拉拉的样子。仿佛就是昨天，她一边随着收音机里歌曲的节奏摇摆着身体，一边在每个人到来并开始喝鸡尾酒之前准备着圣诞树干蛋糕。她右手持着小筛子，左手轻轻拍着，边看着香草粉撒落到蛋糕上边唱着歌："下雪吧，下雪吧，下雪吧。"穿上衣服后，马克不情愿地跟着奥黛特出了门。接下来的一天里，那句歌词一直深深地印在他的脑海里。

临近新年前夜，马克感觉身体仿佛已经对痛苦麻木了。他已经无法承受更多。几个月前克拉拉还在，他们还计划着去诺曼底的一所大房子和这群朋友一起过新年。钱都已经付过了。但是克拉拉的去世改变了马克的计划，其他人两天前就去了。他们坚持让马克一起去，但谁都说服不了他。同时他也明白，这些朋友也需要习惯克拉拉的离开，将悲伤排出体外。看来十二月三十一日将会是马克今年最难挨的一天了，这将会是他独自度过的第一个新年前夜。尽管如此，他还是很期待。或许这些节日庆祝结束时，他就可以和妻子团聚了；或许他可以找到一种不是每时每刻都在想克拉拉的方法；或许他的生活最终可以变得正常些。几个月来，他一直在同自己的邻居躲猫猫。他在最荒唐的时间出门，无论去哪儿都走最稀奇古怪的路线，仅仅是为了避免遇到熟人。买熟食时，他不再去以前的熟食店，而是去三个街区以外的穆斯林熟食店。他能听到人们的声音从熟食店的小电话亭里传出来，尤其是那些给远方亲戚打电话的阿拉伯人。他时而也会走到他们中间，站在电话机前，想着自己是否也需要打个长途电话。除了克拉拉的姨妈，他想不到任何其他人，但是他对伊薇特姨妈没什么可说的。那时他才明白，自己的生活圈子是多么窄。这个克拉拉去世前他从未想过的事实，现在经常出现在他脑海里。有时他坐在短凳上看着大街。他知道，熟食店里的人一定觉得他有问题，并因此对他特殊照顾。他利用起这点好处，也不愿意解释什么。或许他们会认为他疯了，但他也不在乎。买完东西付过钱后，他就一直坐在那儿，只在有人需要那块小地方的时候才会离开。熟食店的阿拉伯老板一般总表现得像是马克在那儿就待了几分钟似的，也从不多问什么。

虽然马克逃离着整个世界，但他和阿牟在一起的时候会感到宁静。或许这是因为阿牟对克拉拉的了解最少。和阿牟在一起的时候，马克感觉自己不必去谈妻子，他不用去回忆她有多完美、多善良、多漂亮、多善解人意和多甜美。他和阿牟可以一言不发地对着一本漫画小说的原稿看半天，可以连招呼也不用打就直接分别向书店两边走去。阿牟对社交也一窍不通，和马克一样是一个人。他对路过画廊大橱窗的漂亮女人也同样没什么兴趣。马克知道，有一天阿牟或许也会经历这种伤痛。

　　另外，马克所遭受的痛苦已经达到了顶峰，他甚至不知道自己是否还想摆脱这种痛苦。这种情感中的一种思想给了他力量：只有经历过纯粹快乐的人才会选择寻找无限的悲伤，这样就不会夹在两者之间了。有一天，站在一个指向终点是西班牙圣地亚哥－德孔波斯特拉大教堂的朝圣之路路标下，他感到仿佛正是由于所有这些痛苦，才可以走几十英里。或许那时，当他在路的尽头参加圣餐仪式的时候，便可以重新开始生活了。那时，马克没有沿圣詹姆斯路走下去，而是决定走另一条岔路。一条会随时间治愈他，帮助他再次看到生活之美的路。

四

　　乌拉从瑞士来纽约之前，做梦都没想到自己会住在这样一个闻起来像药店的房子里。她幻想自己会住在曼哈顿时尚街区一所别致的公寓里，就像电影里演的那样，但是这里的房子更便宜，离她所在的学校也近，因此她选择在这儿租了一个房间。当然，租房广告上可没说有个半瘫、性情乖戾的男人也住在这里。她原本打算一个月后搬到别处去，但进一步了解过这个地方后，她改变了主意。这个拥挤的房子，加上其他房客一共七个人，和她平常的三口之家相比更有意思，也更精彩。另外，她相信自己和房东老太太之间已建立起了非比寻常的关系。老太太身上有一种难以言状的特殊魅力，乌拉毫无抵抗力地被这种魅力吸引了。这或许是一种神秘的力量。乌拉这辈子都在其他人身上寻找着这种力量，因此她对莉莉亚的喜爱也日渐增多。带着她对生活的各种疑问，从一个年纪更长的女人那里听到答案，更确定了她对智慧的信仰。她从小就一直在寻找智慧的女人，相信自己总有一天能找到她。她一度认为，这个智慧的女人是她在瑞士遇到的一个土耳其美发师。现在，她确定这个人是莉莉亚。在房东老太太的帮助下，她开始认识到食物在人们生活中的重要性。她明白咽下去的每一口食物都会成为她身体的一部分，明白通过食物来传递和接收信息是完全可能的。或许这便是她千里迢迢跑到纽约来的原因。她真正的学习即将在这所房子里开始。

乌拉发现阿尔尼倒在地板上的时候，莉莉亚正在超市。莉莉亚离开家之前打理好了阿尔尼需要的一切，并嘱咐他不要下床。但是阿尔尼想要去厨房接电话，随后他觉得眩晕，便倒在了地上，耳边还响着阿珰从电话那头传来的声音。一看到他躺在厨房地板上，乌拉就赶紧打了急救电话。她一边试图让他平躺下来，一边通知接线员，告诉他这个病人的所有信息。

正轮到莉莉亚在收银台付款的时候，她的电话响了。她在巨大的提包里找手机时，收银台的女孩已经开始一边扫条形码，一边往袋子里放东西了。因此，当莉莉亚最后来不及付账就离开的时候，光对不起就说了不知多少遍。她无法在一两分钟内向收银员解释清楚丈夫的情况，因此，也顾不上那个年轻女孩的长脸和咒骂，她不得不赶紧离开，带着极为烦躁的心情去排队等出租车。她想把自己的特殊情况跟队伍前面的那个女人解释一番，看能否让自己先上车。这时电话再次响起来。这次乌拉对她说，救护车到了，已将阿尔尼带到了圣文森特医院。听莉莉亚说完，那个女人回答说："不行，护理人员不知道情况，只有医生才知道。"电话打完，莉莉亚看到那个女人已经把其中五个袋子放到了出租车的后备厢里，现在正要把剩下的袋子往里塞。她没有办法，只能继续等待了。或许真的没关系，救护车已经把他送到医院了。阿尔尼的身体又出现血栓了吗？莉莉亚之前已经有了教训，知道乱猜不对，而且毫无帮助。

在把医院名称递给出租车司机后，她任凭自己倚靠在出租车宽大的座位里，闭上了眼睛。现在她意识到，无论发生了什么，无论什么时候，她闲着的每一秒都在想弗拉维奥。她发现自己绝大多数时间都在做和这个年轻男人相关的白日梦，而她一直在忽略这个事实，并把自己的情感仅仅视为平淡生活里对刺激的一种需求。实际上，近几周她最终还是意识到了自己的性欲，这是多年来的第一次。她开始再次在镜子面前性幻想——很久以来她都没有这样了。她从来没想过要有外遇，但她还是禁不住会想，要是弗拉维奥近距离地看到她的胳膊，会不会觉得她赘下来的肉很恶心。有一天，她穿上了衣柜里那件存放多年的塑身内衣，外面还套了裙子。她对自己的装扮很满意。当然，刚过两个小时，她就确信自己呼吸困难，几乎要晕过去了，于是迫不及待地把塑身内衣从身上扯了下来。她也不能否认，自己不止一次在超市里那些染发产品前停留过。能有深栗色的头发这个想法让她蠢蠢欲动，她不打算否认这一点。看上去那正好衬她深色的皮肤。她甚至在几次下楼前都试着涂上红色的唇膏，并由衷地认为那很适合她。不过每次她都用卫生纸擦掉了，害怕这种突然的变化会让阿尔尼起疑心。

还不止这些。很长时间以来，她第一次把一张空画布从地下室搬到了自己房间，放在画架上。画架在那里静静地等待了很多年。她还没开始作画，但躺在床上时，她会在脑子里勾勒。最终她受不了自己迟迟无法确定要画什么，于是，以婴儿监视器里传出的阿尔尼的声音为借口，拖延了下来。对于已经意识到自己缺少真正天赋的人来说，做不出具有创造力的东西，还有比一个合情合理的理由更让人满意的吗？偶尔莉莉亚有勇气诚实地面对自己的时候，她会承认，以前以孩子为借口也是一样的原因。明明是自己不足却责怪别人，但在这世界上她不是唯一一个习惯这么做的人，知道这一点后她如释重负。

来到医院后，莉莉亚虽然焦虑，但更好奇，她想知道自己的生活现在将朝哪个方向走。在去九楼的电梯上，她一直在想，自己的整个人生都取决于另一个人身上发生了什么，等到出电梯的时候，她已经对自己很反感了。她来到忙碌的信息台，告诉对方自己丈夫的名字。从眼前这个在电脑上查找阿尔尼姓名和病房号的女人的脸上，你根本什么也猜不出来。莉莉亚耐心地等着，不知道在医院工作久了，人就会变乖戾，还是医院本来雇用的就是性情乖戾的人。两分钟后，那个戴着老花镜的女人抬眼看看莉莉亚，告诉她医生还在病人身边，要她等一下。莉莉亚在墙边一排椅子上坐下来，戴上为了方便看购物单而挂在脖子上的老花镜，找到了乌拉的电话。能有这么一个人，可以毫不犹豫地给她打电话，这种感觉确实让人振奋。打完电话后，医生还没有来，于是她头靠着墙闭上了眼睛，没过多久就睡着了。

待莉莉亚抬起几乎已经歪到旁边座椅上的头，费力地睁开眼后，才发现医生正站在她面前。阿尔尼又出现了轻微的脑血管意外，但是目前不用担心什么，他的病情没有任何变化。她问起是否他只是左半身行动困难时，医生说："是的。"他们今天无法让他回去，因为还需观察二十四小时，不过她没必要留在这里陪他。悲哀的是，莉莉亚意识到，自己一点儿都不想看到丈夫。她厌倦了去看他那张憔悴的脸。然而，不看一眼就走又不合情理，所以她还是去了他的病房。阿尔尼看起来仿佛连说话的力气都没有了。他的眼神随着莉莉亚移动着。虽然他自己没表现出任何爱意，却还是希望她能走过去握住他的手。他的妻子是那种总会体恤他人的人，虽然两个孩子让她伤透了心，她仍对他们很和善。正如他想象的那样，莉莉亚走到他身边，善意地握住了他的手，很小心地避免碰到他手上插着的管子。然而，这一动作没有任何温度，只是一种习惯性的动作，一种非正式的礼貌表现。阿尔尼多年来第一次仔细端详起自己的妻子。她看上去穿戴得很精致，比平时都要漂亮，近些年她都不怎么打扮了。她的头发梳向了一边，正如年轻时那样，露出高高的颧骨。他想回忆起自己究竟是什么时候爱上她的，但已经记不起来了。他从来不对她说什么，但她是什么时候开始也不再对他说什么了的呢？她现在甚至都不正视他，只是不停地环顾四周，嘟哝着一些毫无意义的话。她说："你会好起来的，一切都会好起来的。身上不疼吧，是吗？"阿尔尼不知道自己会不会好起来。对于猜不出自己未来生活会变成什么样子的这一事实，他不喜欢。尤其令人沮丧的是，以前他总是以自己的猜测能力为荣，像是去猜棒球比赛的得分、总统选举的结果、网球公开赛的赢家等。他甚至不愿去想，剩下的日子可能一直要这样。这是一种囚禁。他被囚禁在一座房子、一间屋子里，靠着一个女人，过这种生活。因此他一直动个不停。他想再次获得自由。

他知道莉莉亚再也受不了他了，他也受不了莉莉亚。他非但没有感谢莉莉亚为他所做的一切，反而开始记恨她，并且无论白天、黑夜，总在最不可理喻的时间提出最不可理喻的要求，仅仅是想发泄一下。显然，他们的婚姻很久以前就失败了，但他们需要这样一出悲剧来让彼此明白，他们无法再生活在一起了。他猜妻子会躲在那些新认识的人背后，在这场噩梦中竭力保持理智。而他呢，别无选择，只能好起来。他意识到，这辈子自己终于第一次有了梦想。阿尔尼从来都不是那种有梦想的人，即便年轻的时候也没有。他总是跟着前面的人走，在现成的生活模式之上，夹带些自己生活的时代所带来的小变化。娶外国女人、从越南收养孩子，并不是因为他思想开放，只是因为那些年出现了这样的新模式。但是现在，他终于有了一个梦想：恢复健康，靠自己过完余生，要安安静静地在自己那十八平方米的屋里生活。

　　和阿尔尼待了一刻钟后，莉莉亚回家了。她不知道阿尔尼不回应她是因为不想说还是不能说。她也不在乎了。在家里忍受彼此的存在就容易些，至少有其他事情会分散他们的注意力。他们不用在这种空荡荡、冷冰冰的房间里，面对面地看着彼此。莉莉亚试着记起丈夫年轻时的样子。这些年，镜片后面那双眼睛变得越来越小了。是什么让她爱上他的？她想不起来了，不管怎么想都想不起来。一离开医院，她就振奋起来。想到能在没有阿尔尼的家里过一夜，内心充满了喜悦。离他的烦躁和气愤远远的。她不必每一秒钟都提醒自己，他在那扇厨房门的后面，也不用再小心地去说每一个字。她可以和那些年轻人在餐厅来一场盛大的晚宴。肉丸意面、大盘沙拉，再来些红酒，她这么想着。他们甚至可以在壁炉里生上火。她希望每个人，特别是弗拉维奥，能回来得早一点儿。一想到自己要穿什么，她就感到很惭愧。她开始凭印象回忆起自己的衣服，全都是从慈善商店里买的，既肥大又无趣。她想象着自己身穿一件简单的紧身黑长裙。很多年了，她都没再穿过那种衣服。要是她穿上瘦身胸衣，就没有理由看起来不好看。可惜自从发了福，身材走样后，她就把所有的衣服——包括黑长裙——都塞进了大垃圾袋，便宜卖给癌症护理慈善商店了。现在她也只希望能从衣橱那一大堆烂摊子里分别找出一件黑衬衫和一条黑短裙来。

　　她很走运。打过几个简短的电话后，她了解到，每个人都准备早些回家。下午晚些时候开始下的雪绝对帮了忙，房客大都体验过天气不好时打车、等火车有多难。她回到家后，没有去准备当晚的饭菜，而是径直去了自己房间，也顾不上洗澡，她把一些衣服摆到床上，好做出选择。她是什么时候开始变得那么没品位了呢？从哪儿找来的这些花里胡哨的衬衫和芥末色的半身裙呢？她怎么能买这些破衣服，还自以为在慈善商店里淘得不亦乐乎？她的生活已经变得十分可悲，证据就在眼前。她都记不起上次给自己买东西是什么时候？她已经变成了另一个人，全身上下尽是他人的品位。到头来，自己成了典型的美国妇女，没有吸引力、闷闷不乐、毫不起眼、喜怒无常。她把唯一一件能穿的长裙从床上那个丑陋的衣服堆里抽出来。正如她所想象的，那件裙子不是黑色的，而是棕色的，也不紧身，但至少样式简单。她把所有其他衣服都堆到卧室的一角，准备随后全都扔掉，然后就去洗澡了。她还想把身上浓重的维生素B味儿洗掉，那是遵照医嘱而服用的。

　　在餐桌边坐下之前，他们移走了那些靠在壁炉前的帆布，准备点燃那堆在地下室里贮藏了多年的柴火。每个人都就座后，莉莉亚擦燃火柴。伴着炉火的第一道光和噼噼啪啪的声响，他们开始进餐。和平时一样，大家随意地聊着。莉莉亚高兴地接受了大家对她发型和装扮的褒扬，禁不住往弗拉维奥那边看过去。如果有人问起，她也不会说自己有什么期许。莉莉亚很高兴，感觉又有活力了，但她不知道如果弗拉维奥伸出手，她能否握得住，而且，坐在年轻人旁边，即便在体力和精神上都感觉年轻多了，但还是能看出年龄的差距。不过，今晚她不打算想太多，她想要的是开心，不要过多地分析什么，但是天不遂人愿。

第一个闻到房间里烟气的是娜塔莉。就在大家都想搞明白发生了什么时，从烟囱里倒窜进来的烟气已经笼罩住了壁炉，接着是整个屋子。没多久，他们就在浓重的烟雾中看不到彼此了。没有明火要灭，但烟气又开始向底层的其他房间散去。弗拉维奥抓住莉莉亚的肩膀，把她拉到了屋外。与此同时，他带着浓重的口音喊道："大家到屋外去！"并告诉莉莉亚他们必须要报火警。莉莉亚坚持说，他们不需要火警。烟囱很多年没清过了，一定是这个原因。艾德最终下楼来，结束了这场混乱。他在三楼自己的房间闻到了烟味，根据多年来做保安的敏锐直觉，立刻报了火警。此刻，他朝莉莉亚大声嚷着，问她怎么敢用那个壁炉。那玩意儿很多年没用了，她不知道要清理吗？莉莉亚站在那里，眼睛因不敢看他而直盯着地面，像个小女孩一样，她不知道是什么让她更难堪：是艾德冲她嚷，犯了这么大的错误，还是未请这位年纪最长的房客下来吃晚餐。说实话，自从搬进这所房子，壁炉就没用过。阿尔尼总是把它当成不必要的奢侈品，而莉莉亚也永远不敢反驳他。

这次是消防车的警笛划破了寂静的街区。从未谋面的邻居们都从窗户向外张望起来。如果这个情况会影响他们的安危，让他们认为有必要插手的话，倒也说得过去。他们不必担心。消防队员很快就处理好了。他们打开了底层所有的窗户，告诉大家上床睡觉前都给自己的房间通通风。最后，大家都回到房子里，一言不发地洗完自己的餐盘，回了房间。莉莉亚只给卧室开了一扇窗户，没换衣服就钻到了毯子下，并打开了床尾的电视。她需要听到有人说话，借此来盖过自己内心的声音。否则，她的心会碎成千片，她会哭上一整夜。

*　　　*　　　*

菲尔达自豪地看着孙女揉面团。纳兹只有八岁，但她早就在厨房里帮奶奶干活了，而且很有做饭的天赋。菲尔达有时会想，孙女将来会怎么回忆这些日子。她想和纳兹在一起，不仅是因为喜欢身边有她，还因为她想给孙女留下些美好的回忆。她希望有一天孙女会记起她们在一起的日子——当她烤蛋糕或是做菜的时候——并能从中学到些有用的东西，帮助她提高自己。小时候，和自己奶奶在一起的短暂时光不也有很多快乐的记忆吗？她很小的时候，奶奶和姥姥就都去世了，但她仍牢牢地记着和她们在一起的日子。她仍能想象出奶奶烙饼时，面粉在围裙上沾出的形状，或她是怎样用手背把额头前的头发捋到一边的。在第一次把自己弄得满手是油的时候，她就知道这个动作有多么重要了，可是以前她还觉得只有老婆婆才这么做。她惊讶地发现，自己最开心的记忆绝大多数都与母亲坐在餐桌前向小姨抱怨丈夫的事情有关。对菲尔达来说，发生在厨房里的每一场对话都很令人高兴，因为那是在厨房里发生的。她甚至会怀念在炉灶旁打架的场景。她最虚弱的时候，不正是那些在奶奶厨房里的日子给了她力量吗？那是个怎样的厨房啊！看上去就像是现在室内设计杂志里常见的那种老式厨房一样，屋中央是高高的操作台，角落里有炉子，墙上则挂着铜炒锅。现在人们还不惜花一大笔钱去把厨房装成那样呢。

那时，给铜杯子补锡 [1] 也是他们生活里重要的一部分。她仍能听到当地补锡小贩的吆喝声，他们推着小车，走街串巷地招揽生意。菲尔达的奶奶还用这个词当"责备某人"用。她会说："这回我着实补锡了雷拉太太。"而后她会详细地描述自己做了这件事之后多么痛快。虽然菲尔达喜欢这个词，但她一辈子都没拿这个词当"责备"的意思用过。这让她想到，自己有哪些词可以传给唯一的孙女，有哪些词可以让纳兹在今后的岁

---

[1] 在铜器上镀锡，能防止铜生锈、变乌。

月里想起奶奶呢？奶奶的标志词是什么？菲尔达搜寻着这些词，但找不到。为什么不能借用"补锡"这个词，把它传给下一代呢？她正好可以用上。纳兹正告诉她，说学校里有个小朋友推了她一下。

"你可以补锡她。"

"我可以怎样，奶奶？"

"补锡她，就是责备她。"

纳兹把小手放到操作台上，咯咯地笑了起来。菲尔达微笑着，也把自己逗乐了。她做到了。她相信自己已经把这个词传给了下一代。

"你可真幽默，奶奶。'补锡'是和'不习'相似吗？"

"不，宝贝，没有'不习'这个词，有'补习'这个词，但意思完全不一样。'补锡'可以有责骂的意思，有……责备的意思，很生气地责备。"

"比方说，我们老师那天骂阿提拉了。嗯……因为……嗯……他答不上问题来。那，老师是不是补锡阿提拉了？"

"没错。"

"比方说，那天妈妈补锡了爸爸。"

"孩子总是那样天真无邪。"菲尔达想，这正应了土耳其那句老话。她犹豫着要不要继续问下去。她好奇儿子和他老婆之间出了什么问题，但又觉得从八岁大的孙女口中打听这个有点不合适，因此她决定不问了。然而，纳兹坚持要将这个新词用到各种不同的句子里。

"然后爸爸狠劲补锡了妈妈，妈妈又继续补锡爸爸。我和坚克都坐在那儿，所以妈妈也补锡了我们俩，还让我们回屋去。之后，整个晚上妈妈和爸爸都互相补锡。"

"呵。"

菲尔达没法再说什么。这意味着儿子的婚姻可能出现了问题，但她仍不想把纳兹扯进这样的话题里。她想象着，像纳兹这样一个小女孩，来来回回、随时随地地用着这个词，人们可能会觉得这样很奇怪吧。

"宝贝，这个词都是老人才用的。等你老了以后再用，好不好？"

"为什么？我喜欢这个词，从今往后我会补锡学校里那个推我的人。"

菲尔达决定最好换个话题，让孙女完全忘掉这个词。

"你看，孩子，我觉得面团现在有点软了，看来它还需要一些面粉，它应该和你的耳垂一样坚实。"

纳兹揉掉手指上的面，拽了拽自己的耳垂，又用另一只手去感受面团的力度。她摇摇头，同意了奶奶的观点。

"奶奶，我们可以再加点面粉，还没好呢。"

正当继续揉面的时候，她们听到奈斯比太太在叫"福叔恩！"菲尔达吃惊地朝母亲的房间看去，用挂在围裙小口袋里的抹布擦了擦手。纳兹已经习惯了祖奶奶总喊奶奶过去，但祖奶奶一直补锡奶奶。

"可是奶奶，你的名字不叫福叔恩。"

"是的，宝贝。我想祖奶奶有点糊涂了。"

菲尔达竭力不让孙女看出她在发抖。实际上，她的身体抖得厉害。福叔恩是母亲的第一个孩子，出生后没多久就病了，不到一岁就死了。那时候很多婴儿都这样。奈斯比太太偶尔会提到福叔恩，说孩子夭折是多么大的苦难。每次她都会补充道："我都不想让真主这么惩罚我的敌人。"但她从来没把第二个女儿错叫成福叔恩过。那是一个一直停留在过去、时而被记起的名字。虽然菲尔达从没见过这个姐姐，但心里总会为失去一个亲人而痛心。那或许是她母亲痛苦的一个延伸；或许母亲刚从有福叔恩的梦里醒来；或许她在梦里又怀抱着那个小婴儿。菲尔达想着种种可能，把纳兹一人留在厨房，去了母亲的房间。

"福叔恩，你听不到我喊你吗？"

"我在这儿呢，妈妈。"

"很好。我一直在喊你，你去哪儿了？你爸爸回来了吗？"

"妈妈，是我，菲尔达。我想你还在做梦，或许还没完全醒。我去给你倒点水。"

往厨房走的时候，她仍能听到母亲在说父亲的事。她知道，人有时候很容易混淆时空，尤其是在午觉醒来以后。母亲那疲惫的身体一定是还没完全醒过来。一两分钟后，她端着一杯水回到了小卧室。奈斯比太太深蓝色的眼睛盯着菲尔达的脸，目光仍然炯炯有神。

"福叔恩，我怎么了？是中风了吗？"

"妈妈，是我，菲尔达。你摔坏了胯，记得吗？后来就和我们一起住了。你没法走路是因为你不想走路，但你没中风。"

"你那个丈夫，那条毒蛇，是他弄坏了我的腿。"

"妈妈，你在说什么啊？希南为什么要弄坏你的腿呢？等等，喝点水，你会好的。来，坐起来。"

"水有毒，我不喝。菲尔达去哪儿了？"

"真主啊，妈妈，我就是菲尔达。福叔恩是你另一个女儿，我的姐姐，她很小就夭折了。"

"是我的妈妈把她杀了。她嫉妒我们的爱。"

"来，妈妈，喝点水吧。喝点水你就好了。"

"我不喝，水有毒。"

菲尔达尽量喂母亲喝水，完全没注意到纳兹已经站在门口，正瞪大眼睛看着她们。她听到孙女的声音时吓了一大跳。

"奶奶，祖奶奶为什么要叫你福叔恩？"

"我也不知道，宝贝。回厨房去，你弄好苹果合子了吗？"

"不，还没包馅呢。你不来做吗？"

"我就来，亲爱的。你先过去做。你知道怎么做的。我再喂祖奶奶喝点水就过去。"

"为什么祖奶奶认为水有毒？"

"她开玩笑呢，宝贝。别管她。去吧，到厨房去。看，妈妈，重孙女要给你烤苹果合子呢，你多有福气。我们沏点茶，点心做好就可以吃了。"

这时，奈斯比太太又把目光转向了纳兹，上下打量了她一番。

"这是福叔恩的女儿吗？和她长得一模一样。"

有那么一会儿，菲尔达觉得自己要疯了。她把老花镜放在了床头柜上，用双手捂住了脸。仿佛是某人按动了奈斯比太太脑子里的一个按钮，然后所有的信息就都混作一团。她不知道该怎么面对这种情况，只好去厨房找纳兹了。她吞下一杯水，坐到了桌子旁。纳兹就坐在她对面。

"奶奶，祖奶奶是不是疯了？"

"不，当然没有。她有点糊涂了，仅此而已，要知道，她已经很老了。"

"但我不是福叔恩的女儿，我是埃斯拉的女儿。"

"是的，宝贝。我想祖奶奶只是有点累而已。"

"她快死了吗？"

"我不知道，亲爱的，不过你不该想这些事。不管怎么说，她已经很老了。别担心，好吗？"

"好吧。你不会死的，对吗？你还很年轻。"

"是的，亲爱的，不过我们现在别想这些了。来包馅儿吧，然后把它们放到烤箱里去，这样就可以按时做好了。"

她一边把混着苹果、桂皮和核桃的馅儿包到面皮里，一边想着该怎么做。首先她必须给希南打电话，让他不管在哪儿都立刻回家，然后带纳兹回她自己家。这些事小孩儿是不该听的，她不想让孙女变得更紧张。她还在脑子里记下，周一早晨第一件事就是叫医生来。这是老年痴呆的前兆吗？自她小时候以来一直住楼上的帕契泽大婶近来就患了这样的病。她女儿图林对菲尔达说，照顾起来非常不容易。她常说："我都不想请任何人来家坐，她总是疯言疯语的。"

包完最后一个点心后，她让纳兹把托盘放入预热过的烤箱里。隔热手套都能盖住纳兹的胳膊肘了，看上去很可爱。她是那么有天赋，这个小丫头。前几次的经验已经让她学会把计时调到三十五分钟，都不用奶奶开口。

"三十五分钟，对吗，奶奶？"

"是的，亲爱的，非常好。现在想不想看我给你准备的电影，关于小蜜蜂的？"

"*Bee Movie*[1]！"

"噢，看来我的小公主英语不差啊！"

趁纳兹在看电影，她回到母亲的房间，立刻明白为什么这一刻钟没听到她的声音了。奈斯比太太又睡着了。她回到自己的卧室，用手机给希南打电话。希南没接，她又拨了儿子的号码。她儿子并不总是接她的电话，但自己的孩子在她这儿就是

---

[1]　即《蜜蜂总动员》。

另一回事了。

"喂，妈妈？"

"杰姆，我给你爸爸打电话没打通。你能半小时内过来把纳兹接走吗？"

"怎么，她惹你生气了？"

"不，根本没有，她是最可爱的小东西。是因为你姥姥，她说了些胡话，我不想吓到纳兹。"

"说胡话？什么意思？"

"她叫我福叔恩，她说你爸爸弄坏了她的腿。我想喂她点水，她不肯喝，说水有毒。"

"哦，她最终还是不行了。"

"我不知道，杰姆，什么都还不清楚，一切都太突然了。她午睡醒来后就这样，她还问纳兹是不是福叔恩的闺女。我周一就请医生来。希望不是老年痴呆。那最糟了。你记得帕契泽大婶吗？"

"记得，我们老楼上的邻居。她就得了这病，是吗？"

"是啊。"

"妈妈，你完了。"

"先别下结论，或许不怎么严重。"

"你给舅舅打电话了吗？"

"还没有，我今天会打的。可我不知道该怎么办，你知道她是怎么听别人打电话的。我不能总是用手机打电话，太贵了。

不管怎么说，你能来接纳兹吗？"

"好，我尽快赶过去。"

"好。我和你女儿烤了苹果合子。你也想来点，对吗？"

"当然。一会儿见。"

挂上电话后，菲尔达轻轻用手指尖推开小卧室的门，看看她的母亲是否还在睡觉。暗黑的屋里，她隐约看到奈斯比太太睁着眼睛躺在那里。再仔细一看，母亲在自言自语些什么，泪水顺着眼角一直淌到下颌。菲尔达很心痛，感觉非常糟，都要哭出来了。正要转身离开，她听到母亲说："菲尔达，是你吗？"

"是我，妈妈！"她高兴地答应着。她终于回来了，感谢真主。

"我梦见你姐姐了，还有你爸爸。我想他们是在召唤我，我的时间到了。"

"别这么说。只有真主知道时间。那只是一个梦，没必要过分夸大它。妈妈，你不要这样，求你了，想想我吧。"

"我控制不了。我能做什么呢？连路都走不了。"

菲尔达再也不想提这件事了。每当母亲提到自己只能缠绵病榻，菲尔达就会忍不住跟她说，这全都是她自己造成的，而后她们便会大吵起来。现在她完全没有精力对付这些。

"纳兹和我给你烤了些苹果合子，妈妈。"

"哦，是我闻到的这股味儿吗？我想应该烤好了。去看一看，都要烤焦了。"

　　医生周一来给奈斯比太太看诊时，她的神志从来没这么清醒过。她不仅记得那天午饭吃了什么，还记得一周前吃了什么。她把所有亲戚的名字一个个都说了出来，甚至记得他们出生和死亡的日子。但她不记得上周六发生了什么。而且，她成功地完成了医生带过来的小测试。医生给十个单词，要求她在十分钟内记住，再问她是哪些单词时，她连顺序都没说错。这种情况下，医生也无计可施，只能对菲尔达说，可能她母亲的记忆有时会出差错。将来可能会发展成老年痴呆，不过还要等等看。最好是把她的日常行为记成日记，这样他们就能更好地了解情况。"那是当然，"菲尔达想，"那正是我们需要的，《妈妈的精神日记》。"同样，她知道医生怎么说她就会怎么做。每当要她执行什么任务的时候，她都会确保无论如何都要坚持完成。医生走后，她做的第一件事，就是到橱柜里拿出一本精装记事本，多年来，希南的单位发了不少这样的记事本。擦去封面的灰尘后，她在标注日期的地方写上"第一天"。记事本的前几页写的都是相当普通的事。然而，记录的内容日渐奇怪，最终变得让菲尔达无法理解起来。她无法判断母亲说的哪些是真的，有时甚至怀疑自己所知道的那些事实。最终，在发现记这种日记除了伤害自己外别无用处时，她打算不记了。而在她弟弟第一次听到奈斯比太太说，父亲其实不是他亲生父亲的时候，她也着实吓了一跳。尽管不相信，他还是拿出鞋盒里存放的所有照片，看看他和父亲之间是否真的有家族相似性。直到他看到一样的眼睛、一样的鼻子，甚至还有和父亲一样的秃头时，他才彻底松了口气。可是这仍无法阻止他晚上做噩梦，在梦里管其他男人叫"爸爸"。

母亲逐渐混乱的神志并不是菲尔达唯一的麻烦。她不辞辛劳地让母亲的身体保持洁净，不会因为整天躺在床上而生褥疮。每隔两个小时就翻动一次奈斯比太太的身体，抹上各种药膏和润肤霜为她做按摩。便盆问题已经到了不能更糟的程度，以致最后她给母亲穿上了纸尿裤，至少晚上是这样。每当她想打开窗户，放一放屋里混杂的刺鼻气味时，她们便会大起冲突。不，她当然不是要谋害她。谁会因为吹五分钟冷风而丧命呢？不，她没关屋里的暖气。她可以自己用手摸摸看。不，她当然不是在取笑她，没说她是残废。最终，她把奈斯比太太一直戴在头上的穆斯林头巾放到暖气上五分钟，再拿给她，才让母亲相信一直有暖气。每一天对菲尔达来说都意味着一场战争。和自己作战，和母亲作战，和床单作战，和纸尿裤作战。这是一场永无止境的战争。在她被囚禁的这座房子里，只有一处避难所，那便是厨房。她从布丁里的海绵蛋糕、肉饭里的粒粒面、西葫芦上撒的莳萝以及反季黄瓜里散发出的那股夏天般的气息中寻求慰藉。然而，看到冰箱里存放的一盒盒食物，她却一点儿也不想吃。那些饭菜和甜食，她闭着眼睛也能做，它们已经无法让她满足了。上次照着食谱做菜是什么时候？上次因为做蛋糕而要称面粉或糖的用量是什么时候？为什么她不试试欧瑜不断发给她的那些法国食谱呢？西班牙人吃什么？韩国人吃什么？在新西兰，人们真的吃虫子吗？柬埔寨人真的喜欢吃炸蜘蛛吗？菲尔达一想到最后这道菜，不由得把手放到了脖子上，好不让喉咙打战。从烤菜花到炸昆虫，这或许是个难以实现的转变，但是不用那么极端也可以给厨房带来变化。改变烹饪习惯，并不是想换换口味，而是再也找不到其他方式来逃离所生活的这个世界了。

*　　　*　　　*

长期以来，这是马克第一个没有早醒的周六清晨。相反，他紧紧地蜷缩在被子下，听着雨滴那让人感觉安慰的声音。他的肩上担负着几个月的疲惫。自从克拉拉死后，他大多数时间都是在外面度过的。他走过以前从没走过的路，发现了以前在巴黎从未见过的地方。在他出生和生长的这座城市里，他也不知道还藏着什么。他生平第一次去了阿拉伯人居住的社区。以前他一直很害怕去那里，那个地方完全和他想象的一样糟糕。他自己所住的地区，晚上九点以后就很安静了，而这些街道还闹哄哄的，人们还坐在楼前的大街上。他觉得在一群年轻的阿拉伯男人中不安全，与他们擦肩而过时，他连看也不看他们，竭力掩饰自己的恐惧。他总觉得警察害怕进入这种街区并没有错。纵火烧车几乎成了这些人的传统。近距离看过这些人住的地方后，马克理解他们是在反抗。然而，每个人的生活不都是自己选择的吗？走在这些地方，马克意识到，他一直过着自己的生活，而没去关注过别人，甚至没问过当前发生了什么。现在，他看到年轻人对生活，尤其是性关系，都持有不同的看法。他想自己和克拉拉拥护的是一九六八年的自由精神。当时马克只有十五岁，正好赶上那场席卷整个世界的革命风暴所制造的混乱。他对世界政治并不感兴趣，也不怎么懂。但当革命来到他身边的时候，他别无选择，只能加入。一九六八年五月那次最激烈的事件[1]就发生在他所在的区域，就在他自己的学校。月底结束的那场暴乱留给后人的是有关人权、性别自由和毒品的传说。所有这些，马克都经历了一点儿，但看到现在年轻人的生活方式后，他才知道那时的他们有多幼稚。

当他从那些阿拉伯人的街区走过的时候，有几次都被当成是去那里买毒品的法国富人。后来他意识到，法国男人到这里来没有其他原因。不过，他没有跑开。相反，他去了那里的酒吧，听小提琴那优美而富于穿透力的声音。他曾和克拉拉在突尼斯听到过同样的马洛夫音乐[2]。突尼斯的气氛和这里完全不同。

---

[1] 指一九六八年五月在法国巴黎所爆发的社会运动，又称"五月风暴"。整个过程由学生运动开始，继而演变成整个社会的危机，最后甚至导致了政治危机。
[2] 北非马格里布地区安达卢西亚经典音乐的一种类型。

走在巴黎的小巷里，他意识到在突尼斯他们就像是被带去看马戏团的游客。他不得不在巴黎到处走走，才好看到一个真正的北非。

他还去了皮加勒红灯区，那也是多年来的第一次。上次穿过那些栗色的布帘进入那种昏暗的地方，去看一个女人隔着厚厚的玻璃板表演，已经是很久以前的事了。从坐在售票亭里的男人那儿买代金币的时候，他有些难为情，仿佛这是他隔壁的邻居。和很多男人一样，女人挑逗性的言语和动作总会让他禁不住兴奋起来。十五分钟结束后，他却觉得比来之前更糟，带着一种想吐的感觉离开了。他不知道究竟是因为看到了另一个女人的裸体，还是因为自己花钱去看这么恶心的东西而会想吐。或许，如果他能不去想克拉拉会对此有何感想，也可以放松下来享受一下。

最难以应付的是梦境。马克以前从来不知道，梦境的真实性足以把人逼疯。梦是一种模拟，感觉却真实到足以伤人。他从有妻子在的梦境里醒来后，一整天都摆脱不掉那种情绪。他不仅能摸到她的脖子，手指尖还能触到她柔软的肌肤。睁开眼睛后，他会看看自己的手指，好长一段时间都无法相信那只是个梦。

今天，这个周六早上，他终于要放手了。他没有一大早就朝大街走去，也不管那些梦带给他的痛苦，他仅仅是蜷在被窝里。今天是改变他世界的一天，他必须要勇敢，必须首先和自己作战，然后是这个城市，继而是和他所有的记忆。下床前他就知道，这一天过完他一定会身心俱疲，然而，他也知道，自己不能再这样逃避生活了。他厌倦了这样不像自己地活着。最终，大约十点钟，他稍微睁开眼睛，躺在床上看着窗外的世界。巴黎灰色的天空从窗帘的缝隙里透进来。他应该以一顿健康的早餐开始这一天。或许可以从弗朗西斯那里买个可口的羊角面包。填饱肚子后，他就不得不动手做决定好的事了。马克今天要重新置办厨房里的一切。他要把橱柜里所有的东西都拿出来，放进袋子里，拿到二手商店去，然后去杜乐玛买来新的。他要学着做饭。说实话，马克很饿。实际上，他已经饿了几个月了。

伴着音乐声，他开始把所有东西都往袋子里放：烧焦的平底锅、缺了把手的杯子、没有盖子的烧水壶、崭新的炖锅、独具特色的蒸锅……一切的一切。没有克拉拉的两三个月以来，他已经习惯了和电视声音为伴。实际上，做所有这些事的灵感，都来源于几天前他看到的一个晚间电视节目。两个大男人主持一个名叫《美食之旅》的节目，他们到不同的国家和城市，烹饪当地的饭菜。这个节目在下午首播，午夜重播。马克刚开始看到这个节目的时候，正在吃三明治，那是从酒吧回来时在路边摊买的。节目结束时，他发现自己仍坐在那里，看着屏幕上滚动的演职员名单。而后他发现，第二天晚上同一时间，他又打开了同样的频道，第三次再看的时候，他知道自己确实喜欢这个节目。

吸引他的并不是菜谱，而是那两个人通过食物理解世界的方式。比方说，鲑鱼不仅仅是维生素 B 的来源，或是一道美味佳肴那么简单；鲑鱼是一种智慧。用浆果汁腌制鲑鱼，并不仅仅是为了品相好。据爱尔兰的神话，鲑鱼的智慧是吃浆果得来的，人吃了鲑鱼后也会获得智慧。北部的人认为，这种鱼从咸的海水游到淡水中产卵，代表着连接两个世界的纽带。马克惊诧地发现，原来自己吃的每一口鲑鱼都可以那么有意义。《美食之旅》是马克一直在寻找的出路，可以帮他逃离内心世界，迈出新生活的第一步。

收拾完大型厨具后，他开始收拾抽屉里的东西。刨丝器、削皮器、打蛋器、冰激凌勺、裱花袋、奶酪切片器……无论是什么，他全部都要扔掉。每当他发现自己拿着什么东西超过一分钟时，就强迫自己把它和其他器具放到一起。当他从手持搅拌器上取下缠成团的搅拌棒时，眼泪涌了出来。他想起了克拉拉为他做的生日蛋糕。但是，他没有改变主意。那些洗干净、烫平叠好的抹布和擦碗布也未能幸免，都被请出了厨房。在给最后一个袋子绑上绳子之前，他拿起那个前一晚上让他感受到妻子温暖的隔热手套，也放了进去。他歉意地向妻子说道："请原谅我，我的爱人，我早晚都是要重新开始的。"他站在厨房门口，手里提着袋子回头看，以前桌子上的餐巾盒现在也不在了。

他想，把所有东西扔掉前，记下它们的名字就好了。但他以为已在脑里记下的那些要买的东西现在快忘光了，唯一能记得的只有平底锅和抹布。在忘记这两样东西前，他必须赶紧去买。他打车先去了蒙日路和勒穆瓦纳红衣主教路交叉处的二手商店，处理完旧东西后，又继续步行。他记不清上次来杜乐玛是什么时候。家里的一切东西都是克拉拉购置的，从马克的袜子到墙上挂东西用的钉子。那时他连针织套衫的颜色都不管。他喜欢绿色，但他不确定要是自己买是否也会选这种颜色。

　　这是巴黎一个典型的周六。城市里一半人在咖啡馆，另一半人则在杜乐玛。在门口的指示牌前站了几分钟后，他找到了要去的卖区，乘电梯上去了。他从没想到厨房用具能如此具有艺术性。现在他意识到，历史的影响在厨房器具上也能体现出来，正如在所有其他艺术形式中都能体现一样。他想起这里的很多东西小时候都曾在祖母的厨房里见过。铜杯子的光泽吸引着他。在他推着空空的购物车向前走的时候，他发现有一群人都站在卖场的一角。看上去，他们与那些在卢浮宫争相欣赏那幅七十七乘五十三厘米的《蒙娜丽莎》的艺术爱好者没什么两样。他把购物车放到一边，也挤进去看才发现，吸引那么多人的，是法国著名厨师米歇尔·布拉斯的最后一件遗作：价值两千欧元的菜刀七件套。这套刀具里的每一把刀都有各不相同的刀刃和刀把，而且都是手工打造的。这件艺术品是法国大厨和一位日本厨师的联袂杰作，是将法国美味和日本料理融合在一起的完美刀具。马克看到很多女人都艳羡地盯着这套刀具看，发觉她们把这些菜刀看得跟珠宝一样。他倒吸了一口凉气，想到了刚才给二手商店的那套刀具。那套看起来也不错，但是，他现在才意识到，它的价值可能比眼前这套要贵得多。他朝其他货架走去，离开了人群。当他在竭力弄明白各种菜刀都适合做什么的时候，他看到了一个德国三叉牌的初学者三件套。这套刀具里有指南，才一百二十欧元。"很好。"他说，而没有意识到几个月来脸上第一次没有故作欢颜地浮现出了一丝笑容。他对自己的第一个选择很满意，也很有信心。可悲的是，当他站到满是平底锅的货架前，那种感觉很快就消失了。至少有三十种不同的平底锅挂在他面前，他完全不知道这些锅有什么区别，刚想下定决心买这一个，再看一眼旁边的，就又改变主意了。

若不是店员萨宾娜上前来帮忙，他或许早就空手离开了。萨宾娜是个年轻女人，声音柔和，头发向后扎成一个马尾。远远地在一边看了半天，发觉马克完全不知所措后，她决定上前来帮助这个人。一般来这儿的顾客都很清楚自己想要什么，所以不需要帮助，有时店员来帮忙，他们反而会生气。而听到萨宾娜问他是否需要帮助时，马克感激得眼泪都快流下来了。他说了很多遍"谢谢"，并说自己毫无头绪，而后只告诉她自己在找什么。

"嗯，那您想用平底锅做什么？"

"什么？"

"您准备用它做什么？"

"哦，我也不知道。煎蛋？"

"好，那很简单。如果您还能告诉我预算是多少，那我们很快就能决定买哪个了。"

"预算？"马克想。看起来烹饪这种爱好不便宜呢。以前，他以为平底锅也就十欧元左右，最多也就十五欧元，但这儿的价签显示，完全不是这么回事儿。

"嗯……我也不知道。不要太贵，但要经用。"

"嗯。最后一个问题，铸铁的还是不粘锅？"

在意识到最后一个问题几乎要让她的顾客放弃时，萨宾娜决定替他选。显然这个人对烹饪一窍不通。看到他选的刀具，她就明白他完全是个初学者，这也就意味着要是用铸铁锅很可能会把蛋煎煳。于是她向马克展示了一款简单、价格合理且质量很好的不粘锅，告诉他："这一款很合适。"马克无意质疑她。实际上，如果她能帮着把其余所有东西都买齐，那一定会让他免于发疯的。选完平底锅，他们又看了炖锅和砧板。萨宾娜禁不住问：

"您刚来巴黎吗？"

"不，怎么了？"

"您买了很多厨房用品。"

"不……不是，不过我要开始自己做饭了。"

她微笑着看了看马克，虽然她想知道为什么，但还是没问。相反，她继续陪马克在一排排货架间流连。他们在厨具部分选过几件小物品后，马克感到，这一天他无法再应付更多了。现在花的时间已经超出他的预期了，而且很累人。他想留点力气到晚上，然后开始做第一顿饭。何况他已经买了最重要的东西——滤盆，其他的都不太重要了。

谢过萨宾娜后，他径直向收银台走去。后面的萨宾娜一直注视着他。然而看到浓缩咖啡机时，他再次停了下来。他还没有勇气用家里的咖啡机，而且似乎他也不可能再用了。或许对美式咖啡的喜爱也已到了尽头。他既没看标价，也没犹豫，立即把浓缩咖啡机放进了购物车，然后继续往前走。萨宾娜看得发呆，她不明白，这个所有价格都要问一遍的悲伤的怪人，在最后却想也没想就买了全店最贵的一样东西。

付完一千三百欧元的账单，打车走了一小段路后，马克发觉自己拎了很多东西站在公寓楼前。他想或许该接受收银员的建议，选择送货上门。输入门禁密码后，他把其中一个袋子放在门口，并将其他的拎了进去。就在他希望没人看到也没人主动要帮忙的时候，他看到弗朗西斯正站在他身后，腰上还系着围裙。和马克预想的不同，他没有问任何问题，只是帮自己的这位邻居把袋子提到电梯里，又拎到他的公寓。这位法式蛋饼大师对烹饪的了解足以让他明白袋子里是些什么，然而他什么也没说。就在他转身要进电梯的那一刻，他看到马克向他伸出手。"谢谢你送我蛋饼，很好吃。"他说。弗朗西斯接受了这份迟来的感谢，紧紧地握住了马克的手。

五

　　生长在菲律宾，不可避免地会对伏都教[1]略知一二。每个人或多或少都经历过一次。小时候，莉莉亚经常坐在别人家的厨房里，听着各色女巫念各种咒语的故事。然而和其他人不同，她还看过怎么把植物、虫子和青草混合、剁碎，并在有明火的大锅里煮熟。和同龄人不同，她从来不排斥、忽视或取笑那些咒语。如果他们知道有多少女人在巫术的帮助下嫁给了她们深爱的男人、除掉了自己的敌人并从致命的疾病中给孩子捡回一条命，那他们就不会那么想了。莉莉亚的姨妈是锡基霍尔一带有名的巫师，这就意味着她不工作也能过上殷实的生活，而且从来不需要男人的保护。虽然她住在离坎特邦石洞不远的小屋里，不在市中心，但人们还是会带着一碗一碗的食物到她屋子

---

[1]　又译"巫毒教"，源于非洲西部，是糅合祖先崇拜、万物有灵论、通灵术的原始宗教。

里来。礼物多到收不过来了，也会分给莉莉亚一些。每个人都知道莉莉亚的姨妈非常喜欢这个外甥女，他们甚至还说，她把自己懂得的一切都教给了莉莉亚，将来准备让她接班。因此，当莉莉亚年纪轻轻就离开自己的国家移民到了美国，村里的女人们都极为失望。她是那位万能女巫唯一的女门徒，被很多人视为女巫唯一的继承者，将来有一天是要解决村子里所有麻烦的。莉莉亚对这些期待一无所知，当然也不知道自己实际持有的力量。

她的姨妈没有完全遵循菲律宾那句"像魔鬼一样聪明，像鸽子一样平和"的俗语的启示。她施的邪恶咒语和善意咒语一样多，而且从来没节制过。毕竟，她相信如果自己有这个天赋，那就应该用尽所有。或许这就是她在村子里能呼风唤雨的原因。她从来没教过莉莉亚任何巫术，她知道，多年来外甥女亲眼看到的就已经足够了。如果人们认为有专门教伏都教的书，那他们可就错了。所有东西都仅仅是存在于人的脑子里，后来转变成了自然知识而已。

莉莉亚惊讶地发现，那些知识是那么自然而然地进入了她的头脑中。有时她搅拌锅里的东西，会忽然记起一辈子都没用过的一个配方，不同咒语所需的混合物或祷词会自然而然地在她头脑中形成。她很肯定，有时自己甚至闻到了姨妈厨房里的草药味。她的姨妈从来不唠叨，不传知识给别人，也从不对改善其他人的生活有任何兴趣。只有一次，她给了莉莉亚一个建议:"利用起自己的天赋。"莉莉亚甚至都不用怎么努力,只要把一个小黑胡椒球放在明虾里,或是在煮米饭的水里加一撮烟灰,就会有效。谁会发现深绿色的圆白菜里塞着的榅桲籽呢?谁又会知道祝祷词会让一道菜播撒出爱的种子呢?没有人会猜到,加了糖浆的石榴籽会玷污一个人的内心,并让他或她从此痛苦不断。他们不知道,往印度香米里混上五种用蛋清粘在一起的无花果籽,吃下去很快就会丧命。当然,并不是每个人都可以施展出魔力,只有生下来就具备这种天赋的人才可以,而且,为人们所知的"食物"这种东西是最为重要的元素。地球的中心并不是个巨大的铁球,而是一个个家庭里的一个个厨房。

盖上锅盖前,莉莉亚把炉子上的菜最后搅了一次。她刚要用毛衣的边角擦去老花镜上的水雾,弗拉维奥就进了房间。自从那晚烟囱倒烟以后,他们都没怎么见过面。现在,弗拉维奥晚上回家都很晚,也不吃莉莉亚给他留的饭菜,在家的绝大多数时间都待在自己房间里。莉莉亚不可能感觉不到他们两人之间的尴尬局面,但她想不通为什么。她说了声"你好",因无法克制住兴奋的心情,音调比自己预想的要高出一点儿。倒是自己那鸟儿般的声音,让她觉得更不自在了。她还惊讶地发现,自己很快就忘记阿尔尼在隔壁了。对于她的感受,阿尔尼究竟察觉到了多少呢?这个问题也让她意识到,其实她对自己的感情也了解得很少。她所体验到的,似乎和爱情很像,否则该如何解释看到他时自己就会兴奋，每天时时刻刻都在想他，竭力去做他喜欢吃的东西，一看不到他就会很失望？弗拉维奥在她心里就像个肿瘤一样生长着，终有一天是要切除的。

"你饿了吗？那里有些昨天剩的饭菜。你要是能再等一会儿，这个很快就好了，或者我可以炒个鸡蛋。"

她注意到弗拉维奥的手举到半空，似要打断她，但她仍想把所有可能的选择都告诉他。

"我今天斋戒。"

"斋戒？"

"是的，今天是圣灰星期三 [1]。"

"哦，对啊，我忘了这事了。"

"我今天午夜前什么也不吃，之后只能吃一点儿，而且我不能吃肉。我正想跟你说这个，要是今天你做了肉，我就叫点外卖。"

莉莉亚看了看锅里，都能听到覆盖在排骨上的辣酱不断冒泡的声音。想到以前弗拉维奥那么喜欢这道菜，她就特别选来做。这一道一定会很好吃，尤其是在它一直熬到晚餐时间那么久之后。还没等她说话，娜塔莉就走了进来。

"大斋节快乐。"

莉莉亚一脸吃惊的表情。

---

[1] 基督教中，这是大斋节第一日，有用灰抹额表示忏悔之俗。

"你也斋戒吗？"

"不啊！你呢？"

"不，弗拉维奥斋戒。"

"噢，我不斋戒，但我要到教堂去。弗拉维奥，你去吗？"

"去，我正要去曼哈顿呢。听说世界上最宏伟的一座教堂在第113街。"

"我想和你一起去。当然，如果你不介意的话。"

"好啊，我们一起去吧。"

莉莉亚发现这两人之间有些暧昧，以前她以为是弗拉维奥和乌拉。现在，她确信弗拉维奥对娜塔莉有感觉。

"要知道我已经有一段时间没去曼哈顿了。不知道我以前提到过没有，我们有个孩子之前就住在那里，嗯，在公园大道南路28号。以前我有时会去联合国大楼做些翻译工作。实际上，今天我可以和你们一起去。阿尔尼的理疗师很快就过来了，他短时间内用不着我。"

"是吧，阿尔尼？"她大声叫阿尔尼，想看看他听到了多少。和往常一样，回答她的只有沉默。

"当然，我就不去教堂了。我在车站和你们分开，我想去巴诺书店买两本书。现在几点了？十点半，下一趟车是十点五十七分。我五分钟后收拾好。"

还没等他们回答，莉莉亚就去了自己的房间，弗拉维奥和娜塔莉坐在凳子上等着。娜塔莉为了确保阿尔尼听不到，小声对弗拉维奥说:"我觉得莉莉亚在这样的环境里一定感觉很窒息,似乎她想离开这里。她也没错,和一个病人这么过一定很难,尤其是像他这样的人。"

弗拉维奥十分清楚为什么莉莉亚想要跟他们一起去,但他什么也没说,而是嘟哝了一声,听上去像是"没错"的声音,而后就不再说什么了。莉莉亚对他的态度,起初他理解为是一个善良女房东的正常行为,现在则无法忽视了。有一天晚上他们一起吃饭的时候表现得特别明显。她的爱慕之情并不怎么夸张或让人生厌,但还是让弗拉维奥感觉很不舒服。从那天晚上以后,他就尽量回来得很晚,或是绝大多数时间都在自己屋里待着。他希望以这种方式让她死心,或者至少要她明白自己没有同样的感觉,但是这个策略显然不怎么奏效。今天早上,她看他的目光就充满了渴望,而不是悲伤。他不知道该往哪儿看才能避开她的直视,娜塔莉进来后,他才松了口气。现在他仅需再在火车上和她待二十五分钟就可以了,这对他来讲并不难。莉莉亚是个不同寻常的女人,这一点毫无疑问。他也能看出,她年轻的时候一定很漂亮。可是,她来到这个世上的时间过早了,而且,谁也无法否认,她在厨房里简直是太完美了。上午十点半,炉子上的菜闻起来就已经特别香了,锅里的蒸汽不时地顶开盖子,气味飘散出来,进入他的脑细胞里,让他立刻感觉很饿。他害怕要是再在厨房里多待一会儿,就要把食物吃进嘴里了。这时又是娜塔莉先开口了:

"要是我们在这儿再待一会儿，我想你就撑不到晚上了。"

"太对了。我们出去等吧。"他满怀感激地回答。

火车沿着铁轨移动着，莉莉亚跟娜塔莉和弗拉维奥讲起了《断头谷》。他们两人都看过同名电影，但并不知道那竟然是铁路沿线的一个小镇。他们也绝不会猜到，有很多人都相信这个传说，包括莉莉亚在内。正当莉莉亚指给他们看约翰尼·德普在电影里骑马的地方时，他们听到了乘务员查票的声音。弗拉维奥坐在靠走道的座位上，他没让她们掏钱包，自己给了乘务员四十美元。他以为会找一美元的零钱，因此当乘务员找给他十美元二十五美分时，他以为算错了。他很客气地对乘务员说可能是弄错了。还没等莉莉亚阻止，乘务员便指着她说："这位太太是个老人吧？"莉莉亚不想争辩自己才六十二，而不是六十五，于是她点点头，表示同意，然而这依旧让她感到尴尬。弗拉维奥的脸一下子就红了，他不明白为什么自己不愿意和这个女人扯上关系，还为此感到羞耻，但那正是他的感受。他吃力地笑了笑，而后放下了半空中已经举了几秒钟的手，把钱放回钱包里。娜塔莉很快转移了话题。

"这么说电影里约翰尼·德普是在这条路上骑的马了？"

莉莉亚一边很感激这个年轻的女人，一边继续讲她的故事。与此同时，她忍不住一直在脑袋里重复乘务员刚才的话。她到底为什么要在这趟火车上？是什么奇怪的感觉让她突然决定要到曼哈顿来？她也不明白自己为什么在租房子的时候跟房客们撒谎，说自己经常来曼哈顿。无论原因是什么，她确实不想让房客们知道，自己已经有至少三年没来城里了，平常闲暇时，她都会在自己所在郊区的超市或二手店里溜达。或许她认为，说谎可以让她逃离自己乏味的生活现状。是同样的一种乏味让她对坐在对面的这个男人产生了兴趣吗？仔细想想，究竟是什么让他那么有吸引力？的确，只有在对他感兴趣的女人不顾一切的时候，他才有吸引力。对娜塔莉这样的女孩来说，他是去教堂的理想伙伴，但也就如此了。乌拉呢？可能都不愿跟他去喝杯酒。即便如此，莉莉亚建议在车站分开活动时，他们俩都没反对。他们并没有说："一起吧，我们一会儿可以喝杯咖啡，或是看场电影。"所有这些在她脑子里转过一遍后，她的故事也讲完了。车厢里一阵沉默。他们都朝窗外看去，盼望着这种奇怪的同行能赶快结束。车快进站的时候，莉莉亚问娜塔莉：

"这么说，你今天也不吃肉了？"

"是的，不吃了，不过别担心，我在外面吃就行。"

"不……不，我再做点素菜。"

"有时间弄这些吗？"

"当然了。"

莉莉亚看看弗拉维奥，补充道："就像招租广告里说的，房租包三餐嘛。"

和他们分开后，莉莉亚一个人看着偌大的车站，已经记不清上次在一个地方看到那么多人是什么时候了。其实她没什么计划，于是决定照谎称的目的地走去。她走向其中的一个出口，问其中一个站在那里的人，附近是否有巴诺书店。"当然，"那个男人说，"到处都有星巴克和巴诺。你知道怎么走到第五大道吗？好。沿着第五大道走，在第45街和第46街之间有一个。"

　　要是那个人指方向的时候没用手示意，莉莉亚真不知道该怎么去第五大道，不过现在她已经朝那儿走了。这是纽约典型的一天，天气晴好而寒冷。她很快就意识到，自己已经忘了这个岛可能会有多冷了。穿过两座摩天大楼间隙的过堂风直刺着她的肺。她一边走，一边紧紧攥住那件从伤残老兵义卖店买的紫色大衣。可是她仍感觉到冷风从袖口直往里灌，因为衣服大了两个号。她没有帽子，也没有手套，确信自己到了晚上一定会头疼。看到街对面那座巨大的图书馆后，她知道，自己已经到了第五大道。她至少还没忘记这个地方。和过去一样，虽然今天很冷，图书馆的阶梯上还是坐满了吃午饭的人。她自己也在那些阶梯上坐过一次。实际上，她和阿尔尼是在第六阶梯相遇的。那个时候，莉莉亚最终向自己承认，六年来，她仍没有在这个城市站稳脚跟。那几年对她来说很难，因此她只是不断地对自己说"三年或四年就可以了"。每个人都穿戴得那么漂亮，不去注意是不可能的，她禁不住上下打量起每个从她眼前经过的女人。她不停地撩着头发，笨拙地想要把其中的一小绺将到耳朵后。每过一分钟，她的大衣便让她更不舒服一点儿。她甚至都不愿去想大衣下面的穿戴看上去会有多寒酸。最后，她看到一个和她一样寒酸的女人，这才稍稍松了口气，可是很快她就发现，那正是自己映在书店橱窗上的影子。她用尽全身力气推开书店的旋转门，走进去，尽量去忘记那个恼人的形象。

　　她对走路、人群和自己的那些情感都感到倦了，于是去了二层的咖啡馆，给自己买了杯咖啡。其他位子上，人们都在旁若无人地埋头读着杂志等书籍。莉莉亚把所有人都仔仔细细地打量了一番，品味着许久以来第一杯正宗的咖啡。三年前，家里咖啡机的水瓶坏了，从那以后他们就用炖锅，每次咖啡都不怎么热。她是队伍里最没经验的顾客。柜台后面的服务员等了很久，她才决定要买什么，完全顾不上身后顾客不耐烦的样子。离她上次在星巴克喝咖啡已经差不多有十年了，现在他们的咖啡种类完全换了样。她花了五分钟把所有可选择的种类都看了一遍——从焦糖玛奇朵到脱脂摩卡——并一一问了价钱，最后决定要一杯美式咖啡。弄明白咖啡杯的大小又是另一个挑战。她不知道他们所说的"tall""venti""grande"到底有多大。她知道"venti"在意大利语里的意思是"二十"，"grande"在西班牙语里的意思是"大"，"tall"在英语里的意思是"高"，因此她不知道该选择哪个。最后柜台后的服务员等不下去了，直接问莉莉亚是要小杯、中杯还是大杯。莉莉亚回答："小杯。"

经历过这一切后，她满心骄傲地端着这杯咖啡，感觉每一口都花得值当。咖啡让她感觉舒服点了，甚至还给她一种属于这座城市的感觉，因此她很快就开始在走道间逛起来。她四处翻看，并不知道要看什么。这时有一类书引起了她的注意：烹饪书。莉莉亚照着书做菜已经是很久以前的事了。实际上，她甚至不知道自己第一本——也是唯一一本——烹饪书被扔到哪儿了。如今上网查查感兴趣的菜谱很容易，但是草草记到小纸片上看一遍后就不知道放到屋里什么地方了。莉莉亚还记得，曾经自己看母亲照烹饪书做饭时有多羡慕，她用指尖扫读着字里行间的姿态有多优美。莉莉亚梦想着自己有了家庭后，也要像她一样照着烹饪书做菜，而且还要边唱歌边做。但是这些年过去了，她最终发现，即便是那最不重要的梦想也没实现。

她站在五层满是烹饪书的书架前，盯着它们，做梦一样。她没有特意要找什么书，但她希望能有一本抓住她的眼球，使她着迷，让她读下去，改变她的生活。最终，顶层的一本书进入了她的视线。她尽可能地踮起脚，把头侧向一边，才能把书名看清楚[1]。谁能想到，在这样艰难的一天里她会露出笑容呢？但是她笑了。

---

[1]　很多英文书的书名在书脊处仍是横排印刷，因此要侧着头看。

　　马克第一次尝试做意大利面的效果比他预想的要好——当然，那一两处小意外不算。他照着包装盒上的步骤一步步做，而没有自行去决定。先把水烧开，放点盐，把意大利面煮十一到十三分钟，然后把水滤干。他没做什么根本的发挥，虽然他真的很想用克拉拉以前常做的蘑菇酱，但还是决定用黄油拌意大利面，将奶酪丝放在顶端。不幸的是，当要擦奶酪的时候，他才意识到刨丝器已经扔了，还没买新的。因此他不得不用新买的刀将奶酪切成细丝。随后，他翻开留在餐桌上的小本，写上：刨丝器。

　　整个烹饪时间应该不超过二十分钟，马克却用了将近一个小时。他遇到的第一个麻烦是在把意大利面放进锅中要盖上盖子的时候，滚烫的开水溅到了炉子上，把火浇灭了。他把锅转到另一个灶眼上，而后开始清理那团东西。虽然当时手指只是有点疼，待事后清洗，他才意识到有两三根手指被烫得有多严重。等他把炉灶擦干净，又发现面已经软了。或许太软了。因此他的第二个麻烦又来了。给面滤水可不是件易事，有些短小的面条从网眼里漏下去了，堵住了水池，水又涌回了滤盆。他想一手端起滤盆，腾出另一只手收拾水池过滤网，可又把其他手指烫伤了。他踩下垃圾桶的踏板，想把手里堵水池的面条扔进去，才发现里面没放垃圾袋。两只手都占满了，他别无选择，只能把废面条放到水池边，把滤盆搁回去。当他最终把意大利面放进平底锅拌上黄油的那一刻，他感觉，仿佛是漫长的一天工作结束后刚回到了家。

吃饭前，他把一切都收拾干净了。他洗刷了每一样厨具，然后打开电视，坐了下来。他尽力不让自己太骄傲，但还是禁不住微笑起来。他的第一餐一点儿也不差。这也许不是最复杂的一种食物，但看起来至少他还不是毫无用处的。他明白只要按照操作步骤做就不会有太多失误。只是，具体操作方面的除外。当然，他需要一本烹饪书。他曾犹豫要不要把克拉拉的书都处理掉，但最终还是没法去看她在上面亲手写的笔记。他没注意到，克拉拉在每一个食谱上都加了注，甚至还加了自己的批示。如果书上说"180 度烘烤"，克拉拉会写上"175 度效果更佳"。多年来她什么都要用笔记下来——无论是她认为不够的还是过多的——最终她记了一本完全属于自己的新书。马克认为，无论谁买那些烹饪书，都会喜欢那些笔记的。他们可能会觉得这些笔记很有趣，想知道是哪个女人记了这些。克拉拉的认真劲儿体现在她写的"l""g"甚至是"v"这些通常让人感觉冰冷的字母上。这也是马克无法面对的。他想念克拉拉的温暖。或许有一天，对妻子的记忆会让他快乐，但现在来看，这一天似乎还远。

那天晚上，当听到电视里一段熟悉的音乐时，他想起自己很喜欢的某种甜点。即将播放的，是雅克·塔蒂[1]的一部电影，他以前看过很多遍，于是他的视线从漫画书转到了电视屏幕上。这是他最喜欢的一部电影：《我的舅舅》。虽然他知道冰箱里什么也没有，还是起身打开冰箱门朝里看了看。最终他认识到，克拉拉总能让冰箱满满当当，是多么大的一个成就。那时他总能在冰箱里找到自己喜欢的东西，那真是一种奢侈的享受，而且是要费一番工夫的。他抑制住自己想吃甜点的欲望，回到餐桌旁，一面听着雅克·塔蒂含混不清的声音，一面在小本上翻开新的一页。他开始列购物单，上面有当时能想到的几样基本食品。巴黎的周日几乎哪儿都不营业，所以他不得不等到周一再去。然而，买烹饪书的话，他想象不出还有哪一天比周日更好了。

　　每过一分钟，他就对厨房女神，他的这位新缪斯，在如何去影响人的生活方面，多了一份了解。厨房女神帮他将一周分割成七天。她站在他背后，像个老朋友一样推着他重新开始生活。她不允许他自怨自艾。厨房里没有时间去停止、去思考、去痛哭。人们总会在时机成熟的时候回到她的怀抱。他们会寻求女神的帮助，在她怀里休息，用她给的水源洗把脸。因此，她要时刻准备着，要平安无恙地等待着，在孩子回家的时候给他们一块面包。厨房是母亲的乳房，是爱人的双手，是宇宙的

---

[1]　雅克·塔蒂（Jacques Tati，1907—1982），法国著名喜剧导演和编剧。

中心。

　　第二天一大早，马克穿过巴黎空旷的大街，来到国宾街区，那儿是附近唯一能吃早点的地方。他的社区里，中午十二点前没有营业的餐馆。清晨冷清的街道很快就会恢复生机，甚至让一辈子生活在那里的人也能再次全身心地爱上这个城市。食物的香味从蒙日路和圣日耳曼路交叉处的市场飘散出来，和很多人一样，马克排队买了两片蒜蓉奶酪面包，上面再放点意大利蒜味香肠。素不相识的人们聚在木桶周围，边喝红酒，边聊聊昨晚的冒险，但不仅仅是这些。

　　伴着门口丁零当啷的声响，他走进一家名叫"煎饼渔民"的酒吧，里面只有一位顾客：一个美国人。那人为了点早餐，脸都憋红了——总在强调"r"音，而没有卷舌音。显然他觉得很费劲。而那位女店员甚至懒得去理解那个美国人想说什么，微笑着朝马克点点头，她知道不用担心和马克的沟通。马克以往都会选择在酒吧最偏远的角落坐下，点完香肠奶酪卷饼，而后埋头看他的漫画书。女店员没有注意到，这次她的这位顾客没有带书，只是坐在那儿端详着卷饼。吃完早饭，他又点了杯咖啡，焦急地等待着书店开门。他知道，待远处传来圣母院的第十下钟声，便是离开的时间了。

　　毫无疑问，他是雅克书店当天第一位顾客。店员们都还睡眼蒙眬的，仿佛刚起床一样。他并不清楚自己究竟要买什么样的烹饪书，于是随便地在书架间徜徉。他没有在以前自己喜欢的图书边停留，实际上，他从那些书旁径直走了过去。最终他在二层找到了烹饪书，并对巨大的房间里满是这种书惊诧不已。他放慢脚步，竭力把所有的书名都看一遍。有些书解释的是什么样的食材可以做成什么样的菜。他从没想过，会有人写一百页的书来介绍砂锅菜的历史。有一本书讲的是哪些食物可以在汽车引擎上烤熟，另一本则讲了用昆虫可以做的美味，还有一本讲的是如何烹制路上那些意外死亡的动物。这些奇怪的书让马克有些不知所措。过了一会儿，他终于找到了自己想找的书。这本书介绍的都是最基本的菜谱，名叫《妈妈的厨房》。他翻看到的食谱正好都是自己需要的。唯一让他担心的，就是那些配料。他从没意识到有些配料很少见，甚至最简单的那些，对他来说也神秘无比。

他在角落里坐下来，手里拿着那本书。也许他所需要做的就是每天找个食谱照着做。他没有从头开始翻，而是闭上眼睛随便翻开一页。橄榄酱鸡肉卷。配料有：四块鸡胸脯肉，两百克去核黑橄榄，两头蒜，两茶匙刺山柑，十五毫克橄榄油，盐和胡椒少许。做法：把蒜剥皮并打成泥，混入同样也打成泥的橄榄和刺山柑，加入三分之二的橄榄油，加入胡椒……马克拿出小本，记下配料，把这一页折上角。他或许可以在回家时路过的露天市场买到所有配料。正当他用胳膊夹着书想去收银台结账时，他瞥见了专门摆放甜点书的架子。他记起克拉拉以前总是抱怨做好布丁有多难。每次她烤蛋糕的时候，总是不安地透过烤箱玻璃看蛋糕是否充分发了起来，而且从来不抱太大的希望，因为无论蛋糕发得多高，一旦拿出烤箱，总是会塌下去，她已经接受了这样一个现实。加一勺发酵粉，这当然不用说。可是如果她不能烤出纯天然的，那还不如凑合着吃丈夫从糕点店买回来的。看着满是甜点食谱的书架，马克笑了。在学会做饭之前，他不会尝试做甜点，但是这并不妨碍他从中选出一本来。

*　　*　　*

"妈妈，你试着做意面配朝鲜蓟了吗？"

"做了，亲爱的，口感很不错。但我不记得应该把蒜切片还是捣碎了，这部分没记下来。"

"切片，蒜应该用糖熬煮一下。外婆有没有吃？"

"哦，欧瑜，不要提她了。"

"为什么？她怎么了？"

"我们不要谈这个了，亲爱的。"

"为什么？快告诉我嘛。"

"她已变得不是她自己了。前一分钟还和刀刃一样锋利，下一分钟就进入了另一个世界。等等，宝贝，她好像在说什么。"

她用手捂住话筒，拉着电话线朝奈斯比太太的房间看了看，大声说："好，妈妈……好的，等一下，我这就过去。"

然后她继续跟女儿讲话。

"我得走了，亲爱的。她需要我。又来了，现在她大便很成问题。我们一直在应付这事，好像除此之外没别的可做了。"

她不情愿地拖着脚步去了母亲的卧室，这在她身上并不常见。她从来没这么做过，就连青少年时期也没有。

"菲尔达，帮我用便盆，我想再试一次。"

"妈妈，你不必这样。你的肠胃不像以前那样了，因为你不怎么动，大夫也是这么说的。我帮你动动腿，这样会好些。"

"你不明白吗，孩子？我的腿动不了，我残废了。"

"妈妈，大夫来的时候亲口说过，你并没有瘫痪。要是你愿意，甚至下床走路都行。你什么也不用做，让我来。"

"那个大夫对肚子以下的东西什么也不知道，他是个看胸科的大夫吧。"

"真主啊！妈妈，我想你真是糊涂了。我干吗要找看胸科的大夫来呢？"

"好吧，好吧，别管他了。帮我用便盆。"

"你一点儿也不考虑我，是吗？我们一整天都在应付这事，你知道吗？"

"老了，不中用了，你有一天也会老的。不知道你女儿会怎么样。我祈求真主，让她和你一模一样。"

"我对你做什么了？我都不知道还能为你做什么，我倒希望女儿能像我照顾你一样照顾我。"

把便盆递给母亲后，菲尔达便把她留在屋里，自己向厨房跑去。她能感觉到眼泪从眼眶里流了下来，满脸都是。她一直很想念父亲，现在尤其如此。面对父亲的早逝和母亲声称的病痛，她不得不早早地对童年说了再见，小小年纪就成熟起来。生病了自己擦鼻涕，摔倒了自己处理膝盖上的伤口。她从不知道困难的时候可以靠在谁的臂膀里哭泣。她从没觉得自己是母亲的孩子，反而觉得一直都是母亲的陪护。自己在还没成为母亲前就早早地学会了如何去做一个合格的母亲。

食品储藏室里已经没有做沙露普茶的淀粉了，也没有玫瑰果茶或青柠茶了。最后她不得不在橱柜的最里面翻出了那个漂亮的茶叶礼盒，那是女儿的一个朋友送的。这昂贵的二十四小包茶叶在那里放了已经快一年了，一直没被打开过。她一直留着想当应急礼物送人——就像是她所收到的那些贵重礼物一样。犹豫了一两分钟后，她还是撕开了塑料包装纸，打开了盒子。她不知道茶叶袋上写的是什么，它包得跟金字塔一样。她只能看懂"绿茶"两个字，虽然她理解标签上那两个单词的字面意义，但还是不知道到底是什么意思。是含咖啡因，还是不含呢？她打开写有紫色字的纸袋，丝绸袋里茶叶的香气立刻溢满了整个厨房。那么精致的茶叶袋值得用高雅的茶具冲泡。她挑了一个以前属于奶奶的杯子，把茶叶包放进去。在等待水开的间隙，她尽量忽略母亲房间里传来的声音。庆幸的是，炉子上水壶的声音足以盖过一切。水开了以后，她小心地把热水浇到茶叶袋上，等待着，直到热气扑面而来。

在她品茶时，母亲因为困倦睡着了。这是菲尔达为数不多能离开公寓的机会。她很幸运。伊斯坦布尔那天的阳光特别明媚。连绵不断的阴雨终于停了。菲尔达沿着街道漫步，为自己错过了秋天的景致而感到遗憾。那是她最喜欢的季节。她从没对任何人说过，自己多喜欢踩那些干枯的落叶，从小就如此。这是她从未对任何人说起的乐趣之一。不知不觉已经到了二月，因为忙于照顾母亲，都忘却了时间，而且都没有人提醒她。周围亲近的人都忙着自己的事情，对菲尔达都没过多留意。他们都耍着"三只猴子"[1]的伎俩：视而不见，听而不闻，知而不言。她也没有深挖自己的感情。她所有的那些行为，就像是梦游一般，根本没有意识到自己在做什么。她太害怕了，不敢触及自己的内心，害怕它会裂成碎片。也因此她没去找咨询师，即便所有医生和专业文章都是这么推荐的。现在她最不想做的，便是去分析自己的感情。她能时不时地应付一下淌满脸颊的眼泪，但那也仅限于此，否则就意味着得去评判自己的整个生活了。

菲尔达沿着大街慢慢走着。她并不知道，在世界的另一端，有一个女人都快认不出店铺橱窗里的自己；在巴黎，有一个男人正拼命地要把自己从痛苦的深渊中拉出来。她并非自私到不

---

[1] "三只猴子"源于西方谚语里"三个智猴"的典故，里面刻画了分别用手捂住眼睛、耳朵和嘴的三只猴的形象。

晓得其他人也会受苦，但没有比这个时候更适合为自己感到悲哀的了。她只注意到寒冷的天气刺得膝盖疼，于是她走进了一家书店。这家 D&R 书店的服务员正站成一排，背靠着窗户晒太阳，他们微笑着朝她打了个招呼。她又继续走，四处看看，时不时停下来看一眼书。菲尔达在书籍里总感觉不舒服，就像在博物馆一样。和艺术相关的所有事物，在带给她痛苦的同时也会带给她快乐，让她觉得自己偏离了原来的生活，放弃了自己的创造力。虽然她知道自己从来没机会做其他事情，但还是禁不住会想，自己的生活多么空虚。她不禁羡慕起简·奥斯丁来——年轻的时候总读她的书，或是欣赏阿德莱德·拉比耶－吉亚尔[1]的画，她曾在卢浮宫看到过。这些女性比她们的时代超前了那么多，而她怎么就落后自己的时代那么多呢？二十世纪六十年代晚期，当全世界的年轻人都在经历着一场剧烈变革的洗礼并最终改变了世界之时，她仍在照顾自己的母亲，过着平淡得不能再平淡的生活。

她对自己感到失望，继而朝烹饪图书部分走去。她曾经在哪儿读到过："如果没有失败，怎么能知道自己真正的期待和愿望？"虽然这句话说得有道理，但她发现自己真正的期待一点儿也帮不到自己。直面失败，除了让她心碎外别无用处。看到那些烹饪书，思绪便从那些伤感的想法里抽离开，她镇静下来。

---

[1] 阿德莱德·拉比耶-吉亚尔（Adélaïde Labille-Guiard，1749—1803），法国微图和肖像画女画家。

她再次置身于一片有安全感的区域。思绪从感情的污水沟里爬出来，回到了正常的生活。那本《世界美味简易食谱》离她最近。她翻看了几页，在确定不必去伊斯坦布尔最贵的食品市场买相关食材后，决定买下这本书。就在要转身离开书架的时候，另一本书的封面吸引了她的注意。她毫不犹豫地拿起它。她不知道，还有一个疲倦的女人和一个伤心的男人也于同一天分别在不同的地方选择了这本书。书名是《舒芙蕾蛋糕》，下面有一行小字是：最大的失望。菲尔达环顾四周，有些惊讶。虽然以前她也经历过，但还是惊异于生活有时竟会一再地和她自己的想法精确地不谋而合。她的脸红了。她想把这个奇迹说给别人听，但取而代之的是，她走到收银台前，买下了这两本书。

六

　　莉莉亚从来没有想到，竟会有这么多种不同的舒芙蕾：对虾舒芙蕾、奶酪舒芙蕾、龙虾舒芙蕾、奶酪培根舒芙蕾、焦糖舒芙蕾、冰激凌舒芙蕾、西葫芦舒芙蕾、蜜桃舒芙蕾、摩卡舒芙蕾、菠菜舒芙蕾、咖啡舒芙蕾、无花果舒芙蕾。每翻一页，就难一点儿。虽然她自认为在烹饪方面很有经验，但是也不敢从这本书的中间开始做，更不要说最后几页了。就算她以前没做过，也知道要做好舒芙蕾究竟有多难。从来没有厨师在电视节目里做这个。当有人点这道颇具传奇色彩的甜点时，即便是那些在最高档的餐厅里工作的大厨，也会特别注意。难怪巴黎卡纳瓦莱博物馆里那一幅十九世纪的画作，画的就是现代美食作家的先驱格里莫品尝舒芙蕾蛋糕的情景。美食评论家总会点这道名不见经传的甜品，来确定到底是该褒扬还是批判一家餐馆。从来都没得妥协，因为没有一款可以叫"差不多的舒芙蕾"。

从来没听说过舒芙蕾蛋糕坏名声的人，单凭食谱很难理解其中的奥秘。一般人都会认为只要用对了所有的食材，小心地分别在不同的碗里搅打蛋黄和蛋清，然后再非常谨慎地把它们混到一起就可以了。一个无知而自大的业余厨师会逐字逐句地按照食谱里建议的温度，透过玻璃门看着蛋糕膨胀起来，而后会心一笑，自言自语道："不是多难嘛。"然而，一旦把蛋糕从烤箱里取出，他就不得不面对不悦的现实了，也不知道是哪里出了差错。这种情况下，他会再看一遍食谱，竭力想弄明白哪里不对，也不知道该怪谁，因为他做的每一步都是对的。或许之后，他会向更有经验的人讨教，会明白不管是提前五秒钟打开烤箱门，还是推迟多久，舒芙蕾蛋糕的中央总会塌下去。一块舒芙蕾就像是一个美丽而善变的女人，没人能猜出她的心情。没有哪本书会记下它的秘密。没有人会说，在二十五分三十秒时将它取出。没有烤箱能达到恰到好处的温度。每个厨师都是一遍又一遍地操作，才发现对自己而言最佳的舒芙蕾秘方。每个人都是在一遍遍地去做，直到把碗和烤箱用得破旧，在一场漫长的斗争后才做出了最好的舒芙蕾蛋糕。

或许在莉莉亚人生中的这一时刻，她需要的并不是一场斗争。从另一方面讲，这或许正是那种能够帮助她忘记那些更为残酷斗争的甜蜜口角。一个失败的食谱能让她多失望呢？会是"最大的失望"吗？她的生活就像有磨损的毛衣，每一天总有一针会松掉。她以为会深深隐藏在内心深处的每一种情感，现在一个个都浮了出来，就像打地鼠的游戏，她用尽所有力气只打到了其中一只，另一只又从其他洞里冒了出来。她经常自怨自艾，都没有时间再为丈夫感到遗憾。每当听到丈夫在自己房间嘟哝抱怨时，她就会用双臂抱住自己，而不是去安慰他。她可怜他，但那并不等于她真的在乎。每天晚上，彼此之间的轻轻一吻也早已不见了。部分原因是阿尔尼服药后嘴唇特别干。每天在丈夫上完厕所帮他擦洗干净的过程，也没有让他们更亲近。完全没有隐私和关系亲密并不是一回事。实际上，他们感到彼此的距离从来没这么远过。他们谈话的时候都无法直视对方的脸。目光偶然相遇时，看到的却只是一面厚厚的、难以跨越的灰墙。

　　和莉莉亚一样，阿尔尼也只怜惜自己。他不在乎自己六十二岁的妻子要照顾他、给他擦洗，还要半夜起来满足他没完没了的一连串要求。他不敢向自己承认这一点，但是在内心深处他知道，实际上把她逼成这样是他在报复。他一面绞尽脑汁地想让自己摆脱这种被软禁在自己狭小房间里的状况；一面又受不了听她和那些人在厨房里聊天，完全忽视他的存在，声音里还带着调情的意味。

　　虽然知道做饭的油烟味有多让他烦心，她还是从一大早开始一直做到下午很晚，这让她觉得自己是个世界化的女人。他才不管是什么格鲁吉亚菜还是玉米面儿面包，现在他又要被迫试吃西班牙菜，好像这辈子还没吃够菲律宾菜似的。他十分清楚妻子对那个叫弗拉维奥的年轻男人倾心已久。每次一听到他的声音，她几乎是飞奔着去厨房。阿尔尼并不嫉妒他。实际上，他觉得很有趣，像是一出悲喜剧。她在想什么呢？那样的男人看到她乱哄哄的油腻头发、脏兮兮的围裙、毫无品位的着装后会被她吸引？她给自己建立的那个小世界，不过就是个气球，会在最出乎意料的时刻破掉。就像是他大脑里的血栓，不知道什么时候，毁灭就出现了。现在，正当他再次想着同样的事情时，厨房里杯子落地的声音打断了他的思绪。他完全不知道莉莉亚那天正准备做第一个舒芙蕾蛋糕。

莉莉亚一改平日即兴发挥的习惯，开始按照食谱一步步地做。烤箱通电后，她往中号舒芙蕾蛋糕碗里抹了层油，并在里面撒了些帕尔马干奶酪。到蛋清分离这一步时，她想起小时候自己有多盼望能这么做。她一直以为，只要能把蛋黄倒到另一半蛋壳里，将它和蛋清分离，人们就会认为她是个好厨师。就像是手中倒来倒去的蛋黄，她在过去和现实间来回穿梭，同时尽量忽略从阿尔尼房间里传来的声音。这些声音清楚地表明，有什么东西让他不高兴了。她面前正有一个不容易做的食谱，需要坚定不移地全身心投入，中途根本不能停下。每一分钟都很重要。六个蛋清必须要打发得能形成一个个柔软的小尖。不能少，也不能多。她尽量从金属打蛋器每次击打碗的声音中获得力量，对丈夫的嘟哝声充耳不闻。听上去好像阿尔尼又对什么东西发火了。反正他绝大多数时间都会因为各种事情气恼不已，甚至会无缘无故地发火。垃圾袋开了口、打火机坏掉、蜡烛断裂、小地毯折了角，都会让他勃然大怒。而对那些真正让人气恼的事，阿尔尼却从来都没注意过，像这种鸡毛蒜皮的小事，倒是完全能把他气疯。在莉莉亚看来，他自己都不知道一天里有多少时间花在暴怒、咆哮上了。在他看来，什么都是妻子的错：垃圾袋开了口是因为她买的是最便宜的，打火机没气了她都不记得扔掉，蜡烛断了是因为她拿的时候太不小心了，地毯折了角她都没想到要去摊平它。最终，她听到他以歇斯底里的声音在喊她。

"阿尔尼，我现在走不开。怎么了？什么事等不及了吗？"

"电脑死机了，你要重插一遍电源。"

"不能再等一下吗？"

"你在给上帝做饭吗？就不能过来两分钟？"

莉莉亚放下碗，迅速走到隔壁。她什么也没说，连看也没看丈夫一眼，就拔下插头并重插回去。阿尔尼连一句道谢的话也没说，他一定是将所有这些都当作她分内的事了。

等她回到厨房，刚才停下的没法接着做了。她把手掌放在操作台上，双臂张开，盯着桌面。她想弄明白哪些材料会起膨胀作用。红辣椒、豆蔻粉、盐？她用一点儿水和了面，把面团塑成人形，然后把小人放到操作台上，一边在它上面撒面粉，一边说道：

"我盐渍了你带来的一切，我晒干了你带来的一切，我挡住你想加害于我的所有邪恶。你无法伤害我，永远都不行。"

她把小人的一小部分放进了蛋糕糊里，然后接着做刚才停下的活儿。确定一切就绪后，她把碗放进了烤箱。她从没想过要把第一个舒芙蕾蛋糕给阿尔尼吃，但是如果要让魔法起效的话，她就必须这么做。她想象着新交的朋友们品尝着舒芙蕾蛋糕的样子，想让他们也加入其中，把这一切变成一场游戏，直到完美。她不但预计自己的首次尝试会失败，而且还希望这样。对她来说，这远不仅仅是烹饪那么简单，这也是一种生活体验。正像其他那些重要的体验一样，她必须先跌倒，才能慢慢达到优秀。似乎命运早已决定要让阿尔尼也加入这种体验中来，而莉莉亚从来都不抗拒命运。或许他们会由此一起学到些什么，正像是他们一起遗忘了很多东西那样。

第一个回家的是乌拉，比烤箱定时结束的时间早了十分钟。听到莉莉亚说烤箱里有个舒芙蕾蛋糕时，乌拉兴奋地握紧了双手。她知道房东老太太买的这本书，也知道她要做的这个小工程。因此，当莉莉亚对她说，蛋糕只给阿尔尼吃的时候，她看上去很惊讶。就在莉莉亚想找个借口的时候，纪昭走了进来。他指着烤箱问："里面是我所想的东西吗？"莉莉亚刚要说这只是做给阿尔尼吃的，弗拉维奥和娜塔莉也进来了。那一刻，她已经没有时间解释什么了，她要全神贯注地看着舒芙蕾蛋糕，准时把它取出来。她上前一步走到烤箱前。定时器关闭后，她向后摆摆手，示意他们安静下来，也不知道自己要从这一片静谧中期待什么。大家都向后退了一步，密切关注着房东老太太的一举一动。莉莉亚小心翼翼地打开烤箱门，把瓷碗在两手间端平，往后退了几步，没有转身。就在她端着碗，眼里满是惊讶地转身面向大家的那一刻，蛋糕的中央塌了下去。一个巨大的笑容出现在她的脸上。有谁能在第一次尝试做舒芙蕾蛋糕失败后仍这么骄傲呢？

＊　　　＊　　　＊

马克没有去画廊，而是拿起刚买的购物袋向农贸市场走去。货摊后的人都殷勤而高兴地冲他点头打招呼，向他表示哀悼。见不着克拉拉以后，有人等得不耐烦，就径自去糕点店打听。那时他们才了解到，克拉拉突然去世了，她的丈夫因此而有些避世。马克永远不会知道这些，但是克拉拉的农民朋友们以她的名义安排了一场小型纪念仪式，向她道别，为他们逝去的朋友举起盛满红酒的酒杯。此后他们一直在等马克出现。平常情况下，他的脸庞很容易让人忘记，现在对他们而言却有着深刻的含义，他已然成为他们的一种纪念品。这也是迪拉尔德太太看到马克羞赧地来到蔬菜摊时笑得比以往都灿烂的原因。马克瞥了一眼自己的购物单，竭力想在各种绿色、红色和橙色的食材间弄清什么是什么。就在他鼓起勇气想问哪个是芹菜根时，迪拉尔德太太问能否让她看看那个购物单。看了一眼后，她在蔬菜摊里挑拣了一番，而后来到马克身边。看起来马克连辣椒和甜椒都分不出来，只有时间可以证明他最终能否分辨出哪种是哪种。他就像刚恢复视力的盲人。他拿起所有蔬菜，在手里揉一揉、闻一闻，似乎想要弄明白它们的精髓所在。

虽然现在很难，但终有一日，他闻一下便会知道哪些蔬菜可以很好地搭配起来。他会发现，柠檬和大葱很搭，胡萝卜和小茴香很配。在那之前，迪拉尔德太太和其他人将会帮助他。买了蔬菜后，他发现自己站在了奶酪摊前。一个对奶酪一无所知的法国男人，在同胞的眼里就像不会游泳的鱼一样。他不知道自己最喜欢的那种奶酪叫什么名字，但可以从它们的长相上略微辨别出来。谢天谢地，那个人称大块头路易的奶酪摊主很敬业，他不惜花费了四十五分钟用刀尖一样一样地切一点儿给马克品尝。这位和路易六世有同样绰号的人，肚子肥大，在柜台后几乎都站不下了。虽然他已经结婚，也知道克拉拉是有夫之妇，但还是曾无数次地请求克拉拉和他私奔。克拉拉总是莞尔一笑地绕过这个大嗓门的提议，然后说："或许等下辈子吧。"

尽管有他的帮助，马克还是感觉很糟，让大块头给他包了两块尝过的，而后看了一眼自己的购物单，才说出自己要买的那种奶酪叫什么。"噢，孔泰奶酪，"大块头说，"你怎么不早说？要什么样的？陈的还是新的？"

"有什么区别吗？"

"那么，新的有黄油味儿，吃起来像榛子。越放就越结实，和土似的。"

由此，马克了解到，大块头一旦开始说话就停不下来了，尤其是还遇到像马克这样对奶酪几乎什么都不懂但又愿意学的人。他想解释一下孔泰奶酪的全部历史，比如说为什么奶酪上有小孔，什么时间吃奶酪最适宜，尤其是它和瑞士格鲁耶尔干酪有什么区别。要是谁想从他这儿买格鲁耶尔干酪，他就大声地奉劝那个人：去瑞士买吧。一番口传面授之后，他问：

"你要用这种奶酪做什么菜吗？"

"是的。"

"什么菜？"

"奶酪蛋挞。"

"那就要买新的。"

从新书上，马克为接下来的两天选了两个菜谱，然后把所有配料都记在了购物单上。周日那天在社区里，他并没打算有什么吃什么，也没去"慕夫塔"吃烤鸡配土豆。确认过买齐了所有配料后，他向每个人点头道别，而后穿过马路。他的第一次农贸市场之旅并不像自己想象的那样糟。每个人都知道他是谁，但没有人提起克拉拉，也没有人要向他表示慰藉。马克谈起克拉拉仍会痛苦，他仍无法忍受公寓楼梯里自己孤单的脚步声。每天早晚，床上空荡荡的那一半都会让他心碎，而一支叉子的声响比两支更聒噪。有时他觉得自己的哀伤永远没有尽头。他感觉如果能完全忘记有个叫克拉拉的人曾经存在过，他才会再次快乐起来。

他远离自己的朋友已经有很长时间了，从未接受过任何人的邀请，电话里的交谈也尽量简短。每当朋友们来到画廊，他总会找理由离开。一天里，他并不是每时每刻都不开心。相反，最近他总能在独处中找到平静，对自己的这个进步他也很自豪。但是这种状态持续的时间总是很短暂，一想起妻子来就结束了。他知道自己需要更多时间，但不知道要多久。他不是圣人，来到这个世界能不经历各种感情就可以洞察人生。他要学着一步一步地应对生活。

把所有东西都放入冰箱后，马克给自己冲了一杯意大利浓咖啡。他打开电视，像往常一样，准备好纸和笔放到桌上。现在他每周六都要看《美食之旅》，周一到周五的深夜也要看。说实话，他对里面的食谱不怎么感兴趣。之所以草草地记下来，并尽可能每集不落，是因为他喜欢节目里那两个男人之间的对话。马克从没有和任何朋友如此接近过。在友谊和亲密关系上，克拉拉填满了每一点儿缝隙。他从来没想到，让自己的生活只围绕着一个人转有一天竟会带来如此巨大的空虚。但是现在，这两个素昧平生的男人成了他最好的朋友。他们去哪儿，他就跟着去哪儿，仿佛站在他们身后，偷听着他们所说的每个字。

对他来说，这两个人代表的正是友谊。

他还对他们如此简单的食谱饶有兴趣。唯一的问题是得努力去跟上他们说话的节奏。有时他也看不清自己之前记的是什么，干脆就扔掉了，而且他怎么也弄不明白每份食谱的计量单位。一茶匙对他而言没有任何意义，一汤匙也一样。他记得之前扔掉的那些东西里也有些器具，但直到现在，他也不知道是干什么用的。趁还没忘记之前，他赶紧在购物单上挨着"刨丝器"写下了这些东西的名字。他必须再去一趟杜乐玛。他意识到，法式菜肴没有刨丝器根本就不行。不知道上次帮他购物的那位年轻女人是否还在那里，如果她在他第一次去的时候没有上前来解围，他可能早就放弃了。马克在那个女孩垂顺的头发、朴实的面孔以及精致的睫毛间能寻找到一种平静。和她在货架间走着，他感觉很安全，商场里人群的嗡嗡声和背景音乐声甚至都消失了。

节目结束后，他刷完盛特浓咖啡的杯子，把它放到碗碟架上。他打开炉灶上面的灯，让电视机继续开着，又去客厅打开落地灯，而后离开了公寓。因为一个人生活，他无法忍受回家后进到一个黑暗而无声的房子里。因此，在工作日离开公寓前，他总开着收音机，周末则总开着电视，电灯也一直亮着。电视主持人的面孔一直在那里，他也越来越熟悉。或许哪天他们在他回到家时冲他打招呼，他也不会惊讶。

他不知道，对门的邻居每天都会趴到他门上，听里面的声音。倒不是说她想探究他的生活，而是她完全明白这个年轻人正经受着什么。几年前老伴去世的时候，克拉拉对她的帮助最大。有时候，她会在下午带着一盘饼干来敲门，然后她们俩会一起喝茶。克拉拉会仔细倾听博蒙特太太说的每句话，仿佛是要将每个词都记到脑子里。她确实是在努力去理解那种痛苦，最后她的眼里会浸满泪水。博蒙特太太知道，这个年轻女人是在设身处地地想象，有一天她或许也会经受同样的伤痛，这样她也会悲伤起来。耳朵离开门板后，博蒙特太太一边往回走，一边摇着头，她想马克对这种剧痛一定毫无防备。她听到他进进出出的时候，即便是自己要出去，也从来不打开门，这样做仅仅是为了避免使他感到不舒服，所以她总是等他先离开。显然他不想让别人慰藉他。与此同时，她注意到马克近来回家的时间变得比较正常了。他周末会待在家里，不再头也不回地往外跑。他扔掉了很多袋东西，又买回了很多袋，她这样想着。这些天，锅碗瓢盆的声音时不时地和电视里的声音相伴在一起。博蒙特太太十分清楚马克在厨房有多么不可救药。以玩笑的方式，克拉拉跟她讲过很多次。他根本分不清秋葵和豆荚。他是否知道，如果缺什么配料、需要什么帮助，是可以敲她这道门的？是否知道多年来她和克拉拉亲如母女，她也在无休止地想念着克拉拉？马克仿佛把所有人都推到了生活之外。没有人再进他们家门，而以前总是人来人往的，看着都觉得暖心。但是，时间会治愈一切。时机来到的时候，他会拿出所有的记忆，就像从深埋地下的盒子里拿出老照片那样，再看它们最后一眼，而后从中完全解脱出来。

这次马克知道怎么走了，于是他顺着扶梯迈步走上去。虽然购物单上只有两样东西，他也清楚地记得是什么，但他还是拿出那张纸又看了一遍。到底有没有必要为了一个刨丝器和几个量杯大老远来这里呢？他知道，其实可以在家附近的那家中国商店买到所需要的任何东西，然而他没有时间再进一步分析自己的行为了，他要留心扶梯上的最后一级台阶。商场里熙熙攘攘，和上次一样。很多人站在货架前，挑选着商品，仔细检查着。收银机的咔嚓声混合着顾客的说话声。有一条长队排在了商场的一角，很多男男女女一边排队一边看着书。正当他想弄明白是怎么回事时，背后有个声音说：

"戈登·拉姆齐。"

他转过身，发现萨宾娜正站在那里。那一时刻，他意识到自己想再次见到她。现在他确信，有她在身边，他觉得比较自在。看到马克疑惑的神情，萨宾娜解释道：

"两周前您来购物时我帮过您。"

她指指衣领上的名牌，继续说："萨宾娜。"

"我记得。抱歉，我正在想其他事情。看到你我就认出来了。"

"那些人在排队等戈登·拉姆齐的签名。"

"戈登·拉姆齐？"

"一个很有名的英国厨师。我想他应该是苏格兰人，不过还是英国人。他的节目有《地狱厨房》《厨房噩梦》等。您没听说过吗？"

"没有。"

"也许不知道反而更好。那些节目很惊悚，简直是噩梦，就像名字那样。他把一些饭店的菜谱大改一通，据说是要帮助那些饭店。可那帮的是什么呀？他朝饭店主厨或店主大吼大叫，把每个人都侮辱一遍，有时还把人家训哭了。再说，那些饭店也不全是小地方，有些已经很出色，赚很多钱了。他有一本书刚被翻译成法语，所以他会来这儿。"

"人们似乎挺喜欢他的。"

"我想很多人来这儿是想亲眼看看他是不是和在电视上一样恶毒。"

"是吗？"

"他是个地道的英国绅士。他们曾让我递些纸到他桌上，我走到那儿他就站起来了。我想他在节目里扮演的是另外一个角色。"

马克很久以来没有和谁这样说过话了。在画廊里他和阿牟谈的也只是工作，而且从来没超过五分钟。招呼顾客的也是阿牟。只有在绝对必要时，马克才会从画廊后面的办公室里出来。实际上，他只喜欢和妻子聊天，而且总会全神贯注地听她讲任何事情，不放过任何细节，即使那些事情他不怎么感兴趣。朋友聚会上他总是最安静的那个。他知道，和别人聊不下去时，妻子总能接过话茬，所以就算是不太爱交际，也不会让人觉得讨厌。现在萨宾娜主导了对话，她是能决定该谈些什么、谈到什么程度的那个人。

"不管怎样，不多耽误您的时间了。今天您想买什么呢？"

"我需要一个刨丝器和几个量杯。"

"好的，我们先去看刨丝器。您想要什么样的刨丝器啊？"

"什么意思？"

萨宾娜跟马克讲着各种不同的刨丝器，马克开始怀疑这是不是眼前这个年轻女人的主要工作。她只是个厨房用品销售员吗？还是在这儿做兼职，赚点外快？不管是什么情况，既然谈起刨丝器来那么滔滔不绝，她一定很热爱这份工作。她的讲解马克一句也听不懂，因此最后他决定买最简单的，和祖母厨房里那个看上去一模一样的。萨宾娜微笑着说：

"当然，这是个经典款，样式古旧，但永远都是最佳选择。"

挑选量杯就容易多了，他只需决定要多大的。对马克来说，越大越好。就是买一毫升的，他至少也能看得懂。当萨宾娜问他是否还需要其他东西时，他向她表示了感谢。

"我相信有很多需要的东西，但现在还不知道是什么。我想还是一样一样地买吧。"

"这是完善厨房的最佳方式，速度慢但万无一失。那就过段时间再见啦，对不对？"

"是的，希望是这样。过段时间见。"

"再见，祝您好运。"

马克向收银台走的途中回头看了看。他看到萨宾娜仍在注视着他，脸上带着微笑。他挥挥手表示再见，还朝她笑了一下。他感到腋下有些汗，顾不上去想那究竟是兴奋还是商场温度所致。付过钱后他就离开了。他并没有意识到自己在微笑，但他十分确定想吃些甜点。

＊　　　＊　　　＊

因为那天的一番折腾，早上她很早就醒了，但仍然睡眼蒙眬。她已经喝了两杯土耳其咖啡——这在她身上是不常见的——可还是觉得很疲惫。

听到母亲喊"警察！警察！"菲尔达就睁开了眼睛。她先把丈夫叫醒，拼命地摇他，然后摘掉他的耳塞。从床上坐起来后，两人心惊胆战了一两秒钟，随后不约而同地行动起来。希南从旧核桃木橱柜里拿出一个木衣架，开橱柜门时竭力不发出任何声音，菲尔达则赶紧用手机报了警。她手机一直开着，就放在床头柜上，以防女儿或儿子半夜有急事打电话。她一边跟丈夫走到卧室门口，一边告诉接线员地址。就在要跨出房门走到楼梯平台之前，她拿起一瓶多年没用已经变质了的香水，并把食指按在了喷嘴上。她完全没注意到丈夫让她"待在后面"

的手势。她绝不会在小偷或强盗要勒死母亲时而在自己房间里待着。希南拿个衣架又能有什么用呢？他们终于来到奈斯比太太的房间，紧张地把头贴到门边。没有任何行动计划。他们看到老太太正躺在床上，疯狂地舞动着手臂，朝空空的房间叫喊着。希南把门完全推开，以防门后有人。在确定只有他们三人后，他走进房间，打开灯。菲尔达努力让母亲安静下来，而希南则走到客厅，打开屋里所有的灯。门上的三把锁都好好的，所有的窗户和阳台门都关得严严的。显然没有贼进来过。他喝了杯水，想要减缓脉搏的跳动。此刻仍能听到奈斯比太太的喊声。她还在喊着："求求你，不要勒死我。"妻子则求道："妈妈，是我，菲尔达。别叫了。看，是我。你一定是做噩梦了。看，是我，你女儿。我不会勒死你的。张开嘴，吞下这个药片吧。"

虽然希南想进去帮妻子，但是胸部的疼痛却让他动弹不得。他在餐桌旁的一把椅子上坐下，等着疼痛过去。这不像是他以前经历过的心脏病，可能是有点痉挛。就在那时，菲尔达意识到丈夫出奇地安静，便跑到厨房，把母亲一个人留在卧室。她看到他脸色苍白，豆大的汗珠不停地往下滴，于是跑去找药箱，手不停地发抖。与此同时，她问："希南，你能呼吸吗？你能呼吸吗？"他很费力地回答："可以，不是心脏病。"菲尔达把小药丸放到丈夫舌头底下，让他吞下，而后又跑到电话那里。这次是叫救护车。在母亲的喊叫声中，她刚对着电话说完病情，门铃就响了。"警察!"门外传来的声音说。她完全忘了通知警察说刚才是误报。他们一定是按了邻居的门铃才进入公寓的，现在每个人都知道出事了。有些人早已被奈斯比太太的喊叫声吵醒，等着看后续情况。菲尔达一边打开门让警察进来，一边向邻居解释没出什么事。然而白费力气，救护车的鸣笛五分钟后再次把楼里的邻居吵醒。警察正在了解情况的时候，救护人员也进来了，还抬着担架。邻居们又都站到了门口，想知道发生了什么。菲尔达很直接地告诉邻居们说，希南出现了痉挛，而后便关上了门。她知道所有人背地里可能都会说："那可怜虫早晚会被他那疯岳母给逼死。到时候菲尔达可怎么办呢？"救护人员进来的时候，希南已经恢复过来了。他的脸恢复了血色，也可以讲话了。他说，自己感觉好些了，会马上去看医生。与此同时，警察正倚在厨房和客厅之间的操作台上，等他们完事后继续审问。救护人员给希南量过血压，说了些祝福的话后便离开了。现在轮到警察了。菲尔达一口气解释下来，从他们被母亲的尖叫声吵醒，以为家里进了贼，于是打电话报了警，发现家里根本没进人，到忘记再打电话取消报警，因为丈夫出现了痉挛。奈斯比太太这时早已停止了叫喊，但仍在呻吟着。菲尔达提到母亲瘫痪在床，有时精神不太正常。警察听完后似乎不太愿意离开。他们说想要和老妇人说几句话，随后就来到了她的房间。窗外的天色仍然很黑，奈斯比太太盯着天花板上的光源，眼睛现在看起来更小了。

"早上好，太太。能告诉我们发生什么了吗？"

"这些人折磨我，他们打我。"

"谁？"

"这些人。"

"您女儿和女婿吗？"

"她不是我女儿，他也不是她丈夫。这个男的想要把这个女的卖了赚钱，还想把我也卖了。我不同意，他们就都打我。"

菲尔达听到母亲的话，眼球几乎要蹦出来，脸涨得通红。她惊得哭不出来，眼泪好像火球一样坠落到胃里。希南站在她身后直摇头。菲尔达害怕丈夫再次痉挛，所以转向他说："去睡觉吧，亲爱的。"可惜警察对此并不太上心。

"等一下，夫人。我们要和您丈夫谈一谈，您可以去厨房待一会儿。"

"您说什么，先生？我母亲不知道她在说什么。"

"她说她不是您母亲。"

"请让我把她的身份证拿来，还有我和我丈夫的，您也可以看看我们的结婚证。但是请让我们去厨房说话，我不想让她更激动了，我给她吃片安定。"

"请先去拿这些证件。先搞清楚谁是谁之后，您再给她吃。"

五分钟后，菲尔达拿着身份证和结婚证回来了。其中一名警察对着身份证上的女人照片和老太太看了半天。菲尔达知道，母亲身份证上的照片完全不像现在的她，因为她坚持要在身份证上用更显年轻的照片。尤其是现在，她头发花白，两颊凹陷，根本就是另一个人。最后，警察确定可以了，才将调查工作转到了厨房。其中一位警察转头朝希南笑了笑，有些夸张地说：

"我想老太太是有点糊涂了。"

"我岳母近来总忘事，她身体一天好一天坏，我们也不知道接下来她会说些什么。"

"我想她说的都不是真的。"

"警察先生，那怎么可能是真的？您可不能听一个有老年痴呆的人说的话。另外，如果是真的，我们为什么要叫警察来？我们听到她大喊时，还以为有人进入了房间要伤害她。"

"那么说……您心脏不好，是吗？"

"是的，我今天需要去看医生了。"

"哦，好吧。希望她的病能好转，抱歉，问了您那么多问题。"

"没关系。感谢您几位来出警，祝您工作顺利。"

警察走后，菲尔达关上房门，指着卧室对希南说："去吧，去睡一会儿。我给凯末尔大夫打电话，今天你去他那里，别去上班了，好吗？"

"你不睡吗？"

"不，我一点儿也不困。"

"你妈妈睡着了吗？"

"没有，我喂她吃了些药，可能她过会儿才能睡着。她不清楚我是谁。吃药没费多少劲，因为警察在那儿。她一直担心你在这里，问是不是他们要把你带走。"

"你怎么说？"

"我说他们会把你抓进监狱去。"

"她要是再看到我怎么办？"

"她再看到你，应就记不得发生过什么了。我想她会恢复正常的。我今天也会给她的医生打电话，告诉他这一情况。"

"总要有个解决办法，对不对？我们不能总是这样，所有的邻居也都被我们吵醒了。"

"我们能怎么办呢，希南？我们也不能丢下她不管，不是吗？谁身上都可能发生这样的事。"

"怎么可能谁身上都会发生，菲尔达？会有人和奈斯比太太一样不正常吗？她年轻的时候不就这样吗？"

"别这么说，希南，她以前不是这样的。求你了，我已经感觉很糟了。"

"好吧，对不起，你饿吗？"

"不饿，你呢？"

"有点，或许我该吃点东西再睡觉。"

"真难相信，你总是想着吃！好吧，坐在这儿，我给你弄点吃的。"

菲尔达一边将几片面包放入烤面包机，一边嘟哝了起来：

"怎么所有这些神经病都找到我头上了？"在她给西红柿去皮的时候，眼睛里一直打转的眼泪从睫毛上滚落下来。她的头疼病又犯了，这毛病总会伺机浮现出来。每当她感到快乐、悲伤或兴奋的时候，这病便开始狡猾地在头的一边打转。以前，她总是等疼痛占据整个大脑，几乎侵遍全身后，把自己关在黑屋子里，等到第三天胃里空空如也吐不出什么东西了，才听人劝去打一针安乃近。现在，她直接吞了两片止痛药，甚至都没有意识到自己在干什么。她连自己的偏头痛都没时间管了。母亲把她那垂帘独处的三天也霸占了。倒不是说她愿意享受那种疼痛——有时候疼起来她都想自杀——但至少那是完全属于她自己的三天。那是她的疼痛、她的问题，和别人都没关系。偏头痛和她之间有那么一种难以割舍的关系。要是有些日子不疼了，她便会想它去了哪里。即使感到轻松了，却也完全失衡了。

打发希南去睡觉后，她泡了第一杯咖啡。几小时后又喝了第二杯，即便是这样，也仍然挡不住浓浓的睡意。她的意识太活跃，根本睡不着，可是偏头痛又不让她完全清醒。她静静地坐在餐桌旁，尽量不吵到希南和母亲，一边翻看着买来的书，一边看着天空破晓。她惊讶地发现，那本写舒芙蕾蛋糕的书，第一版竟是在一八四一年印刷的。她从来不知道这种甜点有那么悠久的历史，也不清楚这种甜点有多难做。她曾经和欧瑜在独立大道上的一个咖啡厅里吃过一两次舒芙蕾，但从没意识到它们是失败的作品，因为端上桌的时候，蛋糕中央已经塌下去了。

根据书里的介绍，这便是说舒芙蕾蛋糕是"最大的失望"的原因。不管你怎么训练有素，怎么严格地按照步骤来做，一个极微小的错误都会让所有的努力付之东流。菲尔达碰巧翻到了巧克力舒芙蕾蛋糕那一页，读了起来。看上去很简单。糖少许，巧克力若干，三个蛋黄，六个蛋白。书中详尽地解释了如何把它们混合到一起。这有什么难的呢？菲尔达必须要自己找到原因。听到母亲喊她，她在那一页上方折了个小三角，合上书，做了个深呼吸，然后起身向奈斯比太太的房间走去，不知道等待她的会是母亲的哪一面。

"菲尔达，几点了？"

"八点半。"

"怎么了？你怎么了？头疼了？"

"有点。"

"怎么回事？"

"您不记得清早发生的事了吗？"

"清早是什么意思？现在就是清早啊。你疯了？"

"您不记得天亮前醒来过？"

"我想你一定是做梦了，我刚醒。"

"天还没亮你就喊了起来，我们还以为有人闯进来袭击你了呢，还报了警。警察来了以后，你说希南要把我们俩卖出去，他们还向希南问话了。"

"天地良心！你精神正常吗？你一定是做噩梦了。要是没吃东西就会这样。"

菲尔达知道再怎么解释也没用，母亲不会记得自己做了什么。她完全清醒的时候，甚至都不会意识到自己造成的损失，更别说在不知道自己是谁的时候了。

"菲尔达，你神志又不清醒了。小时候你就这样，以前你经常站着睡。能帮我换一下纸尿裤吗？真主啊，我真臊得慌，看看我现在成什么了。我希望谁都不要得这种病。残废是最重的惩罚。"

"妈妈，你没残废。你以为自己动不了，这就是你不能动的原因。但最糟糕的是，你现在确实动不了了，腿上的肌肉都没有了。你高兴了？我真不明白你为什么选择这样生活。既折磨自己，也折磨我。"

"我知道我成了你的累赘。不过别担心，我待的时间不会太长了，你爸爸在另一个世界等着我呢。现在我总是梦见他，他说时间到了。要知道，你也有老的一天，不知道将来等着你的是什么呢。"

"好吧，妈妈，好吧，我什么也没说，别又从头唠叨一遍了。搂住我的肩膀，尽量抬起点身，我再在你下面放个枕头。

妈妈，不是我脖子，是肩膀。"

那天下午，趁母亲睡着、希南去看医生的间隙，菲尔达试着做了第一个舒芙蕾蛋糕。她把平常给孙子、孙女备着的巧克力放到一个金属碗里，又把碗放到锅里开水上，轻轻地搅动，直到巧克力受热融化掉。她在杯子里打了三个蛋黄，然后混入巧克力。随后又打了六个蛋清，加了一小撮盐，一直搅拌到蛋清能成形。她继续搅拌着，同时慢慢加糖进去。接着，她加快了搅打速度，直到蛋清变得坚挺。她取出一杯蛋清，与巧克力和蛋黄混合好之后，再全部倒进余有蛋清和糖的容器里。她已经加热了烤箱。为了做成功，烤箱一定要先预热。她在蛋糕模具内壁抹了层黄油，在里面撒了些白糖，又把面糊倒进去，用手指抹平边沿。随后她把模具放入烤箱，准备等上二十四至二十六分钟。其间她给自己泡了些菩提茶，盯着烤箱看的时候一口茶喝多了，狠狠地烫到了舌头，让她着实气恼。这下可好，她没法好好品尝第一个舒芙蕾的滋味了。

她坐在烤箱前，隔着玻璃门看着微光下的蛋糕。面团开始膨胀的那一刻，她屏住了呼吸。她拿过烹饪书来，看看上面的照片，想知道这道甜点应该是什么样子。烤到第二十四分钟的时候，她听到母亲呻吟起来。奈斯比太太就像个婴儿，隔一段时间就醒一次，总是弄出噪声来。菲尔达没去理会，她一直等着。到第二十六分钟的时候，她的舒芙蕾蛋糕看上去和书里的一模一样了。她戴上隔热手套，小心地打开烤箱门，任凭母亲在一边叫着"福叔恩！福叔恩！……"，还没等她把蛋糕拿出烤箱，蛋糕的中央就已经塌了下去。她把托盘放在操作台上，径自去照看母亲了。

七

　　生日这一天，莉莉亚醒来后的生活和往常没什么两样。她一边竭力地从意识里赶走"六十三"这个数字，一边走下楼去。膝盖的咯吱声混杂在楼梯板的吱呀声中。她陪阿尔尼走到厕所，想到现在连他每年这个时候都会送的鲜花也收不到了。多年来两个孩子从不曾打电话祝她生日快乐，今年当然也不会。她知道兄弟姐妹们会的，他们总是这样。她又要和他们每个通话五分钟，以此作为一年结尾的标记了。莉莉亚装作若无其事的样子，但是无论她有多老，也总免不了要记挂自己出生的这一天。她还能记挂什么呢？她永远无法理解那些忘了自己生日的人。每当你打电话向他们祝贺，他们总会说："噢，今天是我生日吗？"她希望自己也能成为他们当中的一员。那样的话，那些没打的电话、没给的亲吻、没说的祝贺，就都不会那么让人伤心了。

阿尔尼这一天看上去更为虚弱了。苍白的脸几乎变成了半透明状，眼睛周围的皱纹也更深了。他没有力气拄拐棍，也失去了毅力。仿佛一夜间就瘦了十斤。和丈夫去过洗手间后，莉莉亚扶他躺到床上，然后去了厨房。她在准备咖啡的同时，透过窗玻璃看见了纪昭。他已经快祈祷完了。几分钟后他一定会进屋来问："你好吗？"莉莉亚则会回答："还行。"尽量不表现出自己那没精气神儿和不开心的模样。以前每当有人问候她，她总是回答"挺好的""非常好"或者"相当好"。然而，多年以来，她最终学会了和别人一样说"还行"。而实际上，她感觉很糟，相当糟。正如她预料的那样，纪昭走进了屋里。

"你好吗？"

"还行。你呢？"

"我很好。今天我有一场考试，要过下一级。"

"相信你一定能过的。"

"谢谢。今天有什么打算？"

"和往常一样。"

"那你会待在家里？"

"是啊。"

莉莉亚发觉最后这个问题挺奇怪的。她好奇纪昭是否知道今天是她的生日。或许以前聊天时她提到过。她早已决定对此事绝口不提了。她不是那种在惊喜发生之前就想先知道的人。她喜欢惊喜。现在她感觉好点了，因此试着去转移话题。

"今天我要试着做西葫芦舒芙蕾蛋糕。"

"以前做的那些呢？"

"这是第四次做。第二次和第一次一样，很快就塌了。第三个又多坚持了二十二秒。看看今天会是什么结果。"

"为什么不一直做一种，直到成功为止？"

"实际上做法都一样。我想，额外加的材料并不是那么重要，问题是要把基础工作做对了。尤其是对鸡蛋的处理，做得次数越多，就越熟悉。我想可能连打鸡蛋的速度都很重要，还有怎么用腕力。"

"Nana korobi ya oki."

"意思是？"

"如果第一次没成功也不要放弃，是一句日本谚语。"

"这不像谚语啊，都没有比喻，更像一种建议。"

"没错。阿尔尼呢，他怎么样？这几天他看起来不是很好。"

"今天我也这么想的。看上去他有点破罐子破摔了，而且他很快就感到累了。"

"他总是这样吗？"

"什么样？"

"神经紧绷，但很有礼貌。"

"Ang taong walang kibo, nasa loob ang kulo. 这是一句菲律宾谚语。"

"意思是？"

"愤怒总是会在表面平静的内心里累积。"

"这一句里面也没有比喻。"

"是啊，很遗憾。"

那天早上，她随后在自己房间一边换衣服，一边听着房客们一个个离开的脚步声：乌拉安静的窸窣声，弗拉维奥沉重而坚定的脚步声，娜塔莉匆匆忙忙的嘎嘎声。艾德近来始终没有人影，或许他终于为自己找了个女朋友。对乌拉的兴趣消失后，他开始对新来的房客感到厌烦。他就像是多年来在这所房子里被宠坏的孩子，已经习惯了独享一层楼，但现在却要和弗拉维奥、娜塔莉一起用。他总是为共用卫生间抱怨个不停。

莉莉亚怀疑弗拉维奥和娜塔莉之间有什么，他们出双入对，听彼此接话的方式以及晚间楼上不断的声响就知道。虽然有一两次她想从娜塔莉那里打探一下他们究竟发生了什么，但还是没能问到。嫉妒在她心里汹涌。纵然她和弗拉维奥之间年纪悬殊，而且弗拉维奥这个年轻男人对她不屑一顾，但她的嫉妒之心还是没有改变。毒瘤在她体内不断生长。实际上，似乎她想让这个毒瘤长下去。这种情绪可以帮她撑住一口气活下去。或许如果她放手的话，这种情绪也会离开，但她不想放手。因此，她任凭自己生活在这片混乱的思绪里，尽管于事无补。

就在要离开房间的时候，她接到了最小的妹妹打来的电话，其他兄弟姐妹的电话也随之而来了。她相信一定是有人给大家提了醒，因此他们才会每年排着队地来电话。在挂上最后一个电话前，她走进阿尔尼的房间，比平日笑得声音更大，装得更为高兴一点儿，这样丈夫便能听到她讲话了。然而，从阿尔尼面无表情的神情中可以判断，他并没有听她打电话。看上去他睁眼有些困难，几乎又要睡过去了。

"阿尔尼……阿尔尼……"

她的丈夫费力地回答：

"什么事？"

"你还好吗？"

"我累了。想睡觉。"

"你刚醒，看上去不太好。要不我叫医生吧？"

"不用，我没事，就是有点累。"

"你确定吗？"

"确定。我要再睡一会儿，请把百叶窗拉下来。"

拉下百叶窗，莉莉亚就离开了房间。她感觉阿尔尼不太对劲儿，不过还是决定等塔米亚下午来了以后再做打算。或许他确实只是很累，配合理疗师活动身体把他累坏了。他只比莉莉亚小两岁，对付这种疾病感到疲惫也很正常。突然间，她的大脑里闪出了另一个念头。或许他是故意的，或许他装作比平时更虚弱，因为他知道今天是她的生日。她几乎看到了绝大多数时间他向她投过来的充满憎恶的目光。他眼神里的疏离、声音里的愤怒，都不可能让人注意不到。或许他气愤是因为不能像从前一样控制自己妻子了。或许因她不再在乎他，或是晚餐时间总和其他人聊天，而没有把嘴闭上，他恨她。他会察觉她对弗拉维奥的感情吗？她确定那是不可能的。他们从没在他面前说过话，而且，阿尔尼只见过弗拉维奥一次，是在他刚搬进来的时候，而那已经是好几个月前了。再就没有了。每当厨房有人，阿尔尼总喜欢忍着，他总要等所有人都离开后才从自己房间出来。或许他不管她的生日，假装听不到她和妹妹的电话，一句祝福的话也不说，让她时刻记得要为他做的每件事，让她记得他还活着，是因为他想借此惩罚她，惩罚她想过相对快乐的生活。想禁止她逃开。她尽量赶走这些想法，手在空中像赶苍蝇一样挥舞着。她才不要把这些无聊的事情再从头分析一遍，把自己的这一天毁掉呢。在新添的一岁里，她没有理由放弃。实际上，虽然她身体疲惫、思想混乱，但精神上仍然是坚定的。改变有点儿像是稀薄的空气，没有人会注意到是什么时候吸进去的。它悄悄地占据人的肺部，改变人的思维地图，直到人们醒来才会意识到这一切。她知道自己所经历的一切，那些发生的和没有发生的一切，她的期望和失望，都会把她带向某个地方。总有一天，她会意识到，自己终于爬上了长梯的最后一阶，可以坐在属于自己的宝座上了。她的屈服并不是宿命论的表现，这更像是一种经验主义。没有一分钟是浪费的。一个人所经历的一切都和其他事物相连，正像是印度教徒所信仰的那样，灵魂会多次重生。然而，和印度教哲学相反，莉莉亚认为灵魂的重生不在下一个轮回，而是今生。如果要放弃对未来的希望，那她多年前就结束自己的生命了，因为她的失落很早就开始了。

她戴上老花镜，打开操作台上放着的书，念了两遍食谱的名字，想要把它读正确。她从来都不喜欢美国人念法语单词时最后总要带的口音。她讨厌听他们说"clickey"，而不是"cliché"，说"souffley"而不是"soufflé"。她希望自己别变得那么美国化，那样去糟蹋法国单词。开始做蛋糕前，她给自己倒了一杯咖啡，转过身，任由窗外照进来的冬日阳光沐浴着脊背。要不是这些宝贵的时刻，她真不知道生活里还有什么快乐可言。她站在那里没有动，也没有看时间，只是喝了一小口咖啡，等着后背完全暖和起来，直扩散到心里。喝完咖啡，她从头上取下老花镜，重新戴上。

菜谱一般都是设计为四人份的，因此她只用了四分之一的量。一开始的时候，她还想把房客们也算进来，但是慢慢地，这成了属于她一个人的秘密仪式。她发现一次次之后，她的能力有了长进；她也意识到，以前想当然的做法实际上错了。每次做这种蛋糕，她都免不了会说："嗯，以前是不该这么做的。"她已经欣然接受了这个事实。现在她明白为什么都说最难把舒芙蕾蛋糕做到完美了，因为总有改进的余地。或许是没有完美的舒芙蕾。每次搅打时，蛋清都可以提拉成更漂亮的尖角。蛋糕糊的稠度也可以变得更浓，这些都鼓励着人们去寻找更好的方式来改进。

她开始做起了自己的舒芙蕾蛋糕，并没有意识到人生中最重要的一课正从那些书页灌输到了她的思想里。她任凭自己长时间地搅打鸡蛋，任凭各种各样的想法毫不间断地在脑海里浮现。随后，她小心地将蛋黄和蛋清混在一起，再把瓷盘放入烤箱，准备二十四分钟后准时取出，不早不晚，一秒不差。那时，任何人来敲门都要等着，任何电话都转到留言里。阿尔尼应该不需要什么，她应该全神贯注地看着蛋糕。生活里有些事应该及时去做，打开烤箱门便是其中最重要的一项。趁着烤制的工夫，她在房子里走了一圈，用了十五分钟稍微收拾了一下。把雨伞放到该放的地方，把那堆信封理了理并整齐地码放在桌子上。她从地上捡起也不知道在那里扔了多久的垫子，抖松。然后回到厨房，尽力不去在意满屋的灰尘。她已经开始在烤箱前等着了，有了前几次的教训，这次早早地就戴上了隔热手套。她按时打开烤箱门，把蛋糕拿出来，尽量不让手抖。刚把蛋糕放到操作台上，就听到门铃响了。一定是塔米亚。舒芙蕾蛋糕的中央在第三十秒的时候还没有塌下来，要是再过二十三秒还没有塌，那她就要打破自己的纪录了。门铃又响了一次。莉莉亚一边大声喊着"就来了"，一边希望门外能听到。看到塔米亚已经穿过厨房进了门，她也不怎么惊讶，毕竟屋外有零下八摄氏度呢。塔米亚走上台阶，还在因为屋外的寒冷而瑟瑟发抖，这时她看到莉莉亚正在盯着一块舒芙蕾蛋糕看，手腕上还有一块老旧的手表。

"莉莉亚？"

"嘘。"

塔米亚看着她，以为她终于疯了，而莉莉亚则开始数着："五十三，五十四，五十五，五十六，五十七，五十八……哇喔！"

最后，她转向塔米亚说：

"你好啊，抱歉我没能去开门。"

"你……好，那是什么？"

"舒芙蕾蛋糕，我想以前我提到过。"

"是提到过。它为什么塌成那样？"

"这便是问题所在，也是我没能去开门的原因。我想看看今天它能坚持多久才塌下去。"

"那今天是五十八秒？"

"是的。"

"一般它会多久不塌？"

"通常是不该塌的。"

"嗯……那这个为什么会塌呢？"

"我已经做得算不错了。第一次一拿出来就塌了。之前我最好的纪录是五十二秒。或许有一天我会做出完全不会塌的。"

"祝你好运。阿尔尼怎么样？"

"他从早上就一直在睡，一直睡不醒。我有一个小时没查看他的情况了，不过他一直没叫我，我想他应该还在睡。"

听到这话，塔米亚立刻跑向阿尔尼的房间。她这位病人的头已经耷拉到了右边，口水在枕头上形成了一大圈湿湿的印记。她用双手握住他的头并扶正。阿尔尼眼睛睁开了一下，看着他的理疗师。他没法完全睁开眼睛，仿佛肩上扛着不知多少年的睡意。他从来都没觉得这么累过。他的意识不想醒过来，他也不想强迫自己醒来。有那么一两秒钟他想保持清醒，但感觉大脑像是在水里游泳一般。他说："我很困。"而塔米亚不管他说什么，尽量让他开口说话。

"阿尔尼……阿尔尼……能睁开眼睛吗？"

"我想睡觉。"

"尽量睁开眼睛，尽量看着我。"

"我太累了。"

塔米亚转向莉莉亚，让她给医院打电话。

"他今天一天都这样吗？"

"是的。"

"几小时前你就该打电话了。"

"但他看起来只是很累，这不正常吗？"

"他连话都不想说了，你觉得正常吗？"

照着她的吩咐，莉莉亚没再说什么，也没再问什么，尽量不去理会理疗师那凶巴巴的口气。这一天——她的生日这一天——又要在医院走廊里度过了，而且，要是阿尔尼出了什么事，所有人都会责怪她。他们会认为她不负责任，明知道情况不对还什么也不做。她甚至不愿去想阿珰会对这种情况有何反应。这下阿珰终于找到一个理由，可以一辈子都不用再见莉莉亚了。实际上，她也没怎么来过，过去的五个月里她只来探望过父亲三次，最后总是把所有人埋怨一遍，唯独不说她自己。每天扶阿尔尼去五次洗手间的人不是她。为阿尔尼擦洗因服药而发臭的身体，为他做饭，照顾他所有需求，每天面对他乖戾脾气的，也都不是她。如果莉莉亚在自己生日这一天都不能有些属于自己的时间，那什么时候还能有？她在心里列出了所有要对女儿说的话，仿佛已经发生了什么，她们俩现在就对峙起来了。如果不是塔米亚的说话声，她还会继续想着这份独白，但理疗师喊她过去帮忙。似乎阿尔尼在深度沉睡中并没意识到自己要去厕所，所以尿床了。她们要在救护车来到前给他擦洗干净，换上衣服。莉莉亚从楼上拿来干净的内衣和外衣，在塔米亚的帮助下给阿尔尼换了衣服。阿尔尼尽量睁开眼睛，好不让两个女人那么费劲，但睡意比他的意志要强大得多，比他所知道的任何东西都要沉重，包括他所遭遇的这份尴尬。她们吃力地把他拖起来，让他坐在扶手椅上。还没等莉莉亚来得及换床单，她们便听到了救护人员到来的声音。离开房间去开门之前，莉莉亚转身对塔米亚说："今天是我生日。"她也不知道自己为什么要说这话。没等对方回答，她径直去了前门处。

医生对莉莉亚说，阿尔尼的大脑里又有几处栓塞，这便是他一整天都在睡觉的原因。虽然莉莉亚想听明白医生的话，但对她来说那只是一串陌生的英文单词，除此以外别无其他。阿尔尼大脑里的某些部分转变成了睡眠模式。他们无法确定血栓的位置。他可能会很快恢复正常，也可能不会，而且在过去五个月里他出现了三处血栓，因此他们预计往后还会有。他们也不知道最后会是怎样的结果，但血栓一定会影响他的生命，这取决于血栓的大小、严重性和部位。除了等待，没有别的办法。他们没有理由把他留在医院，因为毕竟也做不了什么。他们只是开了些剂量更大的血液稀释剂。

　　莉莉亚不知道该怎么把阿尔尼带回家。护士会把他放到轮椅上，把他推出医院，但之后他们就要靠自己了。莉莉亚不知道该怎么把他放到出租车上，再把他从出租车里弄出来，扶他到屋里，最后把他放到床上。她曾想给房客打电话，但还是决定不那么做。她不想把他们吓走，或是把疾病带到他们的生活里。她去门口的信息台，问出租车公司的电话号码。如果她多付一点儿钱，或许他们会同意帮忙的。她拨打了号码，想要跟第一个接电话的人解释下她的需要。不幸的是，电话另一端的那个人英语不太好，也不打算为此做什么。相反，操着一口浓重巴基斯坦口音的他不停地向莉莉亚说着一些没用的建议。如果病人昏迷不醒，那他就不该出院，那个人说，为什么她还要把他带出医院呢？不，出租车公司没人愿意承担送病人的责任。要是出了意外得让病人下车，打个比方，上帝保佑，那他们一定会遭起诉的，对不对？莉莉亚火冒三丈地挂了电话，无法理解怎么连法律程序都出来了。一个人在这样一个人口众多的国家，怎么还会觉得那么孤独？她仍记得以前在菲律宾，人们都会互相帮助，谁也不会担心遭起诉什么的。又一次，她回忆起当初为什么要来美国。既然已经意识到她不会在此实现任何梦想，为什么还要待在这里？没必要再给另一家出租车公司打电话了，她知道回答也会一样。她朝手里的电话怨恨地看了一两分钟，最终拨了阿江的电话。儿子听上去很不情愿，仿佛并不愿意接这个电话。

"一切都还好吗，莉莉亚？"

"不，我们在医院里。阿尔尼大脑又出现了新血栓。他表面看上去没什么事，但总是一副无法睡醒的样子。他们仍不想让他住院，说也做不了什么。现在我一个人没法带他回家。"

"你叫出租了吗？要是多给点小费，他们或许愿意帮忙的。"

莉莉亚的眼泪禁不住涌了出来。她不知道究竟哪个更悲哀：是不得不给连她生日都记不得的儿子打电话，向他求助，还是儿子对他们避之不及？

莉莉亚曾不止一次审视自己的内心，想知道自己是否真的做过愧对两个孩子的事，或者自己是否曾考虑过要做那些事。答案永远都是"没有"。收养阿江和阿珺，纯粹是因为她想这么做，她想给自己以外的其他人的生活带来些许不同。在她心中从来都只有善意，从没想过要获得政府的资助或任何其他利益。要是曾怀疑自己有过恶意，她也不会那么痛心，只会说一句"自己种的苦果自己咽"。然而，即便是在最艰难、最失意的时刻，她仍问心无愧。她不明白自己为什么要忍受那两个孩子的侮辱和仇恨。挽救一个人的性命就意味着要无条件地保护他一辈子吗？无论发生了什么，她要永远对他们负责吗？她两腿抖得厉害，挣扎着在医院门口站起来。各种情感一下子涌进她心里，压迫着通往心脏的每一条血管。她感到喘不上气来。电话那头，那个被她称为儿子的陌生人一直等着，不发一语，似乎是在享受着空气里弥漫的每一分紧张。最后，莉莉亚鼓起所有勇气，开口说：

"告诉你，阿江，你别管了，忘了我刚才说的话吧。我不会再给你打电话了，也不希望你再打给我。我不想再见到你们当中的任何一个。把这话告诉你妹妹。"

随后她挂上了电话。明天她就给律师打电话，早上一起来就打。她要把他们两从自己的遗嘱里除名。生活里的这一部分，是时候告一段落了。现在至少她能控制生活里的一样东西了。她不会再让那两个人在她头脑里逗留，让她夜里无法入睡或者一天天地向她发泄毒液般的怨恨。就像以前人们经常用放毒血的办法祛除身体疾病一样，她现在就要伸开胳膊，把自己的毒血放出来。

一天下来，在塔米亚的帮助下，等他们回到家，已经是晚上了。她不否认，自己也曾希望房客们会在厨房里围坐在一个点满蜡烛的蛋糕边等她。她不想否认，看到房间里灯没亮的那一刻，她本以为他们会在她进门时一起喊"生日快乐"。直到走进厨房前，她仍没放弃希望。然而，房子里漆黑一片是因为没有人在。操作台上、冰箱里，都没有那样一个蛋糕。无论她等多久，这一天也不会有什么好转。塔米亚连"生日快乐"也没说，在拿到帮莉莉亚带阿尔尼回家的钱后就走了，仿佛她一天只能帮那么一次忙。事实上，她们一周好几天都在厨房里一起喝咖啡、吃布朗尼，莉莉亚以为两人关系应该很近了。她本以为她们可以成为朋友。在看着塔米亚离开有一会儿后，她回到厨房，看到早上留在那里的舒芙蕾蛋糕。它一直在那里等她回家。她走到储藏室，打开一个橱柜门，找出多年前放在那里的蜡烛。它们看起来就像当初放进去那样新。她拿了一支回到厨房，插在舒芙蕾塌下去的中央，点燃。她闭上眼睛，紧紧地贴着操作台，许了个愿，然后吹灭了蜡烛。把蛋糕吃完后，她在一大张纸上记下冰箱里所有的食物，像往常一样把纸留在同一个地方，上楼回到自己的房间。直到第二天——她第六十三个年头的第二天，她才会记起阿尔尼的脏床单。

* * *

马克把出血的手指伸到冷水下，放了一会儿。自从做饭以来，他的双手几乎变了形，不是一周切到两三次手指，就是被平底锅里的油烫着。他开始意识到戴围裙有多么重要，而穿袖子肥大的套头毛衣根本没法干活。起先他以为一周擦一次炉灶就可以了，但很快发现那样很难擦去上面的油渍，所以他开始每天刷完碗后就打扫。

确定手指不再出血后，他关上水龙头，从桌子上的篮子里拿出一个创可贴，贴在新伤口上。他边回去做饭，边听着电视里的声音。现在每晚他从画廊里回来得早了。他需要时间去买食物，然后把买来的东西做熟。像从前一样，他的大部分时间都是在厨房里度过的。只是现在他有了自己的安排，和他与克拉拉的那些日常安排不一样。他继续将西红柿切成方块，这次对手里的活儿更注意了些。*On a Tout Essayé*[1] 节目里，有六个人在谈论新书、新唱片和新电影，他们每天都会谈这些。这时他开始意识到，自己以前从来没有真正地去关注过什么，总是克拉拉告诉他一些新事物。多年来他一直生活在自己的小世界里，只接触自己感兴趣的东西。烹饪悄无声息地改变了他的生活方式，没有强制，也没有窒息。他高高兴兴地在这种新生活里换了一个人。现在他会想想那些新出道的歌手。他意识到自己已经能听出一些新歌，甚至还能跟着一起吹口哨。只是近几个月来他才开始思考自己以前是个怎样的丈夫。自己不食人间烟火的样子，克拉拉会怎么想？她从来没有抱怨过，因为她

---

[1]　法语，"我们一切都尝试"的意思。

可能不怎么在意，但是她有没有期望过丈夫是另外一种人？

他差点又切到了手，好在及时停住了。这应该是常有的事，因为刀实在太锋利了。终有一天它会变钝的，那时他就不会总是切到自己的肉了。他把切好的西红柿添到炒好的洋葱和蒜末上，然后把它们拌匀。现在该处理蘑菇、西葫芦、茄子和辣椒了。他朝身边打开的那页书看了一眼，想知道该怎么切。这些菜要切成小方块，很小的方块。看到需要的时间比他预想的要长时，他便先关上了煤气灶。在那么短的时间里，他无论如何也切不完。也许有人可以，但是他不行。今天的这道"素什锦"来自南方。最初它是用一些剩下的蔬菜做的，尤其是在夏天，人们常做。这道菜没什么特别之处，里面动词的意思就是"混合在一起"。然而这道菜近来非常流行，尤其是在那部叫《美食总动员》的动画电影风靡全世界之后。

马克记得，在他小时候，蘑菇还不是那么常见。人们总会对蘑菇是不是有毒提出这样那样的疑问。收音机里总是有这方面的广播，市政大厅的墙上也贴着毒蘑菇的名字和照片。即便是这样，马克每次看到盘子里的蘑菇时还是很害怕，不知道吃的时候会不会被毒死。他妈妈明白他担心什么，总会告诉他蘑菇是在哪里买的，以及他需要知道的一切。不过现在没人再想这些了。和其他事物一样，现在的蘑菇也标准化了。

切完所有食材后，他看到炖锅里的其他菜并没有烧煳，于是真心为自己感到自豪起来。似乎他应该可以不出任何意外地把这类食物做好了。当然，切到手不算。除了烫伤和刀伤以外，烟雾警报器也响过。他怎么能料到油这么快就烟了？每天他都在学新东西。他试着按照食谱边把所有食材都混搅起来，边留意着别搅到锅外。书上说，过一两分钟茄子会自然出水，其他蔬菜会吸收这些水分。他继续搅拌，注意不把已经变软的西葫芦搅碎。他一边这么做着，一边听着电视里播放的歌曲，回忆着小时候的时光。

克拉拉去世之前，他很少想到小时候。或许是因为那段时光一直都没有结束。但是现在，他发现自己会无意识地在最奇怪的时刻想起父母。他记得他们吃晚饭的圆桌，全家一起坐的沙发以及在塞纳河边的书摊上经常买的漫画书。他不明白以前自己为何不怎么想念父母，也不怎么回忆那些日子，虽然他的记忆力非常好。但是现在，他在厨房里听着那首歌，一面尽量不把西葫芦弄碎，一面想念着他们。他想念所有的人与事。他在学着如何想念。食物的热气扑面而来，动听的旋律在空气中回荡。就在他确信自己终于可以重新来过时，泪水夺眶而出。又一次，他以为自己会承受不来，会无法继续生活。对着厨房凝结着水汽的玻璃，他毫不犹豫地自言自语起来："我永远无法忘记克拉拉。我永远好不了。永远不会再快乐了。"

那天晚上他还第一次试做了舒芙蕾蛋糕。他知道要过好一会儿才能睡着。这些日子他无法停止回忆过去，那样的夜晚根本无法入睡。自从买了甜点书后，他就想尝试着做巧克力味儿的舒芙蕾蛋糕。他找到那一页食谱，再次看了一遍。他拿出所有的配料，把它们都放到桌子上。大略一看，舒芙蕾的做法比其他很多甜点都容易。那它怎么就成了最难做的一种了呢？要有几个月他才能了解其中的缘由。接下来的日子里，他会边做着其他家常菜，边一遍又一遍地尝试着做巧克力舒芙蕾。每次舒芙蕾塌下去，他心里都会感觉空落落的，但是他不会放弃。正像经历过所发生的一切，他仍然继续生活着一样。那些日子里，马克做饭到深夜时，锅碗瓢盆的丁零当啷声在他周围响起，同栋楼上的住户也会忍不住朝他这儿扫一眼。他们无法忽略从他的窗户里传出的声音，因为他总会开着窗户通风。透过打开的窗帘，他们见证了他如何慢慢学会戴围裙，如何一边做饭一边伴歌起舞，如何在翻炒的时候流泪，如何因为盐罐坏了撒出太多盐而生气。他们见证了这个寡言少语的男人，在妻子的影子里生活了那么久后，又如何为自己建立起了新生活。男人们想，是时候让马克带个新女人回公寓了；而女人们则紧张地来到窗户下，担心看到个陌生女人站在那儿。他们总以为克拉拉是个幸运的女人，但从来没料到，即便在她死后，她还是最幸运的那个。有哪个男人会如此优雅地悼念一个女人？有哪个男人会流那么多眼泪？

没有搅拌器或手持打蛋器并不会妨碍马克试做舒芙蕾蛋糕。

直到现在，他才记起母亲是如何只用一只叉子搅搅拌拌就做出了最美味的蛋糕。他不知道这些影像和记忆这么多年来都藏到了哪里，但现在只要他一进厨房，就能重新记起过去的一些事情，在那个厨房里发生的所有好与坏，甚至包括他还是个小男孩时的事。他记得有时父母在那里打架，然后父亲会走到母亲身后抱住她，而母亲继续搅打着食物，依然一副冷冷的样子，但随后她就笑了。她原谅了他。

现在他意识到，自己一辈子都生活在同一个地方，那里曾经发生过的一些事情一直都在循环往复。这些是他以前所没注意到的。或许他之前没做过饭，但似乎他把母亲和克拉拉的一些动作都记在了自己大脑的某个角落。停了一两秒钟后，他在自己那份永远没够的购物单上写下了搅拌器和手持打蛋器，然后继续用叉子搅打鸡蛋。如此一来，马克的舒芙蕾蛋糕非但不会塌下去，连发起来都不可能。如果那些鸡蛋会说话，它们一定会告诉马克，不能像那样中途停下、离开、再回来，而且，叉子每打一下的速度和力度都应该完全一样。

当感觉胳膊都抽筋了，马克决定停下来了。他并不知道，第二天胳膊还是会疼。虽然他试着用左手打了那么几下，但弄得到处都是，于是很快就放弃了。他把蛋糊倒进唯一一个舒芙蕾蛋糕模子里，而后把它放进了烤箱，也没抱太大希望。与此同时，他也没料想到结果能有多糟。烤箱上的定时器关闭的时候，他正在上厕所。他曾看到书上说，按时将蛋糕取出很重要，于是提着裤子就跑回了厨房。结果裤子拉链也没拉上，蛋糕也没按时拿出来。在第二次尝试之前，他会一直以为这是唯一一个错误。但下一次，当他完全按照书上说的时间打开烤箱门时才会明白，做舒芙蕾远比他想的难得多。

虽然这次试做很失败，但也让他平静下来，让他的意识暂时远离悲伤，让他筋疲力尽。他等了足够长的时间，咬了一口蛋糕，才发现吃起来和看上去一样糟。然而，到了晚上的这个时候，他已经没精力再管了。他把围裙搭在椅背上，而后走进了卧室。他品着味蕾上最后一丝巧克力的味道，很快就进入了梦乡。

萨宾娜正在帮一位女士选袖珍型食物料理机，以替代她那个坏掉的旧机器。看上去这位女士与那台机器已经建立起了某种亲密的联系，使她无法忘记和它在一起的快乐时光。尽管萨宾娜一再解释，说厂家已经不再生产这个型号了，但他们有同一品牌的新型号，其性能应该比旧的好三倍，但还是无法说服她。倒不是说她不理解那位女士的感情，有时她自己也会对家具、电器有了感情，仿佛它们是有生命的，而且，她也很难理解那些厂家总觉得他们有必要将一种相当出色的产品停产，继而推出升级版的行为，而后者还不见得比旧版本好。对于生活里的所有物件，她都是这么想的。如果她喜欢一种护手霜，就在柜子里囤上一些。至于自己最喜欢的除臭剂，也是成箱成箱地买——因为她知道总有一天会停产——她对自己的每个盘子也都照管得很好。以前她也曾有个让她为之神魂颠倒的料理机，当机器坏掉的时候，她感觉像是丢了心爱的猫一样伤心。那时她正要从里昂搬到巴黎。似乎所有的物件都感知到了她的离别，于是都开始和她一刀两断。一天，冰箱先是剧烈晃动，之后就完全不工作了。微波炉的加热功能也只能工作五秒钟，之后就不管用了。烤面包机的控制杆也坏了。显然，这些家伙都决定在被甩之前先甩掉主人。因此，她知道说服客户有多困难。她一面给这位女士讲着哪种料理机会和那个旧的一样好，一面用眼角的余光看着马克。她看到马克在那里站了有一两分钟，搓着手，而后走向其中一个货架，站在那儿不动了。那位顾客感觉到萨宾娜目光的游离。她顺着萨宾娜的目光看过去，想知道她在看什么。她知道在这样一个偌大的商场找个人帮忙有多难，尤其是找个像萨宾娜这样细致入微的年轻女人。她担心这位销售员会离她而去，于是决定要买其中一种。"可以检查一下机器，看看能否正常工作吗？"她可不想再跑第二趟，她住得离这儿挺远的。萨宾娜高兴地同意了，但一直留意着马克，担心他离开。

马克哪儿也不会去的。他站在众多搅拌机前，想要弄明白它们有什么不同。他会耐心地等着萨宾娜接待完其他顾客。对他来说，选这种东西简直和量子物理学一样难。在萨宾娜招呼那位女顾客期间，他继续在货架间溜达。那么多东西，他这辈子也搞不清它们都是干什么用的。有些东西一点儿也看不出用途来。开瓶器就像个鸡蛋。那个橄榄油瓶，他以为是放糖的。那些食盐、胡椒佐料瓶，打开的方式实在让人琢磨不透，这些都让他一头雾水。一种叫"叉勺"的东西，他也不知道能干什么用。有种茶勺手柄是 S 形的。还有那个"蛋杯"，如果不是价签上标了名字，马克也认不出那是什么东西。就在他仔细琢磨着一把有很多孔洞的刀时，背后传来萨宾娜的声音：

"那是奶酪切刀。"

"为什么上面有孔？"

"那是为软奶酪准备的。要知道切软奶酪的时候，奶酪会粘在刀上，你就必须要刮下来，是不是？但用这种刀就不会了。奶酪会从刀孔里钻出来。"

"嗯。不知道克拉拉是怎么处理这个细节的。"

虽然马克最后这句话是冲自己说的，萨宾娜还是听到了。这个年轻女人仔细看着眼前的这位顾客，他正把玩着手里的这把刀。萨宾娜起初迟疑了一下，但最后还是问了：

"克拉拉是你妻子吗？"

这是几个月来马克第一次听到有人说他妻子的名字。他不知道该怎么回答。当然，他知道答案，但无法开口说出来。自从克拉拉去世后，他没有和任何人谈起过她，不用对任何人说"我过世的妻子"或是"我的前妻"这些话。每当这些词出现在大脑里，他便会竭力把它们赶出去。他并不是想否认克拉拉去世的事实，他只是想试着去忘记曾经有个叫克拉拉的女人存在过，而她曾经是他的妻子。他从没想到，在逃避了那么久之后，自己竟然会在这样一个购物中心——手里拿着多孔刀，周围全是厨房器皿——的环境下，被迫说出这些话。看到马克长时间的沉默，萨宾娜猜到自己问了不该问的问题。虽然她仍好奇，但马上道了歉，说他可以不用回答。

"不……没关系……克拉拉……是我的妻子。她五个月前去世了。"

"我向你道歉，我不该问这种问题。请节哀顺变。"

"谢谢。"

他们就在那儿站了一会儿，说不出一句话，甚至都无法直视对方。萨宾娜搓着手，马克则继续看着奶酪切刀。他等待着喉咙里哽咽的感觉消失，这样才可以继续说话。在他几近绝望之时，萨宾娜先开了口：

"今天想要买些什么？"

"搅拌器。"

"有很多种，是不是？"

"非常多。为什么这么多呢？如果你不帮我，我什么也买不了。"

"很高兴能帮上忙。"

萨宾娜一边跟马克讲着哪些搅拌器最适合他，一边在想要是请他出去喝杯咖啡会不会有些过了。她不想去爱，也不想被爱，但或许在巴黎这个让她感到孤独的城市，她可以在与马克的友情中获得些许安慰。很快就要到午休时间了。像往常那样，她还是会去街角的咖啡店，看看前一位顾客留在桌上的报纸。这种邀请很简单，事先也完全没计划，但她仍然没有勇气讲出来。她不想再面对两人间那种奇怪的沉默了。马克显然是位绅士，不会拒绝一位女士，但她不想让他仅仅是出于这个原因而接受邀请。或许以后吧，她想。或许下次。她挑了最适合他的搅拌器，递给了他。与此同时，马克也察觉到了萨宾娜的焦虑。或许她仍对刚才的问题感觉很糟。他想说没什么大不了的，即便实际并非如此。他觉得，这个光是在那里就已经让人感到舒心的年轻女子，不该因为任何事而感到烦心。马克真的很想告诉她自己有多感激，但他说不出口。最终，他拿着搅拌器开始往收银台走去，这样就可以给这种史无前例的尴尬画上句号了，即使这意味着要放弃其他想买的东西。转身离开前，他说：

"感谢你的帮助。今天就需要这么多了。再见。"

"再见。"

她还想再说些什么，但只是挥挥手看他离开。她已经在想他什么时候会再来了。

* * *

实在无法忍受母亲的神志失常时，菲尔达就会给她加两片安眠药，让自己喘口气。这样一两次后，她很快就不再感到内疚了。奈斯比太太几乎不知道今夕何夕，也认不出女儿和女婿，她向每个来探访的人抱怨他们俩的不是，吵闹声搅得街坊四邻不得清静。看到祖奶奶这样，纳兹越来越害怕，继而不再去奶奶家了。而最让菲尔达受不了的还有一件事，那就是见不到孙子、孙女们。孙子还不明白发生了什么，但孙女却很清楚。有一次祖奶奶发疯的时候，纳兹问菲尔达"妓女"是什么意思。

"是个很不好的词，宝贝。绝对不要用它。"

"但是祖奶奶说了，她说你是妓女，那是什么意思呢？"

"不要学这个词，宝贝，这个词很不好。"

"那你是妓女吗？"

"跟你说什么来着，不是跟你说不要用这个词了吗？我不想再听到第二遍。"

"可它是什么意思啊？"

"是指坏女人。"

"怎么个坏法？"

菲尔达极其讨厌向纳兹解释这个词。这不是当奶奶的想教给孙女的东西。

"嗯……像是……有些女人……那些女人……那些女人为了钱和男人在一起。"

"和他们一起逛街吗？"

"呃……和他们一起逛街，还有……还有……你知道男的和女的怎么生小孩儿吗？知道的，是吧？"

“知道。妈妈告诉过我。不光是亲嘴，他们躺倒，然后——”

“是的，宝贝。我知道后面的事，你不用跟我说那些。有些女的为了钱和不认识的男人做那个。”

“那样不好是吗？”

“是的，不好。他们不应该那么做。现在别再说这个了，好吗？”

“那，你做过吗？”

“当然没有了，宝贝。”

“那为什么祖奶奶叫你妓女呢？”

“你能不能忘了这个词啊，小公主？祖奶奶神志不清楚了，她分不清谁是谁。有时候她都不认得我们。”

“她也不知道我是谁了吗？”

“是的。”

“但她确实是爱我的。她还给我巧克力吃呢。”

“但她现在病得很重。”

“你会病成那样吗？你也老了。”

“我还没老呢。希望我不会那样，宝贝。”

“到时候我照顾你，奶奶。”

“我知道你会的，宝贝。但我向你保证我不会病成那样的。”

天晓得为什么，每次奈斯比太太脱离现实时都会骂菲尔达是妓女，说女婿要卖掉女儿。她几乎从来不叫女儿名字。有时她以为她是福叔恩，不过绝大多数时候她指责她杀了福叔恩，那是菲尔达出生之前就夭折了的姐姐。虽然菲尔达知道真相，但晚上还是禁不住会做噩梦。那些没有被母亲的喊叫声吵醒的晚上，她也会因为可怕的噩梦而呼吸急促地醒来。

在那些噩梦里，有时她和不认识的男人睡觉，有时她捂死了一个女婴。似乎母亲要把她逼疯了，就像她对她自己所做的那样。菲尔达的脸看起来很疲惫，多了一道道深深的皱纹，两个月前还没有。以前她经常照镜子，看眼睛和嘴唇周围的皱纹，视其为个人成长的印记，有时甚至会觉得这些皱纹让她更美了。现在，脸上这些近乎垂直的深沟却让她看起来更丑了。每次她照镜子，总会意识到把头发剪短是个错误。她原以为这样更好打理，毕竟根本没时间打扮。可惜，她的鬈发抵不过伊斯坦布尔的潮气，总是以一种最丑的方式膨胀开来。

她的感情一点儿也没法跟丈夫诉说。似乎希南已经用尽了他的耐心。他之所以没怎么吭声，是因为绝大多数时间他都在外面。至于儿子，他也有自己的生活。她想和儿子说说话，让他帮自己减轻些压力，但又不想让他心烦。另外，他们不是说，儿子结婚后就不是你的了，而女儿永远都是你的。她知道，只要接受这个事实，她会过得更幸福些。毕竟，母亲感情崩溃的原因之一，不就是觉得被她那宝贝儿子抛弃了吗？菲尔达的弟弟偶尔会来看望下母亲，但他始终有活要干，总是有其他工作。有一天他说："她都不认得我们了，去不去还有什么区别？"菲尔达简直不敢相信自己的耳朵。她说："你来这儿是为了你自己。你需要在她咽气之前，尽可能多地看看这个给了你生命的人。她知不知道你是谁并不重要，至少你知道她是谁。"菲尔达知道她在对牛弹琴。无论她说什么，弟弟都听不进去。他是个务实的人。他的工作已经深入他的骨髓了，什么事都算计着来。他在伊斯坦布尔科技大学找到工作，当上数学教授的时候，母亲不是很高兴吗？好吧，现在她尝到苦头了。

虽然菲尔达中学后很想继续学业，但还是不得已放弃了梦想。她从小就一直照顾母亲，当母亲卧床不起的时候，她就成了弟弟的妈妈。因此，上学时她从来都不是优等生，并在很小的时候就意识到自己没机会上大学了。和希南结婚是她能做的最佳选择。至少她嫁给了一个爱她的男人，那个时候女孩结婚并不是为了爱情，而是因为父母想让她们嫁人。结婚后，她继续照顾着母亲，甚至在经济上扶持着母亲和弟弟。她总是竭尽所能地什么都做，帮助弟弟上大学，陪在他身边，让他得到她所得不到的一切。虽然，有时她想，要是自己对念书和弟弟一样执着就好了，但她还是为自己做了所能做的最佳选择而骄傲。

这也是她从来不干涉自己女儿的原因。她认为欧瑜这一生应该想做什么就做什么。她也做到了。虽然欧瑜跟她说要出国的时候，她很伤心，但没有反对，也没有劝欧瑜改变主意。或许随后的几个月她要难受一阵子了，但女儿是快乐的，这才是最重要的事。上次她们在电话里，欧瑜跟她讲很快就来看望他们。菲尔达也想见到女儿，需要她的帮助，但她还是不想让女儿看到外婆这样。她不应该在半夜里被叫喊声吵醒，或是看到这所房子里丑陋的东西。然而，没有什么能阻止女儿来。凡事她更倾向于往好处想，因此，比起胡思乱想那些可能会发生的坏事，她还是更盼望看到女儿。

她已经开始在想要做什么菜了。她总是要确保欧瑜到家那天有她喜欢吃的一切。以前欧瑜回家，她一连几个小时都在厨房里忙活，从烤肉饼到草莓松饼，从朝鲜蓟芯到葡萄叶饭卷，都准备妥当。看着自己的孩子狼吞虎咽地吃下妈妈亲手做的饭菜，也许是她这辈子最开心的事了。感谢真主，他们喜欢吃饭。在他们家，就连肉饭里被烤焦的大米都没被浪费过。

她拿起一直放在台桌上的法国廊酒，往配套的小玻璃杯里倒了一些。她已经很长时间没沾这种甜酒了。事实上，她在学着让自己不去享受这个世界上的各种美味。不碰巧克力、不吃油脂过高的土耳其羊乳酪以及不喝红酒，都已经有些时候了。她拿着盛有法国廊酒的酒杯，在厨房餐桌旁坐了下来，打开便笺本，翻到空白的一页，拿起笔，写下：风干花菜豆、葡萄叶饭卷、朝鲜蓟、西葫芦馅饼、肉桂炖羊肉、酿甜椒、茄子烤肉饼、草莓松饼。"或者是巧克力舒芙蕾蛋糕。"她自言自语道。她知道欧瑜会喜欢吃的。一开始她考虑要用铅笔把草莓松饼划去，后来还是决定不这么做。女儿总说她从没吃过比母亲做得更好吃的蛋糕，虽然只有一次在纽约一家最著名的咖啡店吃到过口味接近的。菲尔达无法不在乎这种赞美。这两种点心，她都要烤。在转身背向一天里最后几缕阳光的刹那，她想，自己多怀念以前生活的宁静啊。实际上，对于平静的向往，是她毕生的追求之一。她从来没有过纯粹的自由，不知道生活里若是没有任何责任会是什么样子。以前她总以为，孩子们长大后，就会有更多属于自己的时间了。她以前总想象着，母亲会在很老的时候，于睡梦中死去，她会哭一小段时间，而后继续过自己的生活。然而，母亲的计划又得逼了。每次都是这样。有那么几秒钟，她想象着奈斯比太太死去的那一天。虽然这么想极为内疚，她还是发现自己近来越来越频繁地梦想着那一天。她已经五十八岁了，期待着自己六十岁以后的日子能全部属于自己。

菲尔达知道母亲很快就会醒过来。她或许会肚子饿，进而责怪菲尔达想要把她饿死。在此之前，菲尔达往锅里加了些水，准备煮意大利面。奶酪意大利面对奈斯比太太一直有镇定作用。

尽管母亲那边麻烦不断，菲尔达还是设法准备了菜单上列出的那些。她每隔五分钟就要回厨房一趟，一遍遍地检查，看自己是否忘了什么。烤肉饼已经在烤箱里了。等欧瑜到家的那一刻，温度会正好。草莓松饼照计划昨天晚上就放到冰箱里了。葡萄叶吸足了橄榄油，正放在厨房的操作台上。几乎是到了最后一刻，她才决定往朝鲜蓟的叶子和芯儿里填料，虽然这意味着要多花一个小时站着，但她相信杰姆会流口水的。因为她知道孙子、孙女喜欢，她故意把西葫芦馅饼的边缘烤得久了点。她还让肉店的人把羊肉里的肥肉留在上面，好让希南满意。奈斯比太太的精神没和现实脱节的时候，会看着她在屋里忙乱地准备着，不停地说着冷嘲热讽的话。"哟，继续给你女儿忙活吧，他们会给你发奖牌的。"菲尔达觉得这话很伤人，知道这是母亲故意的，想表明她自己都没有因为做过什么而得奖牌。"给你儿子做朝鲜蓟了吗？是啊，做吧，做吧。总有一天你会领教到他的胳膊肘的。"菲尔达从来都不喜欢母亲有时做出的这个特殊动作：左手握住右手手腕，然后右胳膊肘向外支开。奈斯比太太认为，每个人迟早都会被人背叛的，她把这叫作"领教到胳膊肘"。希南是她意识清醒的时候唯一不训的人。希南是她的英雄，是她的最佳投资、最佳决定。她女婿从来都不会让她领教胳膊肘。不过要是菲尔达继续这么头顶着乱发到处晃悠，那她会领教到自己老公的胳膊肘的。奈斯比太太不停地给女儿提建议，说："自己打扮一下，为你老公打扮得漂漂亮亮的。"似乎忘记了菲尔达绝大多数时间都得去给她换成人纸尿裤的事实。

欧瑜要来的那天，奈斯比太太的神志出乎意料地完全清醒。或许是因为外孙女大老远地来看她，她逼着自己要有最好的表现吧。菲尔达一直嫉妒母亲和女儿之间那种特别的亲密。她们两人可以关在屋里，一连几小时说着悄悄话，咯咯地笑个不停。菲尔达一直很奇怪，欧瑜在自己外婆身上怎么会发现了幽默感，菲尔达可是从来都没察觉到过。她想知道母亲身上究竟有什么可乐的。欧瑜把外婆称作"稀有的印第安织布"。听到这话，菲尔达想说："可不是，她这种人绝对不多见。"每隔十分钟，奈斯比太太就在自己房间朝菲尔达喊：

"菲尔达！她到了吗？"

"还没有，妈妈，她来了您会知道的。"

"飞机还没着陆吗？你该给她打个电话。"

"一分钟前打过了，她的手机还是关机。或许是晚点了。"

"希望她能安全到达。迪亚巴克尔[1]两周前不是有飞机失事了吗？"

"真主保佑！妈妈，您就像个猫头鹰，总是带来坏消息。怎么能在这种时候说这样的话呢？"

她们已经习惯这样从一个房间朝另一个房间隔空大喊了。声音重在一起听不清对方说什么的时候，就继续喊，但这通常会让两人更加恼火，最后就真的大吵大喊起来。希南在家的时候，他一般只在客厅看电视，头上戴着博士耳机——那是杰姆近期去美国为父亲带的礼物——什么也听不到。

"你做了什么菜？"

"噢，欧瑜喜欢吃的那些，还有杰姆的朝鲜蓟。"

"那给我做了什么？"

"妈妈，我们吃什么您吃什么，对吗？我做了肉桂羊肉，是

---

[1] 土耳其东南部城市。

按您喜欢的方式做的。"

"希望你没让卖肉的把肥肉切掉。"

"没有。"

"很好。你是怎么做的？告诉我。"

"和每次的做法一样。"

"先加洋葱爆炒……"

"是的。"

"然后加肉桂。"

"不，我先加的土豆，然后加的肉桂。"

"那你做错了。"

菲尔达顿时大怒起来，发现自己已经站在了母亲房门前。奈斯比太太对女儿的厨艺总能挑出毛病来。无论是原材料、火候还是分量，总有不对的地方。而且每次不管谁，包括她女儿，问她食谱的时候，她总是少说一样。她从来不想让任何人做得和她一样好。

"妈妈，这菜我们不一直这么做吗？"

"我可没这么做过。我猜你一直都做错了。"

"是吗？那可真奇怪了，每次您吃的时候怎么都没那么多意见呢？"

"我没说不好吃，就是做法错了。你做肉饭了吗？"

"还没有，我想最后做，已经泡上米了。"

"现在做吧，这样吃饭前还能焖一会儿，那样味道更好。"

"看来今天您感觉正常啊，妈妈。"

"什么意思？"

"没什么。我为您感到高兴。"

母亲的话总让她心烦。虽然她尽量不去在意、不去管，但还是免不了会在意。即便她知道母亲疯了，可还是想得到她的认可。母亲简单的一句话都会让菲尔达烦几个小时，有时候甚至是几天。她拨了杰姆的电话，等着他接。

"喂，妈妈。"

"杰姆，你能不能上网查查，看看欧瑜的飞机着陆了吗？是晚点了吗？你查查，然后给我打电话。"

"等一下，别挂电话。我坐在桌子前呢，现在就查。她什么时候的航班？"

"那边的一点半。"

"飞机没晚点，但没显示有没有着陆。"

"不过应该已经着陆了。"

"没错。或许已经着陆了。"

"我给她打过电话，她也不接。"

"可能他们在跑道上等着呢。"

"好吧。我给机场打电话。"

"您担心什么？放心吧，她很快就到了。再过一会儿我就下班了。我回家接上所有人，然后就去您那儿。两个小时后就到。"

"好吧，亲爱的。一会儿见。"

"您做了什么菜？"

"到这儿就知道了。"

"有朝鲜蓟吗？"

"哼，我不知道……"

菲尔达挂了之后立刻给机场打了电话。按照电话里的自动提示音，按下几个数字后，她找到了"到达／出发"这部分，但也没能得到什么新信息。电话里的语音说，航班原定下午五点半到，但并没说是否已经着陆了。现在已经五点四十五分了，欧瑜应该已经离开了机场。等语音信息结束后，菲尔达又打了一遍，想要找到人工服务。等待的过程中所播放的音乐——她前面还有一个人——让她想起以前的电视节目。那时，两个节目播放的间隙也有这样的音乐，而画面是一个棒球投手的形象。希南一定也很焦急，因为他最终摘下了耳机，坐到了菲尔达边上。

"给谁打电话？"

"机场。"

"着陆了吗？"

"不知道，我在等客服。再给欧瑜打一遍电话试试。"

希南用自己的手机拨了女儿的电话。在语音信箱用法语和土耳其语提示后，他留言说："尽快给我们打电话。"他尽量掩饰着自己的焦虑，好不让已经很紧张的妻子变得更紧张。他两手插在口袋里，眼睛看着菲尔达，站在旁边。菲尔达的肚子咕噜咕噜响得厉害。她的肠胃对任何焦虑情绪都反应得相当快。煎熬地等了几分钟后，她把电话递给希南就跑去洗手间了。已经超过了预计的等待时间，但仍然没有客服接听的迹象。躺在床上的奈斯比太太，在自己屋里听着屋外所有的电话内容。

"飞机还没着陆吗？"

"不知道，没有人接电话。"

"应该什么时间到？"

"五点半。"

"现在都五点五十了。"

"再等等看吧。"

"菲尔达呢？"

"在厕所。"

"她又闹肚子了？"

"是的。"

"我相信她肯定还要有偏头痛了。"

还没等希南回答岳母，就听到电话另一端有了声音。来自巴黎的航班还没有着陆。不，航班没延误。他们也不知道为什么。或许过一会儿再打，他们才能帮到他。十分钟后希南又打了一遍，这次他不禁抬高了嗓门说，他不想再等那么长时间了。他们什么都做不了，电话里的声音说。他们为带来的所有不便感到抱歉，但目前仍无法帮到他。希南气愤地挂上了电话，不知道该怎么跟妻子解释。菲尔达从厕所里跑了出来，用询问的眼光看着希南，裤子拉链都还没来得及拉上。她的母亲在她开口之前抢先一步：

"他们说什么？"

"他们什么也不知道。"

"飞机还没着陆？"

希南看着妻子，神情很紧张，他希望岳母别再说了。妻子冲他点点头，等待着他的回答。

"不，还没有。"

"起飞时晚点了吗？"

"没有，正点出发的。"

菲尔达靠在门框上，几乎要晕了过去。希南迅速把妻子的胳膊搭在了自己肩上，在她倒下之前扶住了她。他竭力向自己，也向屋里的这两个女人解释着这种情况："他们可能因为交通管制仍在空中盘旋。"与此同时，他搞不明白为什么客服不给他这种信息。奈斯比太太哭着说："要是恐怖分子劫机可怎么办呢？真主啊，请保佑我们家姑娘。"听到这儿，菲尔达心脏病都要犯了。希南知道要做什么。他跑到厨房，将酸奶、水和盐混在一起，抓起一瓶苏打水，又跑回妻子所在的走廊里。他先喂妻子喝下酸奶汁，再喝下苏打水。在把妻子的头靠在自己的膝盖上等她恢复过来的同时，他也在竭力忽视自己心里的痛苦。

至于欧瑜的航班究竟出了什么事，直到当天晚上电视摄像组到达机场，开始跟拍仍在空中盘旋的 TK4 航班时，才真相大白。菲尔达坐在电视机前的扶手椅里，不可思议地看着女儿乘坐的那架飞机，一只手紧捂住嘴，脸颊上淌满了眼泪。丈夫迅速稳定住了她的血压，但她看上去仍相当憔悴。希南的情况也好不到哪儿去。他刚才又私下吞了片药，竭力保持着镇静。奈斯比太太在她的房间里听着电视里的新闻。杰姆和老婆、孩子在家，紧盯着电视屏幕，一边拿着打给母亲的电话，一边看着报道。他不停地重复说，没什么可担心的，最差他们还可以背着降落伞跳出来。"不知道其他人怎么样，"他说，"但我相信欧瑜一定能行。"当他意识到这些话非但没起到安慰作用，反而更吓到了母亲时，便改口说："不过别担心，妈妈，没人必须要跳下来，飞行员会让飞机着陆的。"而奈斯比太太一遍遍地说着："真是太可惜啊！真是太可惜啊！"菲尔达再也听不下去了，大声朝母亲喊道："妈妈，闭嘴！看在真主的分儿上，别再嘟哝了！"

　　"哦，真主啊……哦，真主啊……非要让我断气前看到这一幕吗？我唯一的外孙女啊。把她完好无损地送回来吧，求你了，真主。"

　　菲尔达的指甲抠住了脸并顺着脸颊滑了下来。悲痛和愤怒彼此对抗着，但她甚至不想离开屏幕两秒钟到母亲房间里去。她不想让那架飞机从她的视线里离开，一秒也不想。就在这时，屏幕分成了两部分，一个主持人出现在屏幕右边。他们终于收到了来自土耳其航空公司方面的权威消息。根据他们最初的报道，那架波音 737 因前轮无法落下，所以机场方面一直在安排跑道，准备实施紧急迫降。然而，最新消息称，飞机的三个轮子只有两个——前面的一个和右面的一个——能落下，飞行员正试图通过这两个轮子着陆。跑道上已经呈警戒状态，急救队也已开始待命。飞机在上空盘旋了一小时，是要确保有足够的空间并安排空中交通状况。一位曾为空军飞行员的飞行专家解释了这种降落究竟有多困难。如果他们只用两个后轮降落，也不会如此，但只用前轮和一个后轮，就有可能导致任何形式的事故，因为这样很容易让飞机失去平衡。另外，风速也起着重要的作用。

菲尔达开始啜泣起来。杰姆在电话里也陷入了沉默，不知道该说什么。他竭力控制着自己的感情，想不出该怎么让母亲保持镇定。希南去厨房又吞了一片药，尽量掩饰着自己愈加苍白的脸色。在他手里端着一杯水回客厅的途中，他停下来去看了下岳母。奈斯比太太正要拭干脸上的泪。希南走过去，把水递给菲尔达。"别担心，他们会让飞机着陆的，"他说，"冷静一下。我想我们该去机场看看。"

一开始菲尔达就认为他们该去机场，但现在她无论如何也不想离开电视机。她要亲眼看着女儿安然无恙地抵达地面。"杰姆，去接你妹妹，"她对着电话说，"我哪儿也不能去，也不能让你爸爸去。"杰姆手里已经攥着车钥匙了。他再次对母亲说完保持镇静后，便挂上了电话。

　　菲尔达已经从刚才坐着的地方移到了地板上，这样离电视更近些。她觉得仿佛离屏幕越近，祈祷就越有效。摄像机显示救护车和消防队都在跑道两边等着，然后画面又回到了飞机身上，现在它已经离开了一直盘旋的圈子，开始飞离。摄像机拉近镜头，以便更好地看清发生了什么。这时飞机偏向左边，做了个U形转弯，冲着摄像机的方向飞过来。现在它们面对面了。就在飞机越来越近的同时，另一台摄像机接过画面，从侧面对飞机进行拍摄。描述完所有这些小操作后，主持人完全沉默下来，和几百万电视机前的观众一样，目不转睛地看着。等到飞机开始降落的时刻，那位原空军飞行员做出了最后一句评论："现在我们也无能为力了。让我们祈祷吧。"起落架打开了：一个在前面，一个在右面。就在飞机离跑道很近的一刻，菲尔达屏住了呼吸。有一秒钟她摸了摸屏幕上的飞机，又快速缩回了手。机轮碰到地面的瞬间，飞机左翼也几乎撞到了地面。这应该就是那位专家所谈到的平衡问题。机长明白这样不行后，马上再次拉起机头。飞机带着机轮弹跳了几次后，又飞了起来。菲尔达吓得愣住了，因为在此之前，她一直满怀希望，没有意识到这究竟有多危险。那位专家又开始说话了。他告诉观众，飞行员会再盘旋一会儿，然后再试一次。"这便是我刚才说到的困难，"他说，"如果左机翼和地面产生低摩擦，就会起火并造成严重损失。或者，飞机会失去平衡，侧翻过来。"最后，主持人意识到机上乘客的家属或许也在观看，于是他提醒专家不要再说任何会引起恐慌的话。菲尔达几乎已经失去了理智，而希南则在窗户和阳台门之间踱来踱去。他们都忘记了彼此在这个房间的存在。摄像机随着飞机再次飞向跑道而开始密切地跟拍上来。菲尔达在她坐的地方晃来晃去，维持着最后那一点点清醒。机轮碰到地面了。由于飞行员着陆前将飞机向右略倾了一点儿，左机翼没有像上次一样贴到地面上，但还是向左倾斜了很多。虽然摩擦产生了火花，但飞行员并没有再次起飞，而是降低速度，尽量让飞机停下。与飞机平行行驶的消防车，在飞机沿地面猛冲的同时尾随其后。在飞机最终斜停在跑道上之后，四辆消防车迅速驶上前去，开始在那片区域喷防火泡沫。两分钟后，机舱门打开了，所有乘客均通过撤离滑梯逃了出来。欧瑜也在他们之中。她没和其他人一样飞跑，看到有摄像机后，还朝镜头挥了下手。她不知道隔那么远大家还能否看清她是谁，但她还是挥了挥手，满是泪痕的脸上露出了一个巨大的微笑。摄像机当然不会错过这一镜头。尽管画面不清楚，菲尔达仍知道那是她女儿。她悲喜交加，听到了母亲的声音：

"菲尔达！那是欧瑜在挥手吗？"

"是的，妈妈。"

"她真是个疯子。"

坐在哥哥的车里，欧瑜不停地想该怎么向家里人宣布这个消息。由于刚才的骚乱，她早就把在飞机上准备的台词忘干净了。在那一刻，她的意识有些涣散。虽然没被完全吓到，但还是浑身抖个不停。看到只有哥哥来接机，她很高兴。这样她还有些时间。而杰姆却认为，妹妹这样一反常态地一言不发一定是因为刚才的精神创伤。他猜不出她在想什么。

"抽根烟吧。"

"为什么？"

"不知道。这样应该能让你平静下来。"

"我已经平静下来了。不管怎么说，抽烟让我感到恶心。"

她感到说起话来就放松多了。每次回土耳其，她都再次意识到不能用母语说话是多大的压力。讲着其他语言的人，都不能像本地人那样很好地讨论，通常对都会反对的事情也无法说出口，无法容忍平常能容忍的事物，无法充分表达爱和同情，甚至无法随心所欲地骂人。直到近来，她才习惯了没有亲昵关系的形容词。在土耳其语里，在名字后面加上"-cim"或"-cum"，能表示出对这个人的爱。而她无法以这种方式来称呼她所爱的男人，这让她很难受。她喜欢的另一个词是"哥哥"。在他们的语言里，人们会使用"哥哥"和"姐姐"来称呼年长的人，而不会直呼其名。她为法国人感到遗憾，因为他们不知道那会带来一种多么亲密的感觉。如果他们生活里没有这些词，会和彼此那么亲近吗？

"外婆怎么样？"

"不是很好。希望妈妈不要在她死之前疯掉才好。"

"那么糟？"

"有一天隔壁邻居来看妈妈，她说想跟外婆打个招呼。那疯子就开始叫了。她说：'你个婊子，勾搭已婚男人不害臊吗？'她认为外公和隔壁邻居上床了，还把整个故事都编了出来。她怎么捉奸在床的，那个邻居怎么对外公甜言蜜语的，怎么写信勾搭外公的。她说外公还付钱给她，实际上那公寓就是外公给她租的。那邻居很快就走了，妈妈都没看到她走。不过，从那之后，妈妈就轻松了点。她说，至少现在他们明白一切都是外婆杜撰的了。因为你知道，她跟所有人说爸爸是给妈妈拉皮条的。"

"她总是那么疯疯癫癫的。不过你注意到了吗，她说的全是这种淫秽的幻想。"

"我知道。看起来她的潜意识就像一部低俗小说。卖淫、偷窃、谋杀……全都有。简直就是我们自己的阿加莎·克里斯蒂 [1]。我跟妈妈说别去管她，随便她说去好了。"

"对，没错，因为她确实会在意。她会因为外婆说阿舒瑞 [2] 做得不够好而把整锅粥都倒掉。知道吗，不管怎么说，每个女

---

[1]　阿加莎·克里斯蒂（Agatha Christie，1890—1976），英国侦探小说家。代表作品有《东方快车谋杀案》等。
[2]　一种土耳其式八宝粥。

人到头来都会变成自己的母亲。"

"你可不像妈妈。"

"母亲就像女儿身体里的炸弹，迟早都要炸开的。"

杰姆大笑起来，而妹妹则愣愣地看着窗外的街道。

"天啊，这片街区真漂亮。"

"呵，这可不是巴黎。"

在门口看到女儿的那一刻，菲尔达又开始哭了起来。欧瑜没有多大反应，因为直到在电视里反复看过几次降落过程后，她才完全明白那是一场多大的事故。她唯一确定的一点是，没有比现在更合适说出此行要说的话了。看到她还好端端地活着，每个人都很高兴，他们不会在意任何其他事情的。客厅的餐桌上，客厅和厨房之间的操作台上，都摆满了各种各样的食物。还没脱下外套，她就把一个葡萄叶饭卷塞到了嘴里，紧接着又是一块烤肉饼。菲尔达看到女儿胃口依然很好，很高兴。实际上，她似乎比以往任何时候都更喜欢吃，因为还没等吃完一块烤肉饼，就又把另一块吞了下去。一看到外孙女出现在卧室门前，奈斯比太太就啜泣起来。她说自己被吓到了，很难过，不想再让欧瑜回法国了。她想让欧瑜和他们待在一起，照顾自己。小时候她不是许诺会照顾外婆的吗？欧瑜坐在地上，靠着外婆的床，一边吃着母亲端给她的一盘食物，一边耐心地听着外婆细数着身体里每一丝痛苦的每个细节。家里其他成员也都聚到这个小屋里，站不下的就站在门外。纳兹终于等不下去了，问道："告诉我们，姑姑，飞机上发生了什么？"欧瑜开始从头讲起来。当她说到最后落地时机舱里一片掌声的时候，小孩子们也激动地鼓起了掌。等到所有人都去了客厅吃饭，欧瑜感到机会来了。她也可以等明天再说，但是现在更好，所有人都在，一片节日的气氛。父亲正要往她面前的酒杯里倒葡萄酒，这时欧瑜用手盖住了。希南惊讶地看着女儿。她以前从来不会拒绝喝红酒的。欧瑜开始提高了嗓门，好让每个人都注意到："爸爸，今天我不喝红酒了。"她支吾着继续说，"因为……"

菲尔达知道因为什么。从女儿一进门开始吃第一个葡萄叶饭卷的时候，她就知道了。她从欧瑜的脸上就能看出来。尽管经历了这场事故，她的脸上还是泛着熠熠红光。她确信无疑。虽然不希望听到那些话，但她已经很确定接下来的话是什么了。她一边祈祷着希南的心脏在经历过这一天所有的打击后，还能再受得住另外一击，一边等待着女儿说完这句话。

欧瑜清了清嗓子，继续说："因为我怀孕了。"看到只有父亲露出吃惊的神情，她转向他说，"去年我一直在和一个人约会。他叫杜瓦尔。我们是认真的。实际上，我本来是要带他来见你们的，但我发现自己怀孕了。我们想立刻结婚。当然，要在你们见过他之后。"看到没人有什么反应，她又焦急地说，"他本来是要和我一起来的，但我决定先一个人告诉你们，所以这次他没来。"这种在平常一定会大受欢迎的消息，现在却让一桌人都陷入了沉默。大家都在等着看希南会有什么样的反应。希南早就知道女儿最后会嫁给一个法国男人，这一点他并不反对。然而，这并不是说对于这样一个与之没法沟通，没法一起玩西洋双陆棋，没法一起坐上几个钟头喝点雷基酒[1]的女婿，他不会感到疑惑。至于怀孕，他什么也做不了，不是吗？无论他生气与否，女儿还是怀孕了。在这种情况下，欧瑜生活在法国反而更好，因为这意味着他们不用向任何人解释了——当然，如果他们立刻结婚的话。整理过一番思绪后，他问："你们打算具体什么时间结婚？"希南声音里透出的平静让所有人都吃了一惊。虽然还没有人祝福的场面让欧瑜很惊讶，她还是决定这个以后再说，情况比她预想的要好多了。

"马上。"

"在哪儿结？"

"嗯，我想无论是这边还是那边都一样。我们去民政厅注册一下就行。我不想兴师动众的。"

菲尔达突然插话了，几乎是喊了出来："不行！我只有一个女儿，我要看着她穿上婚纱。我们有什么好尴尬的？"

欧瑜的脸上不禁露出一个巨大的微笑。看到女儿这样的笑容，菲尔达的眼泪再次止不住地掉下来，她起身抱住女儿。杰姆打破了持续太久的静谧，端起盛有雷基酒的酒杯，说道："为

---

[1] Raki，一种近东、南欧等地用粮食或葡萄等水果酿成的酒。

我的新妹夫杜瓦尔和即将到来的孩子干杯！"就在大家举杯同饮时，奈斯比太太的声音从她的房间传了出来："那边怎么了？谁是新妹夫和即将到来的孩子？"

八

　　每次舒芙蕾蛋糕的中央塌陷下去，莉莉亚就像看到了自己的生活正一点点瓦解。无论她怎么努力生活，灵魂的中央依然会突然塌陷下去，而生活也会在四周散落成碎片。她的起起落落和这种传奇式的甜点没有多少区别。每当她感觉到那么一丁点儿快乐时，痛苦便又来敲门了，而且，每当她感觉过不下去的时候，又会不知从哪儿冒出一股新力量回击过去。一点儿小事就会让她在一天的时间里百感交集。她一会儿可怜起阿尔尼，一会儿又恨他。她为弗拉维奥的一个眼神欢欣鼓舞，接着又陷入完全的沮丧中。一会儿她认为自己的生活和其他人没多少区别，一会儿又觉得自己的生活更戏剧化。

　　虽然她几乎练就了不再要自己信守什么诺言的能力，不过，在把阿尔尼接回家的第二天，她还是给律师打了电话，预约要谈一件很重要的事。两天后，她再去曼哈顿的时候，穿着要比前一次讲究了很多。她仔细梳好头发，烫过外衣，还没忘记戴上珍珠项链。下火车的时候，她仔细对着中央车站里来德爱[1]的橱窗照了又照，直到确信自己看起来不错，才继续往前走去。律师的办公室在第二十八街和公园大道南路夹角处一幢高楼的第二十二层。那里的一切都很工业化，员工的套装太过严肃，前台的人过于粗鲁。多年前她和阿尔尼来过这里几次，之后就再没来过。她只是在需要的时候，在阿尔尼拿回来的一些文件上签好字，之前还一直庆幸自己可以不用再去纽约了。她授权给阿尔尼的委托书让她可以过自己的生活，不用管那些事情。事实是，莉莉亚知道，现在如果他们不立刻安排这次见面，她最终可能就不会去见了，因为她知道自己的怒气很快就会消失的。因此，在等待律师秘书给她打电话安排见面的那段时间，她一直很纠结。一方面她希望能快些见到律师，另一方面她又希望迟一点儿。

　　她一边翻着扇形咖啡桌上的杂志，一边想自己做得很好。这应该是个正确的决定，因为无论是儿子还是女儿，在那之后都没打过电话向她道歉。这是因为他们太了解莉莉亚了。阿江挂了莉莉亚的电话后，立即给他妹妹打了过去，一字不落地把他们的对话告诉了她。他向阿珰征询意见，因为他知道阿珰总是头脑冷静，知道该怎么处理需要保持距离的问题。阿珰笑了

---

[1]　Rite Aid，美国第二大连锁药店。

笑，问她哥哥："你真的相信莉莉亚不会再和我们说话了吗？她过两天就会忘记因为什么生气了。再说，她生活里还有什么？还有谁？我们一年去一次，她就该很满足了。"然而，阿江另有想法。他不知道妹妹多久跟阿尔尼和莉莉亚要一次钱，但每当他需要帮助的时候总会在邮箱里发现一张支票。他担心因为阿尔尼生病以及所有这些事，他们不会再寄钱了。每当他想到自己的各种责任，都会备感压力——一所房子，两辆汽车，为了让家庭享受到这种生活而借的贷款——一想到能从莉莉亚和阿尔尼那里继承一些钱，才安下心来。他有些犹豫地说出了自己的顾虑："要是他们把我们从遗嘱里除名怎么办？"阿珰又笑了起来："阿江，你太高估莉莉亚了。首先，她那么懒，一定不会自己折腾着去做这些事的。其次，阿尔尼也不会让她插手。"阿江觉得妹妹说得对，每次都是这样。莉莉亚根本不可能照她说的做，而且，没有阿尔尼的允许，莉莉亚什么也做不了。阿尔尼死后，一切都会平均分成三份。尽管阿江不像阿珰一样，认为阿尔尼和莉莉亚收养他们是为了从政府得到钱，然而这个话题他们谈了很多次，以至于最后他也让自己相信了。因此，阿珰每说一次"他们把利用我们得到的钱存在了银行里"时，他对老夫妻俩的愤怒就增加一分，而且，如果这不是事实，他们又为什么那么大度？所有这一切过后，他们还愿意继续寄钱吗？

　　莉莉亚刚在《美国周刊》上看完一则有关一对名人夫妻棘

手的离婚报道，他们的律师就出来迎接她了。这么多年过后，看到本杰明律师还那么年轻，她感到有些惊讶。二十年的时间在他刮得干干净净的脸上没留下一点儿痕迹，只有鬓角上的头发有些发白，额头更宽了点。除此以外，显然他一直保持着健康的饮食习惯，并且定期锻炼。而本杰明看到眼前这个女人衰老得如此厉害，不禁大吃一惊，她那富有异国风情的美貌曾迷倒了每个人。看上去，她像那些让自己在城市之外的生活里随波逐流的女人。他相信莉莉亚来曼哈顿之前一定精心打扮了一番，但她已经不再有那种浮华的影子，而以前她却可以把这种浮华展现得淋漓尽致。

他们的律师并不知道最近五个月所发生的事。他不知道阿尔尼因为脑出血几次住院，不知道现在阿尔尼生活拮据，更不知道莉莉亚一直在照顾他。本杰明听完她的故事，真心感到悲痛。虽然他并不总是支持他们的决定，但他一直钦佩阿尔尼和莉莉亚的勇气。他们是第一批采取收养行为的人。根据他的记录，这对夫妇有两座房子，总价值五十万美元左右。阿尔尼每月收入六千美元，他们的存款应该有一万两千美元。他们的孩子已经长大成人，所以不需要再在孩子身上花费什么。但是，根据莉莉亚的讲述，真实情况并不是这样。阿尔尼的治疗已经花光了他们的全部积蓄。他的养老金还不到以前收入的一半，大部分都花在他一周三次的理疗上了。房产税又该缴了，莉莉亚都不知道该从哪儿弄钱。他们把自己的房子租出去了五间，每间收入四百美元，这部分不用纳税。这样一个月是两千美元，但是大部分钱都用来买了杂货和其他生活必需品了。本杰明正想对她说，他们需要的不是律师，而是一个会计时，莉莉亚解释了来由。她想把收养的两个孩子从他们的遗嘱中除名，在死后她不想让他们两个得到一分钱。

本杰明靠在椅背上，跷着二郎腿，两个食指并到一起，放在了嘴唇下方。自己所预料的成了现实，他不知道是否该高兴。而他最犹疑的还是该如何向眼前这个女人解释下情况，而又不会让她承受更多打击。

"莉莉亚，我完全理解你担心的问题，但是我们首先要知道阿尔尼的想法。他是怎么想的呢？"

"我想现在你应该大概知道阿尔尼的情况了。他并不觉得这是什么问题。对于他们一年来一次，从来不打电话以及一有机会就伤害并责备我们这些，他都觉得没什么。但是他得病后，并不知道都发生了什么。我们从没在这两个我们叫作孩子的人那里得到过一点儿支持。别误会，我说的不是金钱上的支持。"

莉莉亚觉得有必要把她和儿子上一次的对话告诉律师。

"阿尔尼对这次通话一无所知。鉴于他当前的身体状况，这话他根本没法听，也没法明白。我相信，就算他知道了，反应也会和我不一样。他认为人们有各自的生活，没有人必须要为我们做什么。但关键不在这里。我已经六十三岁了，家里上上下下全靠我一个人。我知道阿尔尼不会同意把他们从我们的遗嘱里除名的，但至少我不想把我的那一部分给他们。"

"你的部分，什么意思？"

"我的部分。我们财产一人一半。我不想让他们继承我的部分。"

"莉莉亚，你们的财产并不是一人一半。"

"什么意思？"

"你们的两座房屋和银行里的存款，虽然已经花光了，但它们都属于阿尔尼。而且，根据你签的协议，要是出现离婚等情况，你就什么也得不到。要是阿尔尼死了，你们三人平分所有的东西。"

"根据我签的协议？"

"是的。"

"什么时候？"

"呃……稍等。"

本杰明从他面前的一堆文件里翻了几页，然后说：

"十三年前。"

"什么协议？我一点儿也不记得了。我是签过一些文件，但不记得有那样的东西。"

本杰明看着莉莉亚，神情悲伤。看到她那样苍老，他又一次吃惊不已。

莉莉亚吃力地往车站走去。太阳的强光让她几乎睁不开眼睛，思路也模糊了。距离上次看到那个明亮闪耀的曼哈顿已经有很长时间了。每当阳光这样强烈，这座城市的缺陷就更加明显。

　　她走到中央车站后，没有乘下一班火车回家，而是在星巴克给自己买了杯咖啡后，坐在了楼下的皮椅子里。她知道自己必须尽快回去。阿尔尼，这个毫不犹豫地夺走她一切的人，不能让他一个人待那么久。为什么他要做这种打算？又是什么时候做的？律师还说阿尔尼从他母亲那里继承的一切也包括在了那份协议里。现年八十八岁的丹妮拉·尼德，住在佛罗里达，她还不知道儿子的情况。阿尔尼跟他母亲聊过两次，总抱怨自己工作太忙。尼德太太和她儿子没什么两样。她也并不觉得阿尔尼该去看望她。他们见到彼此的时候——一年一次，或许甚至是两年一次——一般总是象征性地拥抱一下，亲吻一下彼此肩膀上方的空气，而不是脸颊。虽然莉莉亚发现这种表达亲情的方式很奇怪，但时间长了也就习惯了。丹妮拉·尼德会留给儿子一座房屋，还有些银行存款，现在莉莉亚知道那部分她也没份儿了。她想到自己在每年圣诞节、感恩节、母亲节以及生日时给婆婆寄的所有那些贺卡。她以为阿尔尼会感激她所做的这些。看来她错了。虽然记不起来，她还是努力回想着十三年前自己签那些文件的日子。他们的律师已经告诉了她确切的日期：九月九日。十三年前，阿珰二十六岁，阿江二十七岁。那时候他们早已经离开了家，上完了大学，开始工作了。等她再去尽可能地回忆往事，她意识到，那时他们夫妻的关系正变得越来越糟，而阿珥也开始责怪起他们。是不是那个感恩节后的那一年？她又喝了一口咖啡，眯起了眼睛，仿佛这样可以帮她集中精力。是那一年吗？阿江在那个感恩节后很快就遇到了他现在的妻子，并在那年夏天结了婚。莉莉亚开了一张数额很大的支票来筹办他们盛大的婚礼。她记得两个孩子对他们说过的话，她还对阿尔尼说不想再给阿江钱了。她很清楚地记得那天，因为几个月过去后，她的心仍然很疼。

阿尔尼是在一九五五年九月让她签的那些文件。莉莉亚不记得是哪天签的字了，也不记得他对她说了什么以及她为什么没看文件内容，但是现在她明白阿尔尼为什么要来这么一出了。他一定认为这是天经地义的事。或许他认为，如果自己先去世了，妻子就不会给孩子任何东西，如果是那样，他想确保一切都在他们三人间平分。无论她怎么努力地去回忆，始终都想不起阿尔尼是怎么做到不让她阅读那些文件的。莉莉亚从来不喜欢读放在眼前的任何东西。相信自己的丈夫又是自然而然的事情，因为这符合她对婚姻的理解。

阿尔尼是否意识到他把妻子推到了什么样的境地？要是他现在死了，两个孩子就会得到两座房子的三分之二。要是他们想把房子卖了，莉莉亚就连住的地方都没有了。她会得到一些钱，但那能维持多久呢？最好的情况下，税后也就十万美元。她后半辈子都指望这些钱了。要找到住的地方、满足自己日常所需并继续生活下去，这点钱怎么够呢？她最好取消以后的旅行计划。要是没暴尸街头，就算她走运了。

喝完最后一口冰咖啡，她站了起来，去楼上买了张火车票。十分钟以后就发车了。她在靠窗的座位上坐下后，又陷入沉思。她要迅速决定接下来做什么。她要继续照顾阿尔尼，等他死后拿到那点连支付料他都还不够的钱？还是停止阿尔尼的理疗，省下那些钱给自己？她平生第一次想到了离婚。她希望就那样离开他。既然结婚这么多年，到头来他让人这么失望，那她为什么不能也这样呢？没多久她就有了答案：她不能那样做。她签字的那份协议上说，要是离婚，她就要净身出户。

多年来，她第一次想到回菲律宾。或许身为一个移民，唯一的一点儿好处便是在生活不顺的时候可以回去。她知道，阿尔尼死后她能得到的钱，在菲律宾生活的话就足够了。她可以在出生的村庄给自己买个漂亮、舒适、带花园的房子，雇个人帮忙，开心地生活下去，直到离开人世。没人会说她在美国很失败。他们不会说她在那儿过不下去了，所以才回了国。她已经度过了那个阶段。她回去后可能连以前那些人都找不到了。如果是那样，她就可以开始崭新的生活了。她记得曾在一本书上看到过一句话："一个人重新来过后可以开始做很多事！甚至是成为一个更优秀的人。"

莉莉亚回到家后，阿尔尼又睡着了。或许他甚至没注意到莉莉亚出去过。虽然醒着的时候想在有限的时间里集中注意力，但他做不到。他知道他们去过医院，知道回来的时候很不容易，还知道莉莉亚给他换过两次床单和衣服，但他不清楚这些事是在什么时间发生的，也不清楚发生了多久。然而，他能感觉到，现在妻子更无所顾忌了。她会粗鲁地给他翻身，要是他的脑袋总歪到一边不好扶正，她一般会生气地嘟哝些什么。他能说出莉莉亚的很多缺点——懒惰、邋遢、笨拙——但他从来不觉得她是坏女人。她对人总是很和善，会替他人着想。她总是远离一切纠纷，知道怎么给人拉架。虽然在同一个屋檐下生活了那么多年，她对阿尔尼也一直很有礼貌。但是现在，她会粗鲁地给他翻身，让他觉得自己像个空皮囊，也不像以前那样，在他生病的时候轻抚他的脸颊了。

看到阿尔尼睡着，莉莉亚便留他一个人在房里，偷偷去了自己的房间。那根无形的针再次出现，挑拨着她的忍耐力。或许是因为以前从来没有要如此迅速地寻找一条出路，从来没遇到过这么多扇关闭的门吧。这么多年来，她一直在生活里随波逐流，而现在，确实要挣扎着改变这湍流的方向了。

屋里的静谧提示她，家里没有人。一开始房客们搬进来的时候，她以为终于找到了这些年来苦苦寻找的大家庭。他们在一起吃饭，谈着各自的所见所闻，由此一来莉莉亚也得以忘掉自己不幸的生活。可悲的是，他们的存在很快就变成了日常生活的一部分，莉莉亚又变回了一个其他人回来时总是在家以及永无止境地帮助他人的家庭主妇。当然，他们并不知道她一天要在厨房里待几个小时才能让他们吃上喜欢和习惯吃的饭菜。对他们来说，食物只是房租的一部分，而不是急切盼望的盛宴。他们不再在饭点的时候回来，吃饭的时候也是速战速决地站着吃，连热都不热一下。他们熟悉了这个城市，知道该怎么在这里生存。他们喜欢出去亲眼看一看，而不是从莉莉亚嘴里了解一切。然而，莉莉亚还幻想着把两个孩子从遗嘱中除名，然后给乌拉留点钱，虽然乌拉并不需要。这仅仅是表示感激的一点儿心意罢了。

她对弗拉维奥的兴趣慢慢变少直至消失殆尽。当然，如果这个年轻男人像看娜塔莉那样看向她这边的话，她的爱情之树还是会繁茂起来的，但是她只需听听三楼的动静，就知道这两个人之间发生什么了。莉莉亚一开始嫉妒得很，但内心的创伤很快就愈合了。

她知道阿尔尼是房客们不想在家里多待的原因之一。他们并不常见到阿尔尼，但是家里有人在死亡线上挣扎，对他们来说终归是很压抑的。虽然没有人表示过这种意思，但莉莉亚的猜测没有错。比方说，弗拉维奥和娜塔莉就谈论过好几次。他们两个都乐意住在三层，想尽可能地离病秧子远一点儿。娜塔莉甚至说，她一进厨房就会闻到一股药味。弗拉维奥认为那种气味纯粹是心理作用，但他也承认不愿意在厨房里多待。乌拉很难理解，为什么像莉莉亚这样的女人会选择忍受这样一个粗鲁、没爱心的男人。纪昭对房东老太太一个人照料一切也感到难过。然而，无论他们怎么为莉莉亚难过，无论他们有多希望她能幸福，这些都不足以让他们留在家里。

莉莉亚仍然希望他们能继续在美国待下去。她并不经常见到他们了，但她已经习惯了他们的存在。至少，楼梯的脚步声，或厨房里那些简短的对话，都会提示她家里仍然有些生气。每天能说一次"早上好"，她就很开心了。

梳洗过后，她换了衣服，回到厨房里。她打开一个新闻频道，好赶走静谧。虽然距离总统选举日还有六个月，但所有电视主持人和评论员已经在激动地谈个没完。看来巴拉克·奥巴马和希拉里·克林顿之间的竞争还是不会有结果，真正激动人心的时刻要等他们当中的一个成为民主党总统候选人以后了。莉莉亚知道他们又要把之前谈过的话题全都再说一遍，于是换了台。在那些没完没了的肥皂剧里，一个女人指责着一个男人背叛了她。似乎这些人的眼泪从来没停止过。她自问道，有谁会真的这么活呢？于是她又摁了下遥控器的按钮。玛莎·斯图尔特[1] 在她充盈着绿色和黄色的厨房里谈着一道菜，和往常一样，一缕头发掖在了耳后。莉莉亚从没对人说过，她自己厨房的窗帘就是仿照玛莎的一期节目里那样做的。她把遥控器放在

---

[1]　玛莎·斯图尔特（Martha Stewart，1941—）美国企业家、作家、电视名人，被媒体称为美国的"家政女王"。

操作台上，去了储藏室。她朝冰柜里看了看。对她来说，这是房子里最有价值的电器了。能始终把里面塞满各种各样的东西，她觉得很骄傲。她拿出一大块猪肘，回到厨房，把它放在一个大盘子上，然后塞进了微波炉里，按下解冻键。正当她要再看一会儿电视的时候，听到了阿尔尼的声音。他有很多天都没说过话了。近来他一定一直在睡觉，即便是醒了，也没有完全清醒过。实际上，莉莉亚更喜欢现在这样。毕竟，即便他能说话，他们也没什么话可说。离上次彼此之间说着什么有意义的话已经有很长时间了。现在他叫了她的名字，一定是感觉好些了。她没动，在那儿等了两分钟。当他再次开口时，语气里充满了气愤和不耐烦。"不管从死亡边缘逃掉多少次，不管死神放过他多少次，他就是不长记性。"莉莉亚自言自语道。

　　阿尔尼不耐烦是因为多日来他第一次感觉清醒了。他非常渴，要是不马上喝杯水，感觉快要死掉。他不知道自己这样多久了。"似乎莉莉亚已经很多天没给我一滴水喝了。"他想着。她一定是想让他就这么断气。他不记得，在他为数不多的清醒时刻里，莉莉亚是怎么喂他的了。他知道妻子就在厨房——他刚听到微波炉关门的声音——但她仍没来自己房间。"她想折磨我。"他自言自语道。等他病好了，她就要为自己的行为付出代价了。只要告诉法官生病的时候她是怎么虐待自己的，他就可以轻易地离婚。到那时看她怎么办。她根本不知道自己没有一点儿钱。她可以回菲律宾，住到树顶上去。以前她不就那样吗？在自然的天地里赤脚生活着，而周围全是各种妖怪和超自然的生物。

虽然有点累，可他的思维比以往任何时候都清晰。好像睡着的时候他的大脑被重新更换过一样。他第三次朝莉莉亚大喊了起来。最后她终于来到房间，但只是站在门口，冷冷地看着他。和往常一样，她的腰上系着围裙，一定是在做一道她自己的拿手菜。她的房客们都可以封她为特级厨师了。他咳嗽了两声，调整了一下声调，好显得不那么粗鲁，然后说："请给我一杯水，可以吗？"他不会质问她什么，那只会给她机会，让她宣泄自己的情绪，而且，毕竟，他需要她的帮助。两分钟后，莉莉亚端着一杯水回来了。她还是一样的表情。阿尔尼想："她一定在镜子前好好研究过自己那么一副臭脸。"他根本无法想象妻子有多心碎。他的声音没有变化，听起来平平的。他说了声"谢谢"，看也没看她一眼。

"不客气。你感觉如何？"

"很好，谢谢。"

"不再睡了吗？"

"不了。"

"你想吃点东西吗？"

"我不饿。能否把灯打开？"

"当然。"

"我们有报纸吗？"

"没有。你要电视遥控器吗？"

"请递给我。另外，医生怎么说的？我记不起来了。"

"你的大脑里有几处血栓，因此一直在这么睡觉。他们说待在医院里也没什么两样，还说你可能会好起来，也可能不会好。"

"那么说，我有可能一直这样睡觉了？"

"是的。"

又过了两分钟，莉莉亚意识到他们之间的对话结束了，便转身朝门外走去。就在她要离开时，阿尔尼说："请把门关上，好吗？"

阿尔尼觉得没必要为莉莉亚所做的一切表示感谢，也没必要问她是怎么一个人把他从医院带回家的。莉莉亚不明白，丈夫为何突然就醒了过来，不知道整个事情会朝什么方向发展。他们或许要一直这么过下去。莉莉亚也不知道他们还要对彼此伪装多久。实际上，丈夫醒来的那一刻，她很想告诉他自己那天发现了什么，她知道他如何背叛了她。因此，就算听到他叫了两次也没过去，她一直在控制自己的情绪。如果她告诉阿尔尼阿江在电话里说了什么，情况会有变化吗？他会说"他不用来接我"吗？

现在莉莉亚明白了，自己多年来一直都错了。她总是坦率得过了头，她后悔太过信任别人了。这次，在知道要怎么做之前，她不会再对阿尔尼说一个字。过去五个月间，她才真正发现自己丈夫是个什么样的人，比过去多年来他们一起生活时发现的还要多。现在，她觉得他们俩之间就像是一出戏。每次她开诚布公地表达的意见，对他来说则什么都不是。他一言不发地听她说话，并不是因为他是个安静的人，而是他根本不在乎。她只是在和那个人共享一座房子，而她却以为他们是在共享生活。

她回到厨房，对自己什么也没说感到很高兴。她把猪肘放在砧板上，收拾了一下，拿起了剁刀。根据经验，她知道这块肉能切六块。她要用尖刀把这六小块再切细，用蒜末、迷迭香、盐、辣椒酱腌上，再用橄榄油和更多的大蒜揉好。猪肉的气味将会飘散到整幢房子里，尤其是紧贴厨房的阿尔尼的那间。她有十足的把握，阿尔尼到死都会这么恨下去的。如果让他知道并不是只有他心里有恨意，是不是一种安慰呢？

*   *   *

虽也照样生活着，但马克还谈不上快乐，或是说会在早上微笑着醒来。他只是不再像克拉拉去世后头几个星期那样喘不过气来，也不再认为自己活不下去了。现在他不再害怕一周去三次农贸市场，或是去以前和克拉拉一起购物的地方。他知道了市场各处都卖什么，也能区分欧芹跟香菜了。当然，他仍需要时间去了解生姜和洋姜的区别。现在他明白为什么妻子经常在圣诞节提着礼物去市场，而回来时还能带回礼物了。整个农贸市场就像一个大家庭，一个彼此照应的大家庭。

　　几乎是从开始做饭以来，他才开始更好地理解这个城市。为了买一种食材，他开始去以前根本没理由要去的地方，而后会发现自己身处一个完全不同的社区，一个完全不同的世界。他这才意识到，整个城市都在谈论饮食。超市里排队时，他会情不自禁地去听前面两个女人的对话，她们在聊葱香土豆汤的做法。每个周日清晨，第一件事就是步行去圣日耳曼的市场，然后沿着慕夫塔路继续向前，他会在几乎每家店面前流连。慕夫塔路尽头有一群跳华尔兹的人，他们大多认识克拉拉。有时为了避免撞见他们，他会拐进小巷里，不过在此之前会驻足喝上一两杯香槟。近几个月，他常碰到一些熟悉的面孔，但总在情况允许的条件下忽视他们，如果条件不允许，他就会迅速向他们问个好，趁妻子的名字没被提及前说他有急事，而后跑开。他发现这种行为很小儿科，但他仍然没有勇气回到老朋友中间去。

　　因此，突然看到奥黛特站在画廊里时，他并不怎么高兴。奥黛特联系过马克几次，但都联系不上，于是决定不去管他。见他一面也不容易。光是想到这个人就足够让她生气的了，虽然她也不知道为什么。或许是因为她觉得自己对克拉拉这位朋友比马克更忠诚。她知道马克迟早会另结新欢，把克拉拉完全忘掉的。而她呢，则永远不会让任何人来取代克拉拉的位置。尽管有这些想法和难以解释的怨气，她还是觉得抛弃马克不合适。她觉得这样仿佛是忽略了一个生活艰苦的孩子。她梦到过克拉拉两次，这位最好的朋友曾问她自己的丈夫怎样了。最终奥黛特一整天都在想马克的事情，最后她决定是时候去看看他了。打电话给他或是请他来吃饭都没有意义。那是不可能实现的。最好的办法就是直接去看他。

现在，她站在马克面前，看到他一副不知道要说什么、手往哪儿放的样子，于是她扶住他的肩膀，在他面颊上亲吻了两下。他看上去比以前好多了，瘦下去的身板恢复了些，黑眼圈也没有了。一种嫉妒的感觉又开始填满了她的内心。似乎他又有了女人。面对面站了一会儿后，马克明白奥黛特短时间内是不打算离开了。他最不希望的事情发生了：他们要谈一谈。他不想跟奥黛特说自己的近况，他也不知道自己近况如何。感觉他的身体脱离了灵魂，他只是在不断地吸气和呼气。他永远不可能像某些人那样，能轻易地说出自己的所想所感。实际上，克拉拉在世的时候，每当他想表达自己的想法却总做不到。总是克拉拉替他说出来，而后马克会说："一点儿没错，那正是我要说的。"不幸的是，奥黛特不是克拉拉。没有人是克拉拉，没有人知道，即便他想，也无法说清楚自己的感受。

最终还是奥黛特打破了沉默，说道："我们去喝杯咖啡吧。"他怎么拒绝呢？该说什么呢？他看了看表，快到下班时间了。他穿上夹克对阿牟说："我走了。反正也快到下班的时间了。明天见。"奥黛特满脸狐疑地看着马克。她从其他朋友那里听说，克拉拉去世后马克会一大早就去画廊，晚上很晚才关门。既然现在不到五点就关门了，他一定恢复了正常的作息。那他之后会去哪儿呢？现在还很早。他要去做什么？很可能去见他的女朋友，然后出去吃饭。或许随后他们会去看电影，然后回其中一方的住处。奥黛特的心更疼了。或许马克离开画廊会直接回家，他的新女朋友会在那儿等他。任何事都有可能。或许她甚至会用克拉拉的锅碗瓢盆在那儿做饭。"不可能，"奥黛特想，"第二个女人总是很懒，她一定会把克拉拉攒的钱花得一分不剩。"她转身面向马克，从上到下仔细打量了他一番。她在他的裤子、头发、外套上搜寻着时尚感——可能用来吸引年轻女人的任何迹象，但她找不到。马克仍然是马克。那件套头毛衣可能都是克拉拉为他选的。

他们在圣安德烈艺术大街的一家咖啡馆坐下，点了两杯红酒。虽然两人一起待了十五分钟，话却没说两句。奥黛特正想开始她的独白，马克开口了，这对他来说并不寻常。

"亨利好吗？"

"挺好的……和以前一样。他工作很忙。"

"孩子们呢？"

"他们也很好。要知道我们现在也不常见他们了。他们做的正像是我们对自己父母做的。不过我猜你还不知道：席琳怀孕了。"

"恭喜啊！是男孩还是女孩？"

"还不知道呢。他们也不准备提前知道，想要一个惊喜。你能相信我就要当姥姥了吗？我们是什么时候变老的啊？"

她并没有觉得这沉默有多奇怪。她知道马克不像其他男人那样，会说"你一点儿也不老"或是"你结婚结得早嘛"之类的话。如果有谁还没准备好接受现实，那就不该跟马克说这些，因为马克从来不会有异议，除非那不是事实。现在轮到她提问了。

"你呢，还好吗？"

"很好。"

"听说你总在画廊里待着？"

"有一阵儿是这样。"

"那现在呢？"

"回到正常生活了。"

奥黛特明白，要想从他嘴里知道实情，现在就不得不仔细问问了，但她又不知道该怎么问。

"当然，你需要回到正常生活里来。那，你经常在外面吃饭吗？"

"很少。"

奥黛特的眉毛不知不觉地上挑起来，歪着头质疑地紧盯着他。当她意识到马克不会再往下说了，便重新换了一种方式来问。

"哦。那叫外卖啊？"

"不，我自己做点吃。"

奥黛特简直不敢相信自己的耳朵。虽然她很想大笑，但愤怒压倒了幽默。他的新欢一定接管了做饭的任务。她和其他人一样，知道马克分不清盐和糖，他甚至连两片面包都合不到一起，更不要说做饭了。但是她怎么可能对他说这些呢？一开始她有点紧张，但现在愤怒变成了内心的一团火球。她不得不努力克制自己，以免口出恶言。舌尖上那条扭曲翻腾的毒蛇已经做好了咬人的准备。喝下一大口红酒后，她刚要开口，只见马克从口袋里拿出一张折起来的纸。待把那张纸拿到尽可能远的地方，奥黛特才看清上面写的是什么，然后逐个读出上面列的食材。贻贝、红洋葱、奶油。她转而用好奇的目光看着马克。

"这是我今晚做菜要用的材料。"

"奶油贻贝？"

"正是！"

"你要做这个？"

"是的……"

"马克，你连贻贝跟扇贝都分不清。"

"我是分不清，但是水产店的人可以。另外，我已经开始学着分辨了。我买了两本烹饪书，每天试做一道新菜。这些菜都很简单，是我们上一辈人经常做的。有时我做得不太好，不过有时我做得还行。"

奥黛特感觉自己的心都要化掉了，眼泪禁不住冒了出来。

她起身拥抱了坐在对面的这个男人。她想象着马克在厨房里、炉灶前的样子。或许他还会系上围裙。直到那时，她才第一次注意到马克左手拇指上的创可贴。她把手放在创可贴上，轻轻地抚摩了一下。马克笑了，说："常有事故。"听闻此言，奥黛特放声大哭。她就坐在那里，一双手放在马克的手上，趴在桌子上，哭着。

过了些时候，她才镇定下来，得以开口说话。虽然脑子里有很多问题，但她没再说什么，而马克也没多说什么。这个男人还是个小孩子，他更喜欢独自应对自己的痛苦。奥黛特误解了他，认为他会到另一个女人的臂弯去疗伤。但与此相反，马克完全沉浸在了克拉拉留下的空白里，这仍然是和克拉拉有关的东西。马克所选择的这种生活有一种诗意的孤独，是应该予以尊重和赞美的孤独。现在奥黛特明白了这一切，她怯怯地问："我哪天能尝尝你做的饭吗？"马克微笑了一下，有点难为情。他做的饭还端不上桌面让别人享用。有时他自己都觉得难吃，于是填饱肚子后就把剩下的全都扔了。比方说，上周做的鲜虾焗盘菜就完全没法下咽。

把焗盘放入烤箱之前，一切看起来都很顺利。他小心地一步步按照食谱来做，很有把握地把它放进烤箱。现在他明白为什么克拉拉要在自己的烹饪书里做笔记了。食谱上总有些遗漏或言过其实的描述。他想，或许自己也该在书里添加笔记了。

饼干不应只烘烤二十二分钟，应该是三十二分钟；他不应该在鲜虾焙盘菜里加一杯半水，而应该加半杯水，那样他才不用再收拾烂摊子。

给烤箱定时后，他就坐在椅子里开始看刚买的一本新漫画。那是意大利漫画家 Gipi[1] 的一本书。马克近几年发现了这个人，而后一直追他的新作。这是他最想添加到自己客户群的一个艺术家。就在他完全沉浸在漫画中时，突然听到了很响的火警声。他扭头一看，浓烟正从烤箱门两侧冒出来。经历过类似事件后，他早已知道该怎么做。他跑到走廊里，把朝向火警的电扇头扭转了方向。最多再有十五秒，火警就会停止了。而后他又跑回烤箱那里打开门，浓烟瞬时朝他脸上扑来。焙盘里的水正剧烈地沸腾着，汤水溢到了烤箱的四壁和底部，在两百摄氏度的高温下马上就蒸发了。整个烤箱里全都是油。食谱上说还需要十五分钟，他应该在八分钟过后撒上奶酪，再等七分钟，好让最上面的奶酪结壳。另外，他不想把烤箱弄得更脏，而且显然奶酪也救不了这道菜，所以他端出焙盘，差点把它扔到厨房操作台上。

食材都还在水里泡着。甜椒还没变色，大虾也没像书里的图片那样变成焦糖色。他盛了一勺青椒、西红柿和大虾，吹了吹，放到了嘴里。最近尝味道的时候，他经常烫到舌头，都不

---

[1] 原名 Gian Alfonso Pacinotti，意大利漫画家、导演和作家。

知道还能否品出味道来。结果他什么味儿也尝不出来，但这和他被烫伤的舌头无关。这道鲜虾焙盘菜简直太失败了。把所有材料都扔到垃圾桶以后，他烧了一壶水准备煮意大利面。这个他已经做得很好了。他再次打开烤箱门，估量了一下损失。里面全是油渍。他想拿湿抹布擦掉，烟再次冒出来。看上去他只能等烤箱凉下来再清理了。要再过一天，他才能知道，等干了再擦有多费劲和无聊。那也是他第一次见识"清洁先生"。

　　马克不想跟奥黛特说这些事情。这些是他日常生活里的琐事，而且，正是这些细节才显示出他的生活究竟有多空虚。他回顾这些日子，想到自己这样孤独、悲惨，心里很难过。当他想到自己在厨房里，学着做饭时，就会加倍思念克拉拉。毕竟，他曾经拥有美好的生活。但是现在，每当以局外人的眼光看自己，他总想哭。为了不让奥黛特从他脸上看出对自己的这份怜悯，他微微笑了一下，然后说："相信我，你绝对不会想吃我做的饭菜的。"然而，奥黛特不会注意不到他沙哑的声音。实际上，她一直想象着眼前这个男人独自在厨房的情景，而这幅画面实在让她心碎。虽然她向自己发誓不会提到克拉拉的名字，可她还是忍不住说："相信克拉拉会感到骄傲的。"看到马克什么也没说，她想用玩笑话让气氛轻松些，"或许不为你的饭菜骄傲，至少为你那么努力地去尝试而骄傲。"在马克眼里打转的眼泪一直拒绝掉下来。等眼睛不再潮湿了，他抬起头对奥黛特微笑着说：

"你绝对不会为我做的饭菜骄傲的。"

"让我来评定吧，怎么样？"

"现在还不行，不过我保证，准备好了以后就让你尝一下。"

"好。今晚的奶油贻贝你要用哪种奶油？记得选对奶油很重要。"

埋单离开之前，马克记下了奥黛特建议使用的奶油：埃洛伊塞夫人。或许他应该把"埃洛伊塞夫人"介绍给"清洁先生"。鲜虾焙盘失败的第二天，马克下班回家后顺路去了超市，在那里遇到了"清洁先生"，随后"清洁先生"就成了他最好的朋友。在众多同类商品中，选中有这个身穿白色 T 恤、戴一只耳环并有白色眉毛和粗壮胳膊的秃头男人形象的瓶子，并不难。多年来，在电视上、地铁里、广告牌上看过几百万次，这个形象一定早就刻在他的视觉记忆里了。他看着手里瓶子上的这个男人。为什么他这么强壮？为什么他只有一只耳环？为什么他的眉毛那么白？马克不知道为什么，不过这种问题以前好多人问过，由此也有了各种各样的猜测。有些人说"清洁先生"是瓶子里的妖怪，有女人需要他的时候，他就会从瓶子里钻出来，解决她们所有的问题。有些人说他是美国海军的传奇人物。要是马克仔细看新闻，就会知道，一年前欧洲议会早已宣布"清洁先生"这个形象不恰当，因为这个品牌暗示了只有高大、强壮的男人才能做清洁。如果马克游历其他国家时能稍加留意一下周围的环境，便会发现，这个"清洁先生"相当有人气。它在每个国家都有不同的名字：在西班牙叫 Don Limpio，在墨西哥叫 Maestro Limpio，在德国叫 Meister Proper，在意大利叫 Mastro Lindo，而在美国叫 Mr. Clean。它是自一九五八年以来最受全世界欢迎的一款清洁产品，从多年来所经历的所有改良来看，它颇具革命性。马克对产品背后所有这些深层含义一概不知，只是觉得有眼缘，就买了一瓶。但直到亲眼见识过用它擦炉灶有多好用，他才开始对"清洁先生"肃然起敬起来。

自从一周前发现了这个宝贝后，马克就像着了魔一样，把厨房里每个有油的角落都擦了一遍。他又出去买了"清洁先生"系列产品，并把公寓里的每一处都擦得干干净净。下一步，微力达的自捻抹布便该登场了。

和奥黛特道别后，马克沿着蒙日路慢慢向前走。无论在视觉上还是在嗅觉上，都能让人感觉到季节的更替。要是以前，他一定会闻着这种气味，一边想着克拉拉一边往家走。但是现在他想的是，如果奥黛特和其他人来家里吃饭，他要做什么。这并不是说他正计划着要举办晚宴，只是先想一想。他回顾了一下迄今为止自己做过的菜，选出可以用来招待朋友的最成功的那些。他在人行横道中央停了下来，手插在口袋里，摇了摇头。没有一道可以。他聚精会神地想着，根本没注意到旁边经过的男人狠狠白了他一眼，因为马克突然停下，那个男人差点儿撞上他。或许他要再从头把烹饪书回顾一遍，选几样能做好的，练上一阵子。晚宴的这个想法让他突然兴奋起来，倒不是可以借此和奥黛特等朋友增进感情，而是因为这有一种挑战的感觉，一种要向其他人以及自己去证明什么的欲望。当然，这和他的潜意识也有关系。每当要想起克拉拉的时候，他就找些新的事情去思考，这是另一种力图忘记她的方式。等来到水产店，他得出了结论：自己还没做好办个晚餐聚会的准备。皮埃尔像往常一样大声地问候着他的顾客。他很擅长同时和几个人交谈。他向马克问候的时候，还和店里的其他顾客说着话。轮到马克挑选的时候，皮埃尔几乎确信马克会买条鱼，而不是贻贝。纠结了十五分钟后，马克颇为自豪地提走了一袋贻贝。而皮埃尔还在他身后大喊："您要是改主意了，我还可以把贻贝收回来。"现在该去买那种叫"埃洛伊塞夫人"的奶油了。在去超市的路上，他同其他店里那些已经慢慢认识的人一一打招呼，才买了奶油回家。

回到家后他立刻关上了收音机，打开电视，系上围裙，开始干活。他打开当天的食谱页，先把贻贝放在锅里煮，同时将一个中等大小的红洋葱切片，并在炒锅里加橄榄油和黄油煸炒，等它们变成焦糖色，再倒入烹调用红酒。酱汁开始沸腾后，他倒入一些奶油，之后尽量将火调至最小。贻贝已经开了口，也就意味着可以将其放入酱汁里用炒勺充分搅拌了。刚要放贻贝，他想起要加点盐。书上说加一小撮就够，不过根据他学到的经验，一小撮永远不够。他还知道，等菜上桌后再加盐味道也不好。

仅仅十五分钟，菜就好了。这次既没切到也没烫到身体的任何部位。他掰开一块面包，蘸上酱汁。没有让他失望。他取出一块扇贝肉放到嘴里，笑了。对着电视里正播的《美食之旅》的主持人，他举起红酒杯。他终于发现了一道能列入晚宴菜单的菜。

＊　　　＊　　　＊

欧瑜和菲尔达需要找时间单独待会儿，这样菲尔达才能好好分享一下女儿怀孕的喜讯。这周一开始，希南去上班了，奈斯比太太因为吃了菲尔达给她加量的安眠药，睡得比以往更沉。母亲和女儿面对面在餐桌前坐下，无须掩饰任何感情，共享着这一刻。看女儿气色红润，菲尔达知道，欧瑜会成为一个幸福的母亲。她怀孕只有两个月，但已经有点胖了。她的胃口很好，也不觉得恶心或疲倦。她时不时会打盹儿，而这正是她一辈子都痛恨的事，不过也只能如此了。趁着欧瑜打盹儿的时候，菲尔达做了舒芙蕾蛋糕。在欧瑜快要醒来的时候，她把蛋糕放进烤箱，让香味弥漫了整个房子。她知道女儿会高耸着鼻子循着香气，进到厨房里来。欧瑜尽力摆脱着睡意。这时菲尔达把盛着舒芙蕾蛋糕的模具拿出来，端到桌子上，一人一个。五分钟过后，看到蛋糕中央还没有塌，两人都惊诧极了。欧瑜拍拍手，叫道："太棒了！太棒了，菲尔达太太！"她才第二次做舒芙蕾蛋糕，但已经把食谱在脑子里过了很多遍，因此无论是融化巧克力，还是打蛋清、加蛋黄，都做得得心应手。味道好极了，中间的一点儿奶油更增添了它的风味。

　　菲尔达吃了两口后，就把甜点放到了一边。当然要这样，如果她不想被偏头痛打败的话，就必须什么都按小剂量来，虽然偏头痛算不上什么问题。欧瑜吃完自己那一份，又开始吃母亲的。在这份美味前，母女俩第一次谈到了欧瑜的未来。菲尔达先说起自己怀孕那会儿，以此打开话题。头胎生得很辛苦。因为年轻、没准备，她经历了所有的困难。不管怎么努力，都没法给杰姆喂母乳，到现在仍感觉内疚。生第二胎她就有经验了，然而，她的妊娠反应还是很严重，而且非常累。不过她能给欧瑜喂奶了。母乳喂养很重要，比什么都重要，这一点不能忘。

　　欧瑜一边仔细地听着母亲的话，一边用食指刮擦着模具底部。这么多年来她舔干净了那么多锅碗瓢盆，照老话说，她结婚那天应该会下大雨。模具底部干干净净了，欧瑜又站起来，跑到冰箱前，倚着冰箱门朝里看了很久。和往常一样，里面有各种各样的美味，但她不知道自己想吃什么。唯一能阻止她再去吃葡萄叶饭卷的，就是她刚吞下去的那两个蛋糕了。她朝架子又看了看，终于关上冰箱门，转向母亲说：

"我们还有烤肉饼吗？"

"有啊，亲爱的。在那个小烤箱里。"

欧瑜在母亲对面坐下，开始大嚼起肉饼来。她知道，等生孩子时自己看起来怕是得像爵士鼓那样了。她猜医生再过两个月就会让她节食，并开始限制她吃东西的种类。她早已下定决心，在那一刻到来前，想吃什么就吃什么。她才不在乎会长多少斤肉呢。以前她从没觉得食物这么香，也从来没这么喜欢吃过。她的胃口一直不错，但这完全是两码事。每当她觉得有压力的时候，就会有个按钮让她快乐起来，启动这个按钮的便是每一口下肚的食物，而且，趁着现在还可以吃，她可不想放弃母亲做的美味。一生里她最喜欢的事情之一，便是享用这个厨房里做出来的一切美味。

菲尔达不介意女儿这么个吃法——实际上，她很高兴自己的厨艺能得到赞赏——但是在她变得更胖之前，她们要注意一个问题。菲尔达早已知道，每个要出席婚礼的女人，一看到欧瑜，便会立即意识到：她怀孕了。然后她们回到家便会对自己的丈夫说："那姑娘怀孕了，难怪那么急匆匆地要结婚。"她们的丈夫则会说："怎么会？你没看到她有多瘦吗？"女人们会接着反驳说："得了吧，她的脸红扑扑的像玫瑰花似的，你看不到吗？"所以，菲尔达不想让女儿再胖了，以免看起来更明显。要是她现在就结婚，依这样的体态，至少人们不会那么确定。

"亲爱的，法国那边有什么样的风俗？婚宴是什么样的？"

"什么婚宴，妈妈？"

"拜托，你不记得我说的了吗？我想看着自己女儿穿上婚纱，我想快快乐乐地庆祝一下。"

"哦，我可以穿着婚纱，不过我们只在民政厅登个记就行。"

"民政厅？"

"是啊。"

"不行。我就一个女儿。你要是穿十分钟的婚纱就完事了，我怎么能享受到这大喜的日子呢？"

"好吧，那我们要怎么做？"

"我不知道。你想要什么样的婚礼？所以我问他们有什么风俗啊。新郎那边是不是和在这儿一样安排一切呢？另外，他家里是什么情况？父母和儿子亲吗？他们有钱吗？"

"我和杜瓦尔两人承担所有费用，好吗？天气再过两周会更好，我们可以在一个小花园举行。参加的人也不用很多，四五十个人差不多。"

"四五十人根本不够。现在听我的，好吗？至少要八十人。我猜新郎有些亲戚也会过来，也许不来，他们来吗？"

"那就六十人吧，妈妈。"

"好吧。然后我们来买你的婚纱。他们负责杜瓦尔的西服。这种事在我们的文化里从没听说过，不过也未尝不可。"

"好。"

"哪天举行呢？四月六日？"

"三周后？"

"是啊，越快越好。"

菲尔达朝欧瑜的肚子看了一眼。虽然她一直想象着女儿的婚纱要专门定制，但似乎现在不得不买成品了。她已经计划好了每个细节。在其他人都熟睡的时候，她躺在床上，想好了要在哪儿举行婚宴，要去哪儿买婚纱，甚至包括要准备哪些菜。她的弟媳在民政厅位居要职，可以在短时间内定一个登记日。即便不写出来，也知道宾客人数超过了六十人。如果超过七十或七十五，她就要牺牲些自己的存款了。

如果欧瑜继续这么吃下去，三个星期后她至少会增加六七公斤。她是个纤细的女孩，即便是那样也看不出很胖来，但是和家里关系近的客人不会注意不到差别的。她又喝了一口自制的玫瑰果茶，然后说：

"接下来的三个星期不要暴饮暴食，好吗，亲爱的？我不是说什么都不吃，但要小心。"

欧瑜来回摇着头，一块儿肉饼从嘴里漏了出来。她不知道该怎么抵制所有这些食物的诱惑，但她会尽力。两天后她就要回巴黎了。要控制自己不去吃杜瓦尔做的美食，还有巴黎面包房的各种美味，这会很难。另外，婚宴上还有一件事也很难办：要穿着婚纱去厕所。怀孕以来，每隔十五分钟她就要去一次厕所。因为不想打断母亲说话，同时想把肚子里最后一点儿空隙也填满了，她已经有一个小时没动过地方了，但她再也憋不住了。她朝走廊跑的时候，菲尔达就已经开始想象婚纱的式样了。绝对不能穿那种有很长面纱的。

奈斯比太太清醒的时候，会知道家里发生着什么，但不清醒的时候，她会把这些事编出自己的版本来。在这些版本里，菲尔达有时候是管家，偷走了家里所有值钱的东西。这便是奈斯比太太会变穷的原因：都让管家偷走了。另外，那个骚货还勾引她丈夫。她常常说："我诅咒给你的每一分钱。我逢年过节给你买礼物，每年给你小孩儿买书本、钢笔，还给你闺女买婚纱。我诅咒所有这些东西。和一个年纪大得都能当爹的男人打情骂俏，你不害臊吗？"有时候菲尔达是奈斯比太太的母亲。那些日子里，奈斯比太太认为自己躺在床上是因为她怀孕了，还对母亲千恩万谢，感谢她来照顾自己。要是没有她自己可怎么办呢？那个被她叫作丈夫的人，在她怀孕后就开始夜不归宿了。他把她一个人留在家里。他是导致福叔恩夭折的罪魁祸首。他不给她钱为孩子买吃的，所以最后孩子死了。她不会再让他把肚里的这个孩子也杀死。她求母亲："你不会再让他那么做了，是不是，妈妈？我们一起来养这个孩子，好吗？"随后她就和母亲吵起来，把所有的事都拿来指责她。她爱那个魔头超过爱自己，不是吗？菲尔达知道那个"魔头"指的是她舅舅，以前他们都这么叫他。她和其他人一样，也一直叫他"魔头"，甚至不知道他的真名。魔头舅舅出了名的聪明。他知道怎么修理东西，为了得到自己想要的，总是耍伎俩。据他们讲，他把妹妹奈斯比太太耍过很多次。他们的父亲去世后，他就不见了踪影，只在缺钱时才回来。然后他会拿走他们的母亲存下的任何东西，甚至还卷走了为奈斯比太太做嫁妆的钱。即便是这样，他们的母亲还总是夸他，从不让人说他的坏话。因此现在奈斯比太太才会问："你爱那个魔头超过爱我，不是吗？"虽然她一直是个好女儿，却从未从母亲那里得到过同样的爱。

菲尔达在母亲把她自己身份搞混的时候尤其感到震惊。那些时候母亲连表情都变了，她会喊道：

"奈斯比！想嫁我儿子的女孩儿都排长队了，他为什么要选你？你对他来说太老了。你给他施了魔咒，我知道，不然他为什么要你呢？你比他还大。你这个骗子。还说自己只有二十二。你要是二十二我全家不得好死。你怎么也得有二十八了吧，要是有假我把手腕割了。看你奶子都下垂了。你怎么不说话？舌头被猫叼跑了？你血压现在一定往下降呢吧。你要晕过去了，是吗？"

菲尔达哑口无言，不知道这种时候说什么才好。母亲年轻的时候就因为晕厥出名了吗？有时候奈斯比太太又成了菲尔达的姥姥，给年轻的奈斯比提了些建议："奈斯比，仔细听着。事情已经过去了。但你不可以对其他人说这些事，好吗？我们能做什么呢？她愿意那么想是她的事。下次不要再犯同样的错误了。要是你婆婆再逼你开口说话，要做到什么也不说。不要给她任何借口。她自己是个魔鬼，你会看到她是怎么诱惑你说话的。你最好把嘴巴闭严了。"

菲尔达禁不住在想这是什么意思。虽然早已厌倦了母亲名目繁多的角色，她还是迫切地想知道这些隐藏多年而终于要浮出水面的家族秘密。是什么样的秘密不能跟其他人说呢？什么样的错误不能再重复呢？她奶奶真的那样骂过母亲吗？她真的指着母亲下咒语了吗？菲尔达以前也认为母亲比她说的年龄要大。面前躺着的这个女人看上去要超过八十五岁，她看上去更像是八十八或八十九岁。

那她父亲不给钱喂养婴儿又是怎么回事呢？父亲一直对她和弟弟很好。实际上，相比起母亲，她跟父亲更亲近些。和周围邻里很多人说的一样，菲尔达很多次也认为，父亲那么年轻就去世了都是母亲导致的。在小时候绝大多数的记忆里，她总看到母亲病在床上，父亲给他们做晚餐。这也是菲尔达很小就开始在厨房干活的原因之一。她心里有种很强的动力，想要给自己和弟弟做饭，这样父亲就不会离家出走了。每当父亲看到她系着围裙在厨房的时候，总会轻轻地摸摸她的头发，对她做的饭菜赞赏一番。因此，菲尔达想象不出父亲会折磨在她之前出生的那个姐姐。另外，她知道，那个父亲背着母亲和小保姆通奸的故事纯粹是胡编的。她不记得家里有过小保姆。那一定是奈斯比太太的一个离谱的梦境。

母亲躺在床上看着她忙里忙外，意识比较清醒的时候还会插插手。首先，为什么这个叫杜瓦尔的不来提亲？她才不管他是不是法国人。这是他们的习俗，他必须要按他们想的来。虽然菲尔达要同时处理很多事，但她还是觉得有必要回答母亲的问题。杜瓦尔会过来的。婚礼开始前一周，他会和欧瑜一起来见他们。奈斯比太太不断地说："真没听说过，一周的时间怎么够了解一个人？他家里是干什么的？有些什么样的人？结婚前要先订婚。欧瑜的贡多拉[1]呢？"虽然有些问题菲尔达已经问过自己了，但她听到贡多拉的时候还是忍不住笑了起来。她觉得法国人不会知道，来提亲的时候，是要把巧克力盛在银色的贡多拉小船里带给新娘的。

　　欧瑜凡事都不瞒姥姥，所以她想把怀孕的事告诉她，但菲尔达没让。她告诉女儿，奈斯比太太思维已经不清晰了，她什么样的话都有可能在他人面前说。欧瑜不情愿地接受了这一点。然而奈斯比太太并未完全中断和外面世界的交流。在菲尔达打电话给弟媳，了解到婚姻登记部门那边一切已安排就绪后，奈斯比太太在女儿离开之前接过了话题："当然，豆荚里长出豆子来了嘛，这么匆忙。"菲尔达在电话前惊诧地站了许久后，走进了母亲的房间。

---

[1]　平底狭长的小船，两头向上翘起。

"您怎么这么想？"

"我猜的，她这么仓促地办婚事。"

"您还不知道您外孙女？她从来不按常规办事，是不是？"

"少来这套。她回来那天晚上我就发现了。你们都不说话，希南还嘟哝着什么，你们每个人的举动都很奇怪。她的脸圆得跟个满月似的。现在更漂亮了。这才适合她。她会生男孩儿。"

"您怎么知道的？"

"如果是女孩儿，她就会变丑。我怀福叔恩的时候，整个皮肤一团糟。然后怀了你，皮肤就更差了。就是那会儿后不久，你爸就在外面有了女人。"

"真主啊，妈妈！我们怎么又说到这上面了？"

"好吧，好吧。但你伤我的心了。为什么要瞒着我？"

菲尔达回答说："我们怕您不同意。"没提母亲失忆的话题。以前她曾试着告诉母亲，说有时候她会和现实脱离，让人不知道她在说什么，但母亲不相信。奈斯比太太对那些时刻一无所知。实际上，如果那时候恰好吃了东西，然后又清醒过来，她通常都不记得自己吃了东西，还问菲尔达为什么不给她东西吃。这样一来，她一般最后还要再吃一次。

女儿的回答似乎让奈斯比太太满意了，于是她放弃了这个话题。然而，她的问题还没问完。他们要在哪儿举行婚宴？请了多少人？要准备什么饭菜？要买什么样的蛋糕？婚纱要定制还是买成品？接着，她说："听我的劝，买大一号的。要是最后一刻婚纱捆到了身上怎么办？"

　　当然，最后她说到了最主要的事。结婚那天他们怎么安排她？她可是新娘的外婆。噢，多年来她做梦都想在那天跳上一曲，可惜实现不了了。像这样瘫在床上怎么去参加婚礼呢？菲尔达几个月来一直在劝母亲坐轮椅。一开始奈斯比太太上厕所成问题的时候，菲尔达的邻居哈尼夫太太曾把自己过世的父亲用过的轮椅给了他们，希望能方便些。然而没有用。他们无法说服奈斯比太太坐上去。她有伤残，在轮椅上怎么能保持平衡呢？而且，她怎么能一天到晚总坐在轮椅上？不行，她没法用两只胳膊撑起身子来。胳膊哪儿还有劲儿啊？菲尔达一个人也没法把她抬上抬下的，不是吗？除了她还有谁呢？用成人尿裤就行了。菲尔达还会嫌弃自己的妈妈吗？小时候她也给菲尔达换尿布啊，不是吗？

　　现在她比较赞成用轮椅了，至少用一天。为了外孙女她什么都能忍受。"把我所有的外衣都拿出来。"她使唤菲尔达说。无论穿哪件，都要让他们干洗好。她那个花状的胸针呢？谁偷了那个粉色的？是不是菲尔达？菲尔达把她所有的东西都偷走了。那天菲尔达偷她藏在枕头下面的钱，不是还被她抓住了吗？一瞬间，菲尔达又成了他们家从来没雇过的小保姆了。

九

　　春天慢慢变成了潮湿的夏天。除了日常生活里的各种酸甜苦辣之外，什么都没有变化。过去三个月，阿尔尼又去过两次医院，但每次都被带回家，因为他们什么也做不了。他大脑几块区域里出现的血栓影响到了身体的不同部位，虽然有些地方治愈了，但有些仍维持原状。他厌倦了生活里这种时常出现的不确定性。最重要的是，他害怕在自己家里像家具一样瘫着，生不如死。妻子仔细照顾着他所有的需要，但没表示过一点儿同情心之类的。她眼里的神情几乎是冰冷的。他们从来没有特别亲密过，阿尔尼知道这一点，但也从来没这么疏远过。他们彼此不说话的时间实在是太长了，现在，在同一个房间里都找不到一个词可说。莉莉亚除了必须要送饭、打扫屋子、照顾阿尔尼的身体需求外，根本不到这间屋子里来。他已经习惯了厨房里传来的叮叮当当声。从他躺着的床上，就能猜出莉莉亚打开了哪扇橱柜门，用了哪个炒锅或炖锅，甚至是做了什么饭。他仍然讨厌充盈着整个房间的饭菜的味道，睡衣上、床单上和枕头上到处都是，但他不敢再提这事了。因为最后他发现，每当他惹莉莉亚生气之后，这种味道就更浓了。

房客们不常聚在厨房里了，这也让整个房子安静了很多。他能听出有两个房客已经搬了出去，新的房客又搬了进来。他们都懒得来见他，他也不想知道这些人是谁。至于那两个搬走的，他们连道别的话都没说。那些房客进进出出的日子，莉莉亚的脸色变得更阴沉了，甚至都没有掩饰自己通红的眼睛。她太傻了，他想。她能指望什么？难道要他们和她生活一辈子吗？

当然，莉莉亚知道房客不会在这儿待一辈子，但弗拉维奥说要搬走的时候，她还是很难止住眼泪。他和娜塔莉在曼哈顿找了所公寓，会在那儿住到签证到期。他们计划随后到西班牙去，并在那儿结婚。莉莉亚尽力保持微笑，回答说："当然。那是个很棒的计划。"虽然她已经很久不再对弗拉维奥有性幻想了，但那些白日梦的残余仍让她心碎。

第二天，她又去学校贴了新的租房广告，很快就为空出的两个房间找到了房客。弗拉维奥和娜塔莉走了，他们保证以后会来看她。他们能在哪儿吃到那么好吃的饭菜呢？没人能把焙盘菜做得像她那样好。当然，也会想念她烤的饼干的，不过很快他们就会见面的，对不对？实际上，弗拉维奥和娜塔莉永远不会再来看莉莉亚。他们间或会提到她，那个温和好心的女人，但无论多内疚，他们也不会有时间再来看她。只在多年以后，他们从西班牙回到纽约庆祝周年纪念的时候，才会想看看最初相遇的房屋。他们会站在克林顿路 102 号门外，看到房屋早已易主，因此他们也不会再去敲门。随后他们会去个小餐馆喝咖啡，谈谈当年那个老太太的故事。

"你觉得她死了吗？"

"不知道。"

"她的确爱上你了，可怜的人。"

"别提这个啦。"

没过多久，莉莉亚就熟悉了新房客。和其他房客一样，前几周他们大多数时间都在厨房里闲逛，最终都熟悉了这里的生活方式。莉莉亚慢慢给他们灌输着美国文化，就像以前跟其他房客那样。他们去别人家一定要提前打电话，不能盯着别人看，不能在街上和人打仗。如果有人请他们共进晚餐，他们应该在第二天发邮件感谢人家。另外，与他们隔两栋的那座房子里，住的不是黑人，而是非裔美国人。莉莉亚从以前的经历里已经认识到：来自以色列的埃亚尔和来自塞尔维亚的亚历克斯到了一定时候就会开始过他们自己的生活。她记着这一点，有他们在的时候开开心心的，但也不指望能持续很久。

埃亚尔来了之后，她不得不对饭菜做了一些改变。和一个犹太人住在一起，不仅意味着要放弃猪肉，所有食物，像肉类、牛奶、面包、盐、蔬菜、红酒、葡萄汁和奶酪都必须是犹太洁食，而且，肉类不能和奶酪混在一起。不仅如此，还不能共同放进三明治里，不能摆在同一个盘子上，甚至不该用切过肉的刀切奶酪。龙虾、明虾、螃蟹、扇贝此类东西都不能吃。埃亚尔还不能在同一顿饭中既吃肉又吃鱼。

莉莉亚不得不坐在电脑前，一连读了数个小时，才明白了点儿这种文化。她打印出各种规定，把它们贴到厨房里方便够到的地方。她的厨房无论如何都不会是洁食厨房。首先，她不得不把所有的碗都换一遍。以前沾过猪肉和其他任何非洁食的碗都不能再用了。不仅如此，以前盛过牛奶的碗不能用来盛肉，盛过肉的碗也不能盛牛奶。她不得不给每道菜配一把公用勺，并且要确保这些勺子互不碰到。连炉灶旁边的勺子架都发挥着重要作用。用来盛两种菜的勺子不能碰到，因此也不能挂在同一处。这些规定对于一个做了一辈子猪肉、从没接触过这些规定的人来说十分棘手，但是莉莉亚不会让她的房客饿肚子的。尽管有这些限制，她仍然做着舒芙蕾蛋糕的实验，尽量一次做一种。现在她已经完全记住基本做法了，只需要看下书上那种舒芙蕾所特需的材料。蛋糕中央有时候很快会塌下去，有时则挺立很长时间。她已经完全被这种味道和实验迷住了。她曾在一个网站上了解到，可以用淀粉让舒芙蕾起得更高，但她不想那么做。等待那一时刻的兴奋之情——无论随后是失望还是喜悦——通常都是她百无聊赖的日子里最甜蜜的时刻。正像是埃亚尔在每周五傍晚太阳下山前的十八分钟会点起蜡烛，纪昭在太阳初升时会祈祷，乌拉会将双手放在膝盖上冥想一样，莉莉亚在这些完全属于自己的时刻找到了慰藉。

　　她决定不问阿尔尼任何关于遗嘱的事情。她知道无论说什么，他都不会改变主意，根本就不会尊重她的意见。她开始从购物和家政预算中省钱，用一两千美元保证自己的整个未来。几个月来阿珀和阿江只给阿尔尼打过一次电话，丝毫不觉得有必要来看望他。莉莉亚不再像过去那样，没再问"他们说了什么？他们为什么不来？"之类的话。她不想知道他们谈了什么，或阿尔尼怎么想。她太累了，根本不想说一句话，不想问任何问题。每天早上醒来，无论多么充满希望都无济于事，晚上上床睡觉前，她发现自己又会回到那些阴暗想法的怀抱里。阿尔尼的生命必须结束，这样她才能活下去，有自己的生活。很多个晚上，她都梦到阿尔尼死了，醒来后是满满的幸福感。她也不再为自己的这种想法感到羞耻。如果这是一片汪洋中唯一可以抓住的一块漂流木，那她会去抓的。这些晚上过后的那些清晨，她会充满希望地慢慢下楼走到阿尔尼的房间。如果丈夫还在睡，她就会仔细瞧着，看他是否还有呼吸；要是不确定，她就会站在旁边，贴近他的脸看看。有两次阿尔尼正好在那一刻睁开眼睛，差点把她吓出心脏病来。他忍不住笑起来。每次，他都会说"早上好"，并像是报复一样地问道："怎么了？"

莉莉亚这才意识到自己这辈子走过了什么样的路。她一直在过着别人的生活，围着别人转，却以为在过自己的生活。这也怪不得别人，是她自己做的每个决定，不是别人。实际上，和阿尔尼结婚前，有朋友提醒过她，她都没有理会，只相信自己亲眼看到的。收养阿玛和阿江时，兄弟姐妹的话她也不听。现在，她隐约记得自己和一个朋友曾在曼哈顿地铁里的对话。那时她刚辞职，决定把精力全用在照顾即将收养的孩子身上。朋友曾说："希望你以后不会后悔，莉莉亚。女人应该自己赚钱。"但是，对于下一步，莉莉亚总是期望过多了。

最糟糕的是，她现在仍做着同样的事。她仍然让自己的生活围着别人转。她的平庸状态一直延续了下来，因为她一定要让她生活中的其他人过上他们想过的日子。他们要吃饭，于是莉莉亚白天就有了存在的理由。阿尔尼要在她的监护下去洗手间，于是她有了早起的理由。有一天，当她最后一次搅拌盆里的食物以散热时，她意识到了这样一个令人痛苦的事实。她头晕了一秒钟，从来没有被这种自我认知的时刻这样震撼过。她拉过来一个板凳坐下。最初远渡重洋来到这片土地的时候，她曾经确信自己会有一番成就。但到头来，她连去爱别人都失败了，更别说被爱了。最后，每一天都仅仅成了个时间框架，她在其中吸进又呼出着空气。它们没有重要性，没有因果关系。

如果不是给房客们做饭，她就不必去超市购物，也就不知道该怎么度过这些空洞的时间。

多年来累积的所有情绪，在她坐到凳子上的那一刻，都清晰地出现在了脑海里。她不可能感觉不到无助。她不知道该如何扭转自己的生活，从哪里开始以及是否还有时间再这么做。而最糟糕的是，她意识到自己已经浪费了整个生命。她试图想象着，千千万万的人不过是在填充着他们所生存的空间而已。他们生活着，只是因为他们被生下来，窃取了他人的幸福、成功和财富。她记得两天前电视里有个加拿大人说，每天每个人都有使用五十升淡水的权利，现在她能从一个完全不同的视角来看待这个问题了。像她这样，不知道自己为什么而活，只是从地球上吸取能量、从那些知道自己为什么而活的人那里偷走资源的人，又该怎么说呢？

随着时间一分一秒地流逝，莉莉亚的思路越来越清晰，但与此同时她的心也沉了下去。她不记得以前也曾感觉到这般无意义。几十年前，还在菲律宾的她，坐在厨房里的板凳上看着母亲做饭的时候，从未想到多年以后她竟会考虑要放弃自己。她的母亲习惯一边做饭，一边和女儿说话，就像现在电视里那些教做菜的女人一样。"现在我们加一杯面粉、一杯玉米淀粉。"如果她意识到少材料了，也绝不会生气，而是会平和地转头对莉莉亚说，"别忘了，每种材料都有替代品。最重要的是不要慌张。"莉莉亚做饭的时候总把这些话记在脑子里。或许现在她也要把这些话用到自己的生活上来。

　　她还是个小女孩儿的时候，几乎和所有的菲律宾人一样，相信这个世界之外存在着幽灵。他们偶尔会来造访人类，从另一个世界给人们带来消息，给他们指路，要是人惹恼了他们，他们会把人的命运变得更坏。由于她身上发生过很多奇怪的事，而且她的家族被认为具有很强的法力，自从她还是婴儿起，感官就比很多人更灵敏。她总是乐于谈论自己的梦境，听老一辈来解释这些梦，甚至认为只要紧紧地闭上眼睛就能治愈病人。最重要的是，她认为自己会一直有那种能力。她从未想过一个生来就具有某种天赋的人会被剥夺这种天赋。她的姨妈从来没提过练习这回事，因为她除了自己的生活方式外并不知道还有其他形式，而且，她也从来没想过，具有那种天赋的人竟不会去用它。

　　莉莉亚是在二十世纪六十年代中期来美国的。之前她就接触过美国文化——毕竟，这种"遥远的西方文明"在她的国家持续了很长一段时间。然而，当她于世界历史上政治、文化变革最为激荡的那段时期置身纽约之时，以前所有的认知都被颠覆了。她在自己国家所看到的美式生活方式看起来就像是对现实的廉价模仿。他们学美国人如何穿衣打扮、如何吃饭，但是思维模式则是另一回事了。这个远道而来的女人年轻漂亮，带有多种文化的印记，会说英语、西班牙语和菲律宾语，在纽约艺术界、时尚界和学术界很容易就找到了自己的一席之地。虽然那些从美国小城镇来的纽约客竭力强调莉莉亚的异国特质，她却尽力让自己摆脱掉这种特质。实际上，这是她改名的主要原因，而不是因为以前的名字总是被念错。美国人越是强调她的菲律宾血统，她就越想变得像个美国人。

正因如此，现在她只亲朋友的一边脸颊，在他们做客要走的时候，不会再起身送他们出门。也是因为如此，她会关切地问问朋友们的工作情况，虽然她对此一点儿也不感兴趣。开始的时候，每当有人提前离席，她总要克制自己不把盘子翻扣过来，因为在菲律宾的文化里，这样做，饥饿就不会找上门来。最后，她设法抛弃了自己所有的迷信思想。虽然她想提醒那些把米饭倒进垃圾桶的朋友，这样做会让他们受穷，但还是止住了。后来她看到在美国没有人因为扔米饭而变穷，没有邪恶之眼，处女不会因为边做饭边唱歌而嫁给老头儿，女人怀孕期间吃香蕉也不会就生不出双胞胎。于是她确定，他们以前相信的那些幽灵在这片土地上并不存在。她一直都在思索这个问题。直到多年后，在和姐妹们聚会的餐桌上，当她们讲起来自家乡的故事时才提到这一点。她那位在美国土生土长的侄女，比她们任何人都更像菲律宾人，这时她便解释说："旧世界的幽灵不会越过大海是因为他们怕水，所以这片土地才那么空荡。"

等到莉莉亚认识到，去相信除了自己这一存在之外的东西也是美的，已经晚了。她从来没想过，埋藏了那么多年的信仰、祈祷甚至咒语也会积满灰尘，被遗忘并最终变得淡薄。也正因如此，多年后，当她用水和面做成一尊小塑像放到操作台上，撒上红辣椒、豆蔻粉和盐并祈祷时，已经没有用了。在她说"你奈何不了我，永远都不行"的那一刻，正是精灵们最终合上耳朵的时刻。在那之后，她又试了几次还能记得的一点儿咒语。她在阿尔尼的汤里放了一只鱼眼，在他吃的奶酪里放了一滴露珠，还对着肉菜烩饭里的大米念了祷词，确保他的饭菜里鹰嘴豆的数目是奇数，并在加到他茶里的蜂蜜中添上胡椒粉。然而，什么也没发生，她的愿望也没有实现。一定是她的信仰不再理睬她了，就像她以前不理睬它那样。无论曼格格威有多想实现愿望，无论她把眼睛闭得多紧，她都无法治愈自己的伤痛。她没有法力了，无论是善良的还是邪恶的。她生命里的头二十年被后面这四十年一扫而空了。有一段时间她停止了尝试。她的母亲一定是错了。她能挽救一锅饭菜，并不代表她能挽救整个生命。生命中缺失的材料是没有替代品的。无论用多少淀粉，她都达不到自己所期望的满意度。没有像鸡蛋清那样的东西可以把现实生活重新粘好。味道混合不到一块儿，无法做出终极的、唯一的美味。生活的佐料总是要么太多，要么太少。宇宙太不明白一小撮是多少了。

闻到烧煳的味儿后，她回到了现实中。她转过头，仍然坐在凳子上，看了看炉子上的锅。过了一会儿，她才记起自己是在哪里，哪一年，哪个生命阶段。一两分钟后她定下神来，记起该做的菜。不用掀开锅盖，她就已经知晓烧煳的程度了。她站起身，关上煤气，掀起锅盖，加了一勺热水。至少这样可以帮她挽救剩在锅底的菜。

*　　*　　*

马克看着镜子里的自己，才意识到这九个月来自己有了多大的变化。以前总是仔细打理的短发现在已经长长了，满脸的胡子巧妙地遮住了年龄留在脸上的痕迹，而眼袋上的小皱纹是找到挚爱的表现，而不是劳累所致。这份新的挚爱便是对生活的热爱。妻子去世前，他一直认为自己非常快乐。可是直到她去世后——当他第一次开始在生活里挣扎的时候——他才意识到自己失去了多少快乐，而以前其实可以更快乐的。烹饪已经成了一种爱好。他把在餐馆里吃的所有东西都和在家做的相比较，补齐自己做的里面缺少的一切。他会连续多次做一道自己熟悉的菜，直到所有的知识和习惯在他的身体里根深蒂固下来。

厨房对他来说是通往新生活的一扇大门，他甚至可以闻到所有那些没涉猎过的事物的气息。仿佛自从开始做饭以来，他才最终用上自己所有的感官，而以前只用了一两个。他不仅被蔬菜、水果的气味和口感所吸引，还能感受到它们的质地。当他看到季节的更替清晰地反映在农贸市场里时，才第一次明白整个世界就是一件完整的艺术品。直到现在，他才理解，通过读书和观赏博物馆里的画作仅仅是艺术里很小的一部分，而艺术本身是幅大得多的画卷。他必须要了解哪部分牛肉最适合做牛排，由此才能理解为什么阿尼巴尔·卡拉齐[1]没有受其他画作的影响，而是对肉店里挂着的一块块牛肉那么情有独钟。在克拉拉离开之后，他才真正了解了妻子的深度。并不是说马克已经忘记了妻子，他只是接受了她的缺席，并习惯了这种新生活。他仍然每天都会想到她，在头脑里勾勒她的面部表情或手势动作，但最终明白了，他一定要永远充满憧憬地活下去。

　　他仍然经常去杜乐玛，几乎每周一次。把厨房里的那一切都扔掉的时候，他从没想象过完善一个新厨房要花多长时间。那一定也是克拉拉对厨房里的每一样东西都如此眷恋的原因。多年以来，她一定也是看着一样样新东西来到这个家。马克尽量选择萨宾娜上班的日子去杜乐玛。几个月来，他已经习惯每周见到那张熟悉的面孔了。当然，这位年轻女人也为他这个习惯的养成提供了便利。她的发型从没变过，朴素的脸庞、身上的制服也没变过，而且最重要的是，她脸上的微笑从来不会消退。这些都让马克更有安全感。他将她看作生命中这段最重要

---

[1]　阿尼巴尔·卡拉齐（Annibale Carracci，1560—1609），意大利画家。曾于一五八〇至一五九〇年画过一系列描绘肉铺的油画。

的时期里无法忘怀的一部分。他们从没在商场以外的地方见过面，也从没有过长时间的对话，但他仍觉得这位新朋友已经知道他想说的以及他想告诉她的一切了。他们又提到过克拉拉一两次，只是因为他们不得不提到一件具体的事情，并未深谈。萨宾娜在与马克的友谊中也能找到某种安全感。当马克说他想在她当班的时候来商场，并由此打听她哪些天会在的时候，她开始确信两人之间有了一种特殊的联系。她并没有爱上这个年长的男人——她不会想象自己在他怀里的样子——但她早已向自己承认，比起其他人，她更喜欢和他在一起。她曾几次想在午休时间请他喝杯咖啡，但总是在最后一刻改变了主意。马克显然会在他准备好的时候邀请她出去喝咖啡。在那之前，他们就只能在一排排锅碗瓢盆之间走走，在新刀具前待上几分钟，一面盯着刨丝器一面什么事情都聊。他们都不知道，两人怎么就从一点点小事开始，聊到最后变成了意味深长、内涵丰富的一场对话。与此同时，他们对诸如挑选滤碗的时候谈到意大利文艺复兴这种情况一点儿也不惊讶。当然，萨宾娜的主管很清楚她陪了这位顾客多长时间，但是算计到这位顾客迄今为止的消费，也说不出什么来。

在公寓的穿衣镜前准备好后，马克第一次琢磨起是否要请萨宾娜出去喝杯咖啡。他确信这个年轻女人不会误会他的。他并没有爱上萨宾娜，他知道这一点。实际上，有时他真希望自己爱上了她。除了克拉拉，他觉得和她在一起要比和任何其他人都舒服。他想萨宾娜对他也没感情。那样的话，请她出来喝咖啡就无大碍了，况且他感觉自己还欠她一个人情。他知道没有萨宾娜的帮助，自己是无法建立起新生活的。这个年轻女人很熟悉自己的工作。她从来不会让他买随后会后悔的东西。实际上，有时他从杂志上看到一些东西，觉得可能有用就想买的时候，萨宾娜还会阻止他。她会说，"做焖肉饭并不是必须要电饭煲才可以"或"记得上个月买的滤碗吗？做这道菜用那个也可以"，最后为他省了不少钱。是的，他必须要请她喝杯咖啡。或许他应该等到她午休，请她吃顿午饭。再次照过镜子后，几个月来他第一次在衣领内喷了点须后水，而后去了厨房。他把购物单放到口袋里，将窗台上的收音机音量调高。没有必要再打开电灯了，因为夏天不仅带来了热量，还带来了更长的白昼。确认过炉子和烤箱都关上后，他离开公寓去了杜乐玛。

　　他在一旁等着萨宾娜，手里把玩着苹果削皮器。从她对待每位顾客的神情上看，他觉得她对待自己并没有和其他顾客有什么不同。她对每个人都很和善、尊重和贴心。她向一位妇女展示着各种胡桃夹子，解释着这些夹子的区别，看上去一点儿也不烦。马克想，一个像她这样，不仅对厨房器具样样精通，还对艺术跟文学所知颇多的见多识广的女人，不该在这种地方工作。他从没听到过她抱怨或喊累，不过这显然是她成熟的表现，年纪这么轻就可以这么成熟了。今天，他想问几个月以来一直想问的问题。她想要什么样的生活？她有怎样的打算？她一定为自己设定了更高的目标。

这种对他人生活所产生的新兴趣着实让他感到惊讶。或许是因为自己以前的生活太有条理了，所以从来没有关注过别人。在这个世界上，他和妻子两个人的位置已经安定下来，这对他而言已经足够了。他从来不想知道那些被称作朋友的人、阿牟，或是对门邻居的事情。对门那位邻居连关电梯门都小心翼翼地不弄出一点儿声音。他对这些人生活得怎样也从来没有一点儿兴趣。他认识奥黛特多年，但从来没想去探究她的生活，去看看实际发生了什么。奥黛特婚姻幸福，不是吗？她有两个孩子。她快要当姥姥了。生活中她喜欢什么？又不喜欢什么？

对门邻居的丈夫死了，是不是？她一定感觉很孤独。她有孩子吗？孩子们来看她吗？现在想起她的时候，他才意识到她驼背，走路的时候总弓着腰。她的背疼吗？马克相信，克拉拉一定知道所有这些问题的答案。她一定还知道更多。或许她比他还了解阿牟。她不是带扁豆汤去画廊，说这是阿牟最爱喝的吗？她什么时候知道这些的？她怎么会做好汤，盛到小容器里，再把它带到画廊呢？她不是还给阿牟买过几次感冒药吗？她怎么知道阿牟病了？他就从来没察觉过。

但是现在，他想知道为什么萨宾娜会在商场工作。她是不是大学毕业？一定是的。她学的是什么？艺术？文学？她为什么不做和自己专业相关的工作呢？她是哪儿的人？她一定来自南方——从口音可以判断出来——但具体是在哪儿？他不需要问她怎么会来巴黎。说到底每个人都想来巴黎。全世界的人都想来这里。马克不明白这座城市如何容下了那么多人。为什么所有人都愿意挤在那么小的公寓里？托父辈的福，他这辈子没付过房租，但是他听说，为了这么点空间，人们的花费简直荒谬得吓人。那些人是怎么赚到那么多钱的？萨宾娜住在哪里？或许是第十二区，或者是第八区的外围。他能问她这些问题吗？该问吗？是不是过于隐私了？还没等他想好，萨宾娜已经向他走了过来。

马克今天看上去有些不同。萨宾娜见证着这个男人生活里的各种变化，而这个素昧平生的男人，仅仅是她的一个顾客。他的头发长长了，朝额头左边耷拉下来；一直在长的灰色胡子里夹杂着红色，而头发却没有一点儿泛红的样子。不，他脸上的悲痛还没有完全消失，但看起来更为平静，而不是沮丧。头几次来商场的时候，他几乎无法抬头去直视什么，而近来开始好奇地左顾右盼了。他也能找些话来说，而不仅仅是倾听。萨宾娜闻到一股须后水的味道。这种气味她很熟悉，是很新鲜的一种香味儿。大海的气味。那是他近期才买的吗？还是一直都放在角落里，直到几个月后才有勇气拿出来用？或许他妻子喜欢他身上有这样的味道。或许他一直藏着那瓶须后水，因为这会让他想起自己的妻子。

萨宾娜第一次见到马克的时候，曾以为他会自杀。他是那么悲伤，那么无望。他无法忍受任何能让他想起妻子的东西，其中都包括他自己。如果连着两周他都没出现，萨宾娜会想："没错，他自杀了。"马克有朋友吗？她不知道。有家庭吗？兄弟姐妹？表兄弟姐妹？虽然她很想知道这些问题的答案，却没有勇气去问。因而，见面时他们总是谈谈日常新闻，而后任话题随意展开下去。迄今为止，他们所谈的东西从没涉及过各自的隐私。萨宾娜对此并不在意。她自己也有很多不想跟别人说的事。

或许这便是她从未请马克喝东西的原因，虽然她曾多次想过。如果问及她的生活，她也不想撒谎。她喜欢诚实待人。正因如此，她从不会和人长时间聊天，也从来不会让这种话题出现在谈话中。聊其他东西，比如政治、艺术、书籍或者厨房用具，她能说上几小时，只要不谈自己就行。没有把自己的生活向远在南方的家人全部如实相告，她已经很愧疚了；那让她觉得自己是个骗子。她不想再承受更沉重的负担。

虽然有这些感觉，待那天马克把所需的一切都放进了购物篮，开始朝收银台走去，问她是否愿意一起吃午饭的时候，她没法说"不"。按照他们的约定，半小时后在她离开商场的时候，发现他正站在市政厅门前看那些滑旱冰的人。在这块人们会在冬天来滑冰的地方，已经挤满了那些穿着五颜六色紧身短裤的滑冰者。马克小时候在母亲的坚持下也滑过一两次，但他现在都已想象不出自己穿上溜冰鞋的样子。而萨宾娜从没试过这些东西。"滑冰还好，可是滑旱冰不是八十年代才有的玩意儿吗？"她对马克说。即便两人年龄上有差距，他们还是就那个年代几乎所有东西都看起来那么糟而谈了起来。萨宾娜承认那时她也像其他人一样，为了让头发看起来更蓬松，也倒梳起来。马克甚至不知道那是什么意思。妻子也曾梳过那种看起来很搞笑的发型，不过这还是他第一次听说它的名字。当然，他没法不知道垫肩这种东西，还有袖子卷半截的那种夹克。谁没做过潮流的牺牲品呢？

他们都知道，如果两人来电，不管有哪种吸引力，都不可能这么轻松地谈这些话题。在没有爱情的关系里，他们都感觉很舒服，就这样走去了附近的咖啡馆。他们选了张能看到滑旱冰的桌子，而后坐下来。萨宾娜只有半小时的休息时间了。他们必须要快点儿点餐。接下来她还要站四个小时。马克差点问了出来："你为什么不换个工作？"但最后一刻还是决定不问了。或许下次吧，他这么想。他们聊到九十年代如何成了真正的八十年代。九十年代是失落的十年。人类直接从八十年代跳到了新世纪。世界一下子变得非常现代化，技术进步非常快。萨宾娜将这一问题一直分析到要起身回岗的最后一刻，马克也站了起来。他们认识彼此好几个月了，但这是第一次互吻脸颊道别，并约好下周见。那一刻马克意识到，这是多年来他自己交到的第一个朋友。他又坐下来点了一杯咖啡，拿出小本子，翻到空白的一页。现在无论到哪儿，他都带着这个本子。

他一直琢磨着奥黛特前些时候说到的那个想法。自上次见面以来，他们在电话里又提到过一两次，而且奥黛特待他比以往更亲切了。每次她都会问他是否需要帮助。有一次电话里聊到烹饪的话题，马克提到那晚准备做的菜，奥黛特又一次含着眼泪，告诉了他一些有用的小贴士。她知道马克对她的建议很重视，因为他让她稍等片刻，去拿了纸和笔，在她说建议的时候一边记录还一边拼读着："先——在——一面——撒盐——然后——另一面，再——腌——十分钟。好了。"

马克慢慢发现，分享烹饪知识是多么重要。即便食谱上讲得很详细了，还是会有遗漏，还是有可供另一个厨师补充的内容。克拉拉母亲在世的时候，她每周都会和母亲聊一两次，每次都会问她食谱的问题。她总说母亲永远胜她一筹。她总抱怨说，自己做得再好吃，也比不上妈妈做的。母亲去世后，她不得不舍弃一些味道。她曾尝试做那些菜，却永远也做不出同样的味道。每当那时，马克总是不明白为什么妻子会哭。是因为她想念自己的母亲，还是因为再也吃不到母亲做的菜了？现在他彻底明白妻子的感受了。他也有一些无法忘记的味道，一直渴望能再吃到一次。那就是克拉拉那些食物的味道，但他知道自己永远做不出或者在任何地方找得到那种味道。

有时，农贸市场的人，卖肉的或是卖鱼的，会给他一些烹饪书上找不到的秘方。马克会依情形尽量把这些秘方记下来。如果手里提的东西太多，他就会不停地重复这些秘方，直到回家后在相关食谱书的空白处写下来。从后往前翻看时，他能看到自己是如何一路走来的。他想，他应该在做过所有菜肴后再回到最开始，从头再来一遍。那时他绝对会参考记下的这些注解，或许还会再添加些新的东西。

而那本制作舒芙蕾蛋糕的书却一直搁在书架上，很多页都没翻开过。他试做过一两次，但一次不如一次，所以他决定先把书放一边，等自己厨艺好一点儿以后再做。他完全不明白自己当初为什么要买那本书，为什么自己会认为很快就能做舒芙蕾蛋糕了。或许就算一直做下去也永远达不到那种水平。有些人在厨房忙了一辈子，仍然做不出一顿像样的饭菜。可惜的是，在他从《美食之旅》的主持人那里发觉这一点的时候，那本书早就买来了。

他打开崭新的一页纸，列出他感觉做得不错的菜。可问题是，他不知道哪些菜和哪些菜搭配比较好。他甚至不确定一晚上能否全做出来。最后他写下了"沙拉"。把土豆、黄瓜、青葱和盒装免洗青菜搅和到一块儿能出什么差错呢？然而，油醋汁总是令人担心。迄今为止，他还没能在沙拉里调出那种酸爽的口感。他还没想过可以在醋里加点柠檬汁。

他想或许可以到农贸市场问问，看哪些菜搭配在一起比较好。或许水产店的人可以提点建议。从与萨宾娜聊厨房用具的情况看，她的厨艺也一定不错。他们还没谈过食物，但他确信这个年轻女人能给他一些好主意。他决定下周去杜乐玛的时候再请她吃午饭，这样他就可以给她看看那份菜单，问问她的意见。或许他应该请她一起来参加晚餐聚会。他抬起头，看着那些滑旱冰的人。背景音乐在周围的大楼间回响，每句歌词都会重复两次。他那天做饭时在电视里听到过这首歌，是一个年轻女人唱的。是奥莉维亚……他想不起那个歌手的姓氏了。他无论如何也记不住歌名，但知道这些就已经不错了。要是在过去，他可能只是埋头生活，不会注意任何这种细节的。

他在小本上翻开新的一页，写下可以邀请的客人名字：奥黛特、亨利、西尔维、雅克、苏珊、丹尼尔。自从奥黛特提议要品尝他做的菜，他就一直揣度着这个想法。失去克拉拉已经快一年了，从那时起他一直躲避着最爱妻子的那些朋友。他知道他们也很难过，也和他一样想念克拉拉。或许他们愿意来克拉拉住过那么多年的地方，最后一次感受她的气息。不仅是奥黛特，他们都要来参加。或许是时候向克拉拉做一次优雅的道别了。再说，多年来和他走得这么近的这些人，理应知道现在他过得怎么样了。

名单上列了七个人，包括他自己。他还把萨宾娜也列了进去看看。她是马克在没有克拉拉的帮助下交的唯一一个朋友。当然，他们会认为她是他生活里的新欢。或许他该打电话给奥黛特，提前告诉她萨宾娜不是。而后奥黛特可以再告诉其他人。

萨宾娜会怎么想呢？她会觉得自己是在顶替他已故妻子的位置吗？她会理解邀请她来满是夫妻的晚餐聚会并没有什么意思吗？最终他把这个名字划掉了。

迄今为止，马克做的所有饭菜都是一人份的。他总是将食谱中的四人份食材量除以四，而后照着做。他完全不知道如何把同样一份食谱改成七人份的。首先，他不知道拿自己的炖锅和平底锅能否做出七人份的菜。如果书上说烤肉时要把烤箱调到190摄氏度烤两小时，他一般会取上四分之一的量，烤半个小时。如果他决定做肉，那就不得不对时间特别小心。该烤多长时间呢？一般而言，做八人份的会更容易些。他只要将食谱上的数字乘以二就可以了。多出来一份没什么。那样他就要把肉放在烤箱里烤四个小时。他还要提前两小时腌制，这也就意味着，仅那菜单上的一道菜就要做六个小时。他不得不仔细地算计每一分钟，把一切都安排好。他曾经在晚餐聚会上帮克拉拉把盘子端到客厅的桌子上，但他连摆桌也不会。他瞬间被所有这些事情击倒了。想到自己没办法应付这些想法，做不了这些事情，他全盘放弃了整个计划。把所有这些菜在同一时间做出来，从一开始看起来就很难，加上要为那么多人同时做菜，就更复杂了。

他合上小本，和铅笔一起放到口袋里，付过账后，匆匆站起来离开了。从前曾让他感觉宁静的太阳，现在让他大汗直流，以前听起来很开心的音乐，现在却特别刺耳。他开始快速向圣日耳曼路走去，一路走回家。回到公寓后，广场上的那首歌又在收音机里放着。也不管手里有什么，他放到门口就转身离开了。他的心此刻无法适应这里，正如在胸腔感到不适一样。

* * *

菲尔达刚刚又度过了一个艰难的早晨。几个月来，无论体力上还是精神上，母亲都已经让她筋疲力尽了。以前身上骨折的地方现在都疼。虽然夏天湿度越来越大，对此也于事无补。她的手腕在以前接上的时候就歪了，现在肿得像个鼓。她用缠着绷带的手腕扶母亲坐起来的时候，这番景象又触动了母亲不稳定的精神状况，她们又不得不再次回到她黑暗的过去。菲尔达相信，所有这些无稽之谈的背后一定有原因。看起来，似乎是奈斯比太太压抑了多年的记忆现在正逐一浮现了出来。有她从来没和任何人说过的秘密，有她对其他人冷酷的看法，有她怪异的梦境。菲尔达为母亲说的话感到羞耻，听过那些话后她甚至都无法直视希南。然而，这些从母亲不为人知的生活中所流露出的线索，也帮她定义了自己的存在。

菲尔达一直认为，一定有某种强有力的原因导致母亲一直抑郁，最后对自己的孩子也不管不问了。远不止父亲去世那么简单。她知道有些女人很爱自己的丈夫，丈夫去世后就不再理会生活，并用余生来悼念亡夫。然而，母亲一直就没能过上好日子，即便是丈夫在世时也是这样。奈斯比太太从某种程度上说也毁了菲尔达的生活，因此菲尔达相信一定是发生了什么相当深刻而悲痛的事件才导致了所有这些痛苦。菲尔达爱希南，尤其是因为她知道希南有多爱她。然而，她嫁给希南并不是因为爱上了他，甚至不是因为她确实愿意嫁给他。她同意，那么小的年纪就嫁给他是因为她知道这是必须的。她不得不把自己的梦想放到一边，去挽救自己小小年纪就几乎被母亲耗掉的未来。

因此，她想趁奈斯比太太咽气之前找到那个秘密，这样她就可以原谅母亲了。否则她害怕自己不会怀有任何爱意来缅怀她。她等着母亲咽气已经有一段时间了，内疚之情从内而外地啃噬着她。现在她禁不住盼望着那一天。每天晚上她平躺下来，感受着脊柱每一寸的疼痛时，都忍不住闭上眼睛，想着母亲的葬礼。她常常想，那天她会感觉到多么自由啊。她的生活会再次平静下来，或许还是平生第一次呢。

每当想到欧瑜预产期将近，而自己却仍然找不到解决这个问题的办法，她就会紧张起来。女儿在那么远的地方生孩子，她必须在她身边。她知道杜瓦尔是欧瑜的巨大支持——他已经承担了家里很多家务了——但在儿子和儿媳生下两个孩子的时候，菲尔达都在他们身边，现在她必须在女儿身边。不可以让她的母亲再偷走这样一个机会。

奈斯比太太一看到菲尔达缠着绷带的手腕就开始嚷道：
"妈妈抱，我累了，不想走了。"有了先前的经验，菲尔达知
道该如何安抚母亲了。要去适应她不断变化的自我意识，而不
是向她解释什么。她降低了声音，像对待一个婴儿一样哄着母
亲，在她的头下垫起第三个枕头，然后坐到床边。她给母亲擦
干了眼泪，捋顺了她的头发。看起来奈斯比太太回到了童年。
但具体是哪一年？在哪个国家？奈斯比太太是在人口交换时期
来自萨洛尼卡的一名儿童。她曾经努力回忆过那个时代，也描
述过，但从来没有完全记起那些事件。她来伊斯坦布尔的时
候还很小。她记不起来这儿时的情况，也不知道后来发生了
什么。

现在她哭着，眼睛直盯着女儿手上的绷带。菲尔达问她，
就像跟小孩儿说话一样：

"是不是想让我把绷带解下来呀？是不是很吓人？"

"我不想走路了，抱我。"

"我们去哪儿呢，奈斯比？"

"那个女孩儿没手。"

"哪个女孩儿？"

"抱我，我累了。"

"哪个女孩儿没手，奈斯比？别害怕，告诉我。"

"我累了，抱我。"

菲尔达看到问不出什么来，就不再问了。奈斯比太太有时

候会一遍又一遍地重复同样的句子。或许等到她少数意识清醒的时刻，就会记得那究竟是什么。似乎她小时候曾经看到过没有手的人，说不定是在萨洛尼卡。或许那时的动乱给她留下了远比他们所了解的还要深的创伤。菲尔达永远不会知道，母亲在很小的时候被带到医院打疫苗，在那里曾看到过一个没有手的年轻女人，在等待着换包扎的时候默默垂泪。这番景象刻在了菲尔达母亲的脑海中，致使她一辈子都害怕失去四肢。菲尔达也不会知道，那次去医院后小奈斯比累了，于是哭喊着让母亲抱她。菲尔达更愿意相信，是母亲在人口交换期间经受了一段痛苦的日子，那些记忆进入她的潜意识，影响到了她随后的一生。她从其他人口交换的故事里了解到，有些人徒步了几百公里。她会将母亲置于那样的故事中，认为那么小的女孩子一定无法忘记那种劳苦。

欧瑜的婚礼办得非常成功。菲尔达回顾那天的情境，甚至找不出一点儿瑕疵。她参与了膳食的准备过程，还在宴会途中查看过厨房是否一切尚好。他们选的地点非常漂亮，看上去就像童话里的花园。伊斯坦布尔善变的天气也给这对母女赠送了礼物，那是美丽的一天。菲尔达前一天晚上确实很紧张，因为当时还在下大雨，但是第二天就放晴了。听母亲的话没错，她买了大一号的婚纱。欧瑜一直吃个没够，胸部、肚子和屁股在那么短的时间里都鼓了起来。

所有的客人都猜到了婚礼这么仓促的原因。看看欧瑜就不难发现她怀孕了。每个人都说："婚纱穿在她身上真是太漂亮了，看她红光满面的。"但是大家都知道那是什么意思。他们一定私下里深度讨论过这件事。他们一定会说菲尔达现在有了个异教徒女婿。将来孩子信什么教呢？两家怎么交流呢？虽然这些问题令人担忧，希南和菲尔达发现杜瓦尔的家人很友好，很有礼貌，也很热情。他们两家在一起很开心，借助彼此都不擅长的英语，再加上各种比画，便有了中间沟通的方法。菲尔达看到，他们确实是爱欧瑜的，那其他的还有什么关系呢？

　　在厨房餐桌上端详婚礼相册的时候，她惊讶于时间飞逝得如此之快。婚礼过去都有两个月了。再过四个月，她就要当外婆了。她惦念着未出生的外孙，但同时也感到难过，因为他们住得那么远。隔这么远，他们真能相互了解、相互关爱吗？她有点嫉妒杜瓦尔的母亲了，她离宝宝那么近，而且，杜瓦尔的母亲为人很亲切，小宝宝会很喜欢她的。就像她自己和祖父母更亲一样，她的外孙也会和祖父母更亲。在朋友当中，菲尔达总是唯一那个比起父母来和祖父母更亲的人。学校里，第一次有女孩儿问她最喜欢谁时，她回答："我奶奶。"那个女孩儿差点没晕过去。她没想到会是这样，于是立即叫来了其他所有的小女孩，宣布出菲尔达奇怪的答案。所有人都吃惊地喊出："什么？！"当然，她觉得有必要解释一下。她外婆年轻的时候就死了，因此不怎么了解她，但是她相信，要是更了解她的话，也会喜欢外婆的。但这种解释谁也不满意。关键是一个小孩儿说她最喜欢自己的奶奶。没人会这样嘛。现在她的法国外孙有一天也会说出同样的话："我相信，要是更了解外婆，我会更喜欢她而不是奶奶的。"

这是菲尔达随后必须要解决的问题。现在她必须要计划，如果母亲没在欧瑜生孩子前死去，怎么才能在女儿生产的时候陪在她身边。正像每次她想仔细思考什么事情一样，她会先起身在壶里加点水。那盒昂贵的茶叶只剩一包了。正是由于这盒茶，菲尔达才开始明白，有些奢华的东西确实会让人感觉很好。她向自己保证，以后收到的所有礼物都自用。要是别人想款待她，那就给他们这个机会。

她走到橱柜那里，拿出一个精致的陶瓷杯子，把金字塔形的丝绸茶包放进去，然后等着水开的声音。就在烧水壶即将要发出声响的那一刻，她关上了火炉，把水倒入杯中。虽然母亲在药物的作用下睡得正酣，但她不想冒任何风险。白天她只有一两个小时能独处。她觉得，要是连这一两个小时也没有了，那她一定会疯掉的。"让我想想。"她自言自语道。三分钟以后，她把茶叶包拿掉，品了一口茶。覆盆子的味道和香气一定是触及了大脑中极为重要的一个区域，因为她立刻就平静了下来。欧瑜走之前，曾在每个茶叶袋上标明了里面都是什么。要是看到母亲终于开始享用别人送她的礼物了，她定会既惊讶又高兴地说："喝完这些后跟我说一声，我再给你寄盒新的。"对于那种不远千里，就为品尝到那些特别食物的想法，菲尔达一点儿也不陌生。很多次，她仔细地包好朝鲜蓟叶子，让格尔瑟琳太太的女儿图林给带到巴黎去。图林是个空姐，她不仅为菲尔达带过朝鲜蓟叶子，还带过辫状奶酪、卡塞里干酪、肉酿西葫芦花、香葱油酥点心和羊脖子布丁。通常菲尔达也就让别人帮一次这种忙，但图林坚持说没什么。那时图林向菲尔达传达了"因缘"的概念。那基本上是梵文版本的土耳其名谚："种瓜得瓜，种豆得豆。"图林相信，这些助人的善行总有一天会让她得到回报的。菲尔达知道，人们要经历一番烦琐的折腾才能满足某种喜好，但她不会在欧瑜边怀着孩子边上班的时候打电话给她，让她寄茶叶回来。她会享用完最后这杯茶，然后设法找一种替代品。

　　让她感到尴尬的是，她发现自己又在想着，要是母亲能在两个半月内死去该多方便。那时欧瑜离预产期就只有一个半月了，刚好够菲尔达料理一切。"要是每件事都照计划来该多好。"她想。他们不会样样都计划好的，不是吗？"真主保佑，要是欧瑜早产了可怎么办？"她问自己。她尽量不去理会这种想法，在脑子里草草地记下一件件必须要做的事。一旦奈斯比太太死了，她必须先准备第七天的设宴祷告，然后是第四十天的设宴祷告。如果她真的会在两个半月内死去，菲尔达到法国最早的日子，也就是欧瑜临产那会儿。

她尽力用一口茶吞下这些可怕的想法。以前她奶奶常说："不要冒犯真主。"说的完全就是这种情况。盘算着一个人的死亡和另一个人的新生或许真的会冒犯真主。她一口气喝完剩下的茶，让热水烫到喉咙，仿佛是要惩罚自己一般。随后她把茶杯放回餐桌上，双手举到空中，掌心向上祈祷道："请原谅我，真主。请赐给我好业力……好业力。"

十

　　莉莉亚的日子每天都一样。绝大多数时间里，她都不知道今夕何夕，还会把发生的事情弄混。之前某个早上发生的事，她以为是今天早上发生的。她也看不出一周前的晚上和这周的晚上有什么区别。她就像一个上了发条的机器人，甚至记不得自己做了什么。她走到阿尔尼的房间说："该换床单了。"阿尔尼看着他的妻子，神情焦虑，不得不提醒她一个小时前刚换过。她和房客们之间的对话也不再有什么内容，只剩下不断重复的几个词："你好。""你好。""今天过得怎么样？""挺好的。你呢？""挺好的。""这菜真的很好吃。谢谢你。""很高兴你能喜欢吃。""晚安。""晚安。"有时候她发现自己又说起了同样的话，于是停下来，想了想，看看周围，想要找出和前一天相比哪怕是一点儿不一样的地方。偶尔跟兄弟姐妹们通个电话，她也没什么可聊的了。对于房客们，她已经无话可讲。阿尔尼还是老样子，莉莉亚也厌倦了自己的抱怨。当电话两端的声音慢慢归于沉寂，他们只好挂上电话，随后莉莉亚的兄弟姐妹们会转头对自己的另一半说："可怜的莉莉亚。"

莉莉亚最终不再抱有希望，而希望是她从来没曾想过会丢掉的东西。无论是对未来还是现在，她都不再有任何期待。每一分钟，每一小时，过完就完了，一天下来也没发现什么特别之处。她不曾注意到自己油腻的头发、大片的黑眼圈，或袜子上的破洞。她甚至不知道，要是让她来形容自己，该怎么说。她曾经是个想要画画的人，一个只做了十年的母亲，一个去年当了一年老妈子的妻子，一个在不知不觉中还设法活了这么久的乐观主义者。

突然有一天，她给阿尔尼送完早饭后，没有去厨房准备当天的饭菜，而是回了自己的房间。她脱下数天来连睡觉都从未脱下过的衣服，没有像前两个月那样在镜子里查看一番自己的身体，而是直接去洗了澡。确定自己洗去了过去十天的积垢后，她用毛巾擦干头发，还用那把许久未动的梳子梳好了稀薄的头发。穿好另一件完全合体的衣服后，她坐在镜子前端详起自己的脸。那双空洞无神的眼睛，把她自己都吓了一跳。

阿尔尼担心了莉莉亚一会儿。现在他尽可能听着她移动的脚步，竭力想搞清楚发生了什么。虽然莉莉亚并未察觉到自己是在无意识地做着一件件事，阿尔尼却看到了她的生活变得有多单调。妻子总在早上他吃完早饭后进屋来，收走盘子到厨房去，在那儿开始准备当天的饭菜。有时她会自言自语，但是不管阿尔尼怎么费劲也听不清她的话。然而，今天，她把托盘放到操作台上，没说一句话就回了自己的房间。当他听到水管的声音后，明白她是在洗澡。他继续等待着，心里有些焦急。他迫切地想知道是什么改变了莉莉亚每日的常规活动。他没有开电视，也没有听早间新闻，只是听着莉莉亚的脚步声。二十分钟后，他听到楼上的门开了。循着她的脚步声，他尽力判断着她是不是要到厨房去。

妻子先来到了厨房，在一个碗里翻找了一会儿，然后拿起了什么东西。阿尔尼听到了咔嗒一声，那应该是她的皮包。随后她又去了前屋。现在他听到了妻子的声音，她在打电话，一定是在叫出租车。之后，他听到她又在屋里走了一圈，而后是大门打开和关上的声音。她一定出去了。她都不愿意告诉他自己要去哪儿，连再见都没说。突然间，一种恐惧深深地扎根在他心里。她还会回来吗？他痛苦地在床上来回动弹。他不是那种听从第六感的人，因为他从来不相信那玩意儿，但是现在他感觉到了什么。有什么地方不对劲。莉莉亚以前出门前总会把电话留给他，而今天没有。虽然他能借助步行器活动，但是自从上次查出血栓以来，他连站都不敢站。他曾经可怜莉莉亚完全依赖他，但是现在他却要完全依赖莉莉亚，而他从来没向她表示过任何感谢之意。他继续躺在那里，非常不安。无论他怎么努力去想都无济于事，除非她亲口告诉他，否则他绝不会知道发生了什么。谢天谢地，他想，房子里还有房客，最糟的情况下他还可以向他们寻求帮助。他打开一个新闻频道，看着里面对即将到来的选举所做的评论，想尽量把自己的注意力从那些悲观的想法中转移出来。

莉莉亚倚靠在出租车宽绰的座位上，看着窗外空旷的大街。这片社区里，鲜有人步行。那会为人所不齿，人们会怀疑这种步行走路的人。没有人会欣赏街道中央的小岛上栽种的花朵。"谁是最后一个弯下腰去闻花香的人呢？"她这么想着。

到达市中心后，她让出租车司机朝左拐到一条辅路上，在这一地区唯一一家旅行社门前停了下来。她请出租车司机四十五分钟后来接她，然后下了车。柜台后迎接她的女人露出灿烂的笑容。六十五岁以上的女性是他们最具价值的顾客。她们大多已经退休，孩子都结婚了，身边存着一些钱，把旅行视为某种工作一般。度假是结婚纪念最畅销的礼物之一，也是新近丧夫之人的最佳慰藉。

莉莉亚和那个看起来至少比她年轻二十岁的女人握了握手，而后在为她准备的椅子上坐了下来。"我能如何为您效劳？"那个女人问。莉莉亚打听了下现有去菲律宾的最便宜的机票。不，不是往返双程。那个女人的手指放在键盘上，看了看莉莉亚。她想莉莉亚一定是那种想要回自己国家安度晚年的老人。不，只有她一个人，不是两个人。这次，女人扫了一眼莉莉亚的左手，看她是否戴着结婚戒指。是的，戴着呢。她一定是失去了丈夫，可能连孩子也没有。显然她想在祖国和亲人们度过余生。

最方便的航班是在十二月。"十二月十二号可以吗？"莉莉亚从钱包里拿出信用卡，递给了那个女人。办理好一切后，这位旅行代理告诉莉莉亚，要在航班起飞前两小时，即早上六点半到达机场。客人走后，她自我安慰着，想着自己老了以后，生活该会比她好一点儿。

莉莉亚离开旅行社后，出租车已经在门外等她了。跟出租车司机说要原路返回后，她又一次看向窗外，沉浸在自己的思绪里。她对多年来自己不曾想过的所有细节问题都感到好奇。她不知道自己离开后，祖国的生活变得怎样了。她只是偶尔关注一下那里的总统大选，并为他们两次选举出女总统而感到骄傲。她想知道这些年家乡的生活怎么样了。现在发展到了什么程度？或许比她在那里的时候要现代化多了吧。二十年前坎特邦是个贫穷没落的小山村。过去，莉莉亚做梦都不会想到，有一天《纽约时报》旅行版会将整期都贡献给这个被人遗忘的小山村。尽管如此，随着一个惊人的新发现，这种不可思议的事情确确实实发生了。

绝大多数文章都探讨过坎特邦山洞。据说这个山洞最初由外国狩猎者于一九八五年发现，三百米长、十米宽的山洞里满是钟乳石。看到这些后，莉莉亚不禁笑了。谁能相信她曾在这个山洞里为姨妈偷过鸟蛋？她该如何让那篇说不戴头盔、不带手电进山洞很危险的作者相信，她还是个小女孩的时候就曾只身进去过，像去任何其他地方一样？她还从那篇文章中发现，她的家乡已经变成了受欢迎的旅游目的地，那里的居民都以从事与旅游业相关的工作为生。她知道，要是在山洞入口支个热狗摊，用不了多久就能卖光。如果她一天挣五美元，那就是五十菲律宾比索了。一个月的水费也没那么多。据那篇文章讲，在坎特邦朴素度日的话，一个月最多不会超过三百美元。如果她在接下来的四个月再省下点钱，那什么都不用干，至少也可以生活个三年。无论怎么尝试，莉莉亚从未在美国找到过幸福。之后她唯一的期望就是只为自己而活。

离家越来越近了，不舒服的感觉也再次随之而来。即便她知道，只需再忍耐几个月，可回到那些让她恨之入骨的日常家务中还是很难受。从车里出来后，她站在房前，近距离地看着这个以前曾经带着那么多希望营造起的家。她已经得到了教训，知道生活中没有什么事是按照人们的意愿发生的，宇宙自有它的规律，但她还是不想放弃，要最后再试一次。再过四个月，她自己寻思道，只要四个月。她握着皮包里的购票凭证走进了房门。她并不知道，即使距离很远，阿尔尼仍可以轻易地把她的脚步声和其他人的区分开。她一进家门，阿尔尼就长吁一口气，闭上了眼睛。

接下来的一整天，莉莉亚都待在厨房里，和往常没什么两样。给丈夫送饭时她避开了丈夫的目光，没说一个字。再过四个月，一声不吭地离开，把病重需要照顾的丈夫抛在身后，她一点儿也不觉得内疚。她没看丈夫一眼，只是因为无法忍受他那双在厚厚的眼镜片底下每天都在变小的灰色眼睛。

虽然她一直相信人活着不能伤害其他人或物，但她也明了眼下所感受到的残酷究竟意味着什么。或许是因为她知道，这次如果她不残酷，那就要牺牲自己了。实际上，她希望阿尔尼继续粗暴、野蛮、无礼下去。她习惯于淡化别人对她的伤害，而后原谅并遗忘。她知道原谅是自己最大的弱点。这便是现在她需要生活继续卑劣下去的原因。扶阿尔尼坐到马桶上后，她就在卫生间外等着，想着可以把机票放到梳妆台抽屉里，那样就会很稳妥。接下来的日子里，她会一再想到那张机票。每当她情绪低落、抑郁，或是感到活不下去的时候，就会跑到自己房间把那张机票攥在手心里。

她要阻止自己再对任何人说任何事，不管有多想分享自己的喜悦。有一两次和姐妹们打电话的时候，她差点脱口而出，幸好最后一刻管住了舌头。她不想让任何人阻止她。她或多或少能猜出，如果人们知道了她的计划会说什么。他们会说："你疯了吗？不能这么冒险，都多大岁数了。不管怎么说，阿尔尼作为你丈夫都这么多年了，你不能丢下他一个人不管。"他们会让她忠于自己的丈夫，虽然他们从来都没喜欢过阿尔尼，没和他多亲近过。他们会把成吨的内疚感压到她身上。反正，不管对什么事，人们都总是有话可讲。到了有人询问他们意见的那一刻，即便是在生活里从来都没思考过，他们总是有勇气想到什么说什么，仿佛已经拿到了那方面的硕士学位。无论他们是对是错，无论他们有无影响，都不重要。

出于这些原因，莉莉亚决定对自己的计划保守秘密。有一两次和乌拉聊天时碰巧提到了"离开""去别处"等话题，她都能感觉到一点点高涨的兴奋感。她会一时间神采飞扬，想让房客看到自己身上的勇气，幸好最终还是抑制住了。反而，她拽下一大块面包，往酱汁里一蘸，塞进了嘴里。等到那口面包停留在味蕾上，最终咽到了肚子里，她也已经安静下来了。这种吃东西的方法是跟埃亚尔学的。美国人从来不往菜汤里蘸面包，或许因为他们没有太多带汤汁的菜，或许因为他们没有很好的面包。他们会把饼干泡在浓汤里吃。在菲律宾的菜谱里，他们几乎不吃面包，而是用米饭来代替。

埃亚尔常在曼哈顿一家犹太人经营的商店里买面包。莉莉亚也开始每隔三四天给埃亚尔钱，让他为她捎回点来。这种面包吃起来绝对要比她从超市买的切片面包味道好。它稍咸一些，也发得更大，尝起来味儿很正。她从没想过一口面包竟能让人感觉好很多。可惜，如果她想在接下来的四个月多省点钱，就必须放弃好面包和其他很多东西。亚历克斯和乌拉也喜欢这种面包，每次都要花掉她 5.25 美元。每周在面包上花上十来美元，显然是她无法承受的。

自从买了去菲律宾的机票后，莉莉亚就开始减少日常开支。她有个储藏室，里面满满的全是食物，可以维持几个月，现在是时候用它了。她刚搬到纽约的时候，发现美国人的这种行为很奇怪，多年以后，她也成了那种奇怪的美国人。每次去超市，一定会装满购物车，通常随后就忘了都储存过什么了。刚买飞机票后没几天，她拿起纸和笔去了储藏室。架子上有将近十罐椰汁，她记了下来。旁边是十多罐咸牛肉罐头，用这些牛肉做多少顿饭都行。牛肉罐头旁边是一大堆罐装浓汤，有谁会注意到她把这些倒到锅里再加热呢？

　　列出的东西越来越多。接下来她爬上了小梯子，看看上面的架子上都有什么。东西实在是太多了，她不得不查看一些物品的保质期。她抹去手里每个盒子上的积尘，然后放回原处，让它们尽可能看上去比较干净。在一个架子最里面，她惊讶地发现还有几袋大米。一定在那儿放了很长时间了。她戴上脖子间挂着的老花镜，尽量查看袋子里有没有虫子。看起来还不错。她还在大米旁边发现了一些上好的干小麦碎，在那儿放了至少有七八年了。那个曾住过一小段时间的土耳其女人给他们做过沙拉，用的就是干小麦碎，还在里面加上大量青菜、番茄酱和洋葱。那种沙拉叫什么名字来着？莉莉亚在储藏室昏暗的光线里竭力回忆着。她不停地念叨了一遍又一遍。那个土耳其女人还笑过她的发音，说她很喜欢听。莉莉亚既想不起那个女人的名字，也想不起沙拉的名字了。她手里拿着塑料袋，在空中停了两分钟，仍在想，但是什么也想不起来。然后，她把塑料袋举到天花板的灯光处，摘下老花镜，好看得更清楚一点儿。似乎袋子里有什么东西。她小心地爬下梯子，回到了厨房。现在她能清楚地看到袋子里有虫子。她的整个身体都开始发抖。她打开垃圾桶，把干小麦碎扔了进去，并把整个垃圾袋拿到门外，放在了那里。她又回到储藏室，刚才被吓得够呛，脖子后的汗毛都竖了起来。至少其他东西都是好的。她决定不去管架子上那些小老鼠屎粒。这么大的房子，周围又满是植物，一定会有老鼠的。每家都会有。她已经很久没有彻彻底底地打扫房间了。她既没有时间也没有气力做这么繁重的工作。她也没钱再请以前为他们干活的墨西哥阿姨来清扫了。因此，整个房子已经变成了一个大灰球。谁知道上次擦那些架子是什么时候呢？再过四个月，莉莉亚离开的时候，她甩在身后的，不仅仅是一个病弱的丈夫、五个房客和一群震惊不已的亲戚，还会有一座相当脏乱的房子。她的喉咙里发出了一丝冷笑。阿江和阿珰将要自己处理所有这些烂摊子，当然，要是他们真管这些的话。她想知道，那时阿尔尼在意识到已把自己毕生所有都留给那两个没有感激之心的人时会有什么感觉。莉莉亚想把一切抛在身后，不再看到那些人。但她同时也想亲眼看看自己所掀起的惊涛骇浪。要是她能看到阿尔尼得知真相后的表情，能听见他告知那两个孩子所发生的一切就好了。她迫切地想知道阿江和阿珰会有什么反应。他们一定会被气死的。

在列出储藏室所有物品的同时，她终于意识到，仅靠这些东西就可以维持很长一段时间。冰柜里还有相当多的冻肉，这也就意味着，大约有两个月她都不用花一分钱了。毕竟，坚持要做健康食品的是她自己。没人要求她那么做。房客们跟她说过很多次，做个三明治就够了。反正他们大多数时间都在外面。保鲜盒里的饭菜在冰箱里放几天后，一般最后也都进了垃圾桶。

　　换成三明治后，她的丈夫会是最高兴的一个人。从那天后，阿尔尼打算密切观察莉莉亚的一举一动。他猜不出是什么，但他知道莉莉亚一定有什么事。他听着储藏室里传来的嘀咕声。莉莉亚在那儿待了几个小时，他想知道发生了什么。毕竟，储藏室紧挨着他的房间，而且，他不禁发现自那天起厨房里的变化。虽然莉莉亚绝大多数时间仍在厨房里，但她做饭少了，而且总是一遍遍地做同一种东西。阿尔尼很高兴，房间里终于不再有那么重的油烟味儿了，而他也可以吃上简单的三明治了。不过要是能知道这种变化背后的诱因，他会更有安全感的。他曾几次想跟妻子谈一谈，看看能否从她嘴里挖出些什么，但她根本连看都不看他一眼，很快他就失去了勇气。毕竟，现在他们彼此说话都不会超过五个字。

　　他确信莉莉亚一定把她的秘密遗漏在了这所房子的某个角落，但是他只能在离开自己的房间去洗手间的时候，用眼睛的余光打量那么一眼。他经常在八点后仔细听厨房的脚步声，想要听到妻子和房客们都说了些什么。然而没什么重要的内容。

他们总是说那一套。

一天晚上，他听到乌拉说"我找到你想要的书了"，但他听不清接下来说了些什么，因为她们压低了声音。多年以来，莉莉亚除了烹饪书以外什么也不读，他想现在她也不会开始看什么书。但他仍想知道那是什么。他朝莉莉亚喊了一声，不想失去这个机会。莉莉亚朝阿尔尼的房间看了一眼，十分诧异。正要从冰箱里拿些水出来的乌拉和纪昭，也和她一样吃了一惊。阿尔尼在厨房有房客的时候从来不会吭声，总是等他们离开后才叫他妻子。莉莉亚向丈夫房间走去。她把门打开一道缝，好奇地伸进脑袋去。又有新血栓了？"我要上厕所。"阿尔尼说。与此同时，两个房客拿上各自需要的东西，离开了厨房。他们最不想看到的，便是房东的那张脸。

她帮他站起来，陪在他旁边，什么也没说。两人离开房间，走到厨房的时候，阿尔尼说他要休息一下。不，他不需要凳子，倚在步行器上就行。莉莉亚习惯了他下床后常会出现的眩晕状况，所以她安静地等着。阿尔尼定了定神，抬眼检查着四周的状况。他能看到一本书正放在厨房中央的操作台上。那是一本很大、很厚的精装书，封面闪闪发亮。出于角度和距离的原因，他看不清书名，但封面上有各种绿色，还有些黄色和橘色夹杂其间。一定又是一本烹饪书。或许他的妻子决定要改变烹饪风格，这便是原因所在。从封面来看，她一定选择了地中海食谱。而实际上，阿尔尼厚厚的眼镜欺骗了他。如果他能更靠近一点儿，就会看到封面上写的是：菲律宾人。

*　　　*　　　*

　　整个周末，马克都在不断改变着主意。每天晚上从画廊回家后，他都会坐在餐桌旁，正对着电视，端详着手里的两份单子。在菜单上加个新菜，划掉，再加上另一个，又划掉，这样一遍遍反复，成了他的一种游戏。现在复习旧菜谱和看桑贝[1]的漫画一样有趣。被迫从生活里如此巨大的变故中挺过来，发掘出所有这些新兴趣，这让他也确实很惊讶。不可否认，自己做菜也有一定的创造性在里面，而过去他仅仅把时间都花在了其他人创造的艺术上。他体验着一种难以名状的感受，而跟别人讲就会很难为情。因为他做的菜太简单了，和在电视里看到的差距太大，而且，有些感受一旦向别人重述，就显得太浅薄了。

　　他并不觉得像现在这样列新菜单是浪费时间。他能感觉出这对他的心灵有好处。他还没做任何决定，虽然他着手练习做菜已经有一阵子了。不过，他已经挑出两个确定能做好的菜，相信自己能展示出好手艺来。

　　另外，似乎他永远定不下到底要不要请萨宾娜来参加聚会。每每想到这个问题，他都确信克拉拉的朋友应该不会介意的，

―――――――――――

[1]　桑贝（Jean-Jacques Sempé，1932—），全名为让 - 雅克·桑贝，法国插画家，曾为《小淘气尼古拉》配画。

但又竭力说服自己这才是他不邀请萨宾娜的真正原因。虽然他知道自己对这个年轻女人没有什么浪漫遐思，但仍害怕内心深处会另有一股驱动力。他感到必须要确定自己对萨宾娜没有任何隐匿的感情，而后才能摆脱这些紧张的想法，自在起来。

随着周六不断临近，他的犹豫与日俱增，压力也越来越大。他知道自己不必一定要去杜乐玛见萨宾娜或请她出来喝咖啡，但与此同时，他感觉自己必须要做这些事情。他知道那个年轻女人在期待着他，他担心如果不去，她可能会想歪了。

因此，在接下来的这周六，吃过早饭，在厨房待了一两个小时后，他不自觉地沿着大街向购物中心走去。巴黎很快就要和夏天说再见了，雨季在即。卢森堡公园里的色彩很快就要开始变幻，公园里玩滚球游戏的老人们也要结束他们的夏季比赛了。比起滚球本身，马克更喜欢那些打球的人，他偶尔会在边线上看比赛。他喜欢那些人穿的开襟毛衣，喜欢他们每到冬日遇上春天般温暖的天气时，把外套挂在栏杆上的样子，喜欢他们边打球边揶揄彼此的模样。每次他都像个孩子一样看他们玩，都会想象着自己老的时候也会和朋友们玩同样的游戏。最终，他还是选择做一名看客，不知道该怎么让自己融入他人的生活。

秋天的到来令马克感到恐惧。他用了很长时间才让自己的生活回到正轨，现在他害怕一切都要随着妻子去世的一周年纪念而再次全部颠倒过来。他能够在什么样的感情中避难呢？他已经哭累了，但同时又觉得还没哭够。他知道，内心里还有更多的痛苦，总有一天会浮出水面。或许痛苦会随着每一层的逐渐揭开而变得更为浓烈，最后将他化为灰烬，然后才放手。伴随着这一切的发生，在心不痛的日子里，马克会继续活着，像个难民一样。

待到了蒙日路和圣日耳曼路交会处的市场，他才逐渐摆脱掉忧郁的思绪。眼前的颜色那么鲜活，气味那么提神，仿佛自己刚从一场幽梦中醒来。有个男人手里举着一只鸭子正喊着："白天生鲜肉，晚上肚中留啦。"这句法国人听了可能会流口水的话，却把恰巧站在旁边的一对美国夫妇吓得够呛。而马克对他们并不在意，径直走向了鸭子。它们看起来确实很新鲜。这是他第一次没有忠于那本菜谱。虽然他已经列好了当天的食材，还是心血来潮地指着一只鸭子，让商贩给他绑好。他知道晚上做饭肯定会出不少乱子，但仍然拎着那只鸭子去了杜乐玛。

萨宾娜对上周六有着快乐的回忆。她很高兴，终于找到了多年来一直想要的一种朋友。他们对彼此的生活都没表现出任何兴趣，即便是有兴趣，他们也都选择不去讨论。他们也不会把每个话题都转到自己身上。相反，他们都在自己的经纬度内讨论着每个话题，没有偏离自己的子午线。萨宾娜权衡了一番自己的感情，得出了结论：她没有爱上马克，而且永远不会。爱情并不是和其他人分享自己生活的唯一理由。以前她曾为了爱情受尽羞辱、肝肠寸断，对自己早已失去了信念。那是她最为尴尬的一段时光。所谓的"爱情奴隶"都不足以用来形容她的经历。当萨宾娜爱上一个人,她总是准备好了去承受无边无际的痛苦。每当爱上一个人,无论是身体还是精神上,她都会变成一块门垫,最后对方总会被她奇怪的举动搞得喘不过气来,直到将她抛弃在废墟中。

这便是她可以很轻易地断定自己没爱上马克的原因。马克无法利用她,无法侮辱、中伤或折磨她。她希望中午能和马克一起吃午饭。她确信他会来的。一连几个月,每个周六他都会来。另外,她知道他不是在以任何借口来看望她,他确实需要购物单上所列出的每一样东西。马克不是那种不管不顾或特有激情的人,不会找借口来这儿的。正如她所希望的那样,她最忠实的顾客大约在中午时出现在了一排排货架间,手里还提着个袋子。和往常一样,他一边在走道里转,一边耐心地等着她。最终一把叉子引起了他的注意。叉柄看起来像支钢笔,由圆滚滚的红色硅材料制成,末端还有个圆珠笔一样的按钮,一按下去,叉子头就开始转起来,速度既不算快,也不算慢。正当马克着迷般地看着叉子,想知道这是什么的时候,他听到了萨宾娜的声音:

"美国制造。吃意大利面用的。"

"原来如此。"马克想。有道理。不过人真的懒到这种地步了吗?仔细观察了一下这个旋转叉子后,他看着萨宾娜说:

"有人买吗?"

"这是刚进的,还没卖出去过。不过我想法国人不太可能会买这种东西。"

他们再次发现两人聊起了彼此都始料未及的话题。与此同时，他们开始在马克的购物篮里添上一些他所需的小物件。迄今为止，收了那些东西后，马克的厨房确实改善了很多。现在，有些东西买回来并不是因为需要，而是因为喜欢。他从来没想到，一块桌布、一组食盐或胡椒瓶能让他那么感兴趣。

　　他们走到收银台，约定十五分钟后在同一家咖啡店碰面。马克想，离最后做出聚会邀请的决定只剩十五分钟了，而萨宾娜则想着，不知哪天下班后可否请他出来。

　　看到曾经坐过的餐桌边没有人，马克很高兴。夏天慢慢变成了秋天，这一周，太阳从另一个角度照到了那张餐桌上。如果他们每天同一时间坐在同一张餐桌旁，周围的世界依然会改变，生活也会呈现出不同的状态，即便他们自己的生命没有一点儿变化。一个人对自己的生活没有任何实际影响，这种想法让他哆嗦了一下，虽然空气仍很温暖。近几个月来他经历的每一件事都足以证明这一点。多年来，他一直坚持待在原点，但是有一天，生活突如其来，像推土机一样几乎摧毁了他。即便是现在，他仍走着同样的路。他的生活里再次有了常规，只不过这次成了新的。生活的激流或许会改变，但仍遵循着一定的规则。唯一的不同便是，他更加明白，现在的状态也可能会被轻易地摧毁。

　　即便如此，他还是无畏无惧地坐在了同一张餐桌旁，而且是同一个座位。五分钟后，萨宾娜朝他走了过来，想都没想要在另一个地方或是不同的座位上找到他。她坐下来，就像坐在一位老朋友的对面，很随意地说："这周太阳照得不那么厉害了，对不对？"点过餐后，他们开始和上次一样，在同一个地方看外面滑旱冰的人，辨认着上周也曾出现的那些面孔。那个女孩穿着同一条打底裤，那个男人仍在帮同一个女孩旋转。那两个人之间最终绝对会发生些什么。聊着聊着，马克从兜里掏出一直带着的菜单，放到餐桌上。循着萨宾娜好奇的目光，他开始说，自己想要请一群朋友，其实是克拉拉的朋友，来吃晚餐。这是他第一次为其他人做菜。全是他认为可以做得了的。她会觉得这些菜搭吗？种类是否够丰富？萨宾娜开始仔细地看着面前的这张纸。她拿起马克放在桌上的笔，在几个菜旁边打上了问号。有做菜的材料吗？知道每样要做多少和多长时间吗？要确保备齐所有材料。他们开始讨论细节上的问题。那天天气会怎样？他要根据天气来决定喝什么饮品。应该挑选颜色和季节相称的食物。他们的对话自然而然地展开，很快就到了萨宾娜要离开的时间。几星期以来一直在马克脑子里打转的问题，在这一小时充满暖意的谈话中有了答案：

"你愿意来吗？"

萨宾娜既没迟疑，也没慌乱，再自然不过地说："非常愿意。"和上周一样，她再次匆匆站起，跑着回去工作，以免迟到。走到半路，她又跑了回来，摊平手里攥皱的纸币，没等他来得及说话就塞到了他手中。马克继续坐在那里，看着那些滑旱冰的人。实际上，他一直很犹豫问那个问题，即便话已出口也是如此，虽然那时已经晚了。萨宾娜身上总有一种让一切都显得自然的东西。看起来那么难办的事情，只要她在就显得很容易。正因如此，每次马克去商场都感觉很棒，虽然去之前是那么紧张。

要埋单的时候，他看了看放在餐桌背光处的鸭子，提起塑料袋，拿到鼻子前。他这辈子最害怕的一件事便是中毒。每次做三明治要用到火鸡片，他总是先闻闻，即便那样，他也总是不确定能不能吃。有那么一两次，刚吃一口，他就把三明治给扔了。他知道，晚上对这只鸭子也会有同样的顾虑。如果他判断不出吃下去是否会不舒服，那就在吃的时候记下时间，等四个小时，看看会不会感觉难受。如果到时想吐，或是要拉肚子，就是中毒了。到目前为止，他有过一两次这样的症状，不过什么事都没有，所以他觉得应该是心理作用。他不想晚上再出现这种噩梦，于是决定回家时顺路去市场问问卖他鸭子的那个人。那他就要抓紧时间了。巴黎的市场出摊早，收摊也早。十五分钟过去了，就说不好他在不在那儿了。

他跑过塞纳河上的一座桥，转而顺着一条和主路相连的辅路走去。经过漫画书店的时候，他下意识地朝橱窗望了一眼，这是多年来的习惯。一本新书的封面引起了他的注意。上面是一个年轻人站在穹顶上背对着一片紫色夜空抽烟的剪影。书名显示，背景里的尖塔和建筑位于开罗。他再次看了看手里的塑料袋，而后走进了书店。毕竟，买本书也用不了多长时间。

当然，买那本书用了不止半个小时，还有几本其他的。离开书店时他看了看表，意识到已经没机会赶去找市场上的商贩了。不过，他还是跑了过去。到达蒙日路和圣日耳曼路的拐角时，他看到市政清洁工已经在打扫那片集市过后的场地了。他放慢了脚步，深吸了一口气。或许最终他不得不冒着风险去吃这只鸭子了。

博蒙特太太在南科西嘉岛度过了盛夏，每年都是如此。她满脸放光，说明已经充分享用了那里的日光。她跟克拉拉多次提过自己在那儿的小屋和花园，并且经常邀请克拉拉带着丈夫去那儿。克拉拉说她很想去，但每个夏天都一拖再拖。或许是因为，她知道永远都无法说服马克去那里。

博蒙特太太两天前刚回来，随后便通过脚步声、门上的猫眼来了解马克进进出出的情况。他看上去比以前好多了。脸上肤色深了些，或许是出于太阳的缘故。不知道他是否找了新女朋友。他的厨艺有长进吗？她想敲敲门打声招呼。看来他已经从最初的镇痛中走了出来，继续自己的生活了。博蒙特太太不想让他觉得她不在乎，迄今为止，她所能做的，便是给他一些空间。她正想着，就在楼前碰到了他。这个年轻人和她一样，手里也提着购物袋。他们彼此微笑着打了个招呼。马克记起，这位年长的妇人曾经对自己的妻子很重要，他突然意识到，自己几个月来一直与她保持距离或许会让她很难受。因此，他用最真诚的声音对她说："您好，博蒙特太太。"而后便不顾她的推脱，接过了她手里的袋子。显然，她对这种突然的关心感到惊讶，但什么也没说。相反，她打开了楼门，让他先进去，自己跟在后面。他们一起走上楼梯，没有等电梯。博蒙特太太不想错过这个机会，所以她邀请马克进屋喝杯茶。实际上，她已经把茶泡好了，就是去外面买点饼干。不过，当然，每次都这样，最后手里又提了一袋子其他东西。茶水现在一定焖好了。马克没有拒绝这个邀请。相反，他说先把袋子放到家里，然后再过来。他把书从袋子里拿出来，放到了餐桌上，又把鸭子拿出来放进了冰箱。这时，他想起可以问问博蒙特夫人，看鸭子还能不能吃。他敲了敲门，手里拿着仍包着纸的鸭子。他说："来喝茶前，我想问您一件事，"然后举起包裹，"您觉得这只鸭子坏了吗？"老妇人把鸭肉凑近鼻子闻了闻。她说，鸭肉很新鲜，能判断出是今天早上刚宰杀的。马克谢过她，说马上回来。五分钟后，他们一边蘸着茶水吃着小黄油饼干，一边讲起鸭肉的做法来。

* * *

母亲体重下降了很多。以前无论走到哪里都以健康的气色和修长的双腿而引人注意的奈斯比太太，现在看起来却很瘦小。

菲尔达给她换衣服或擦洗的时候，都能摸到她身上的每一根骨头。而以前丰满的胸部现在看上去平平的，胳膊上的肉也赘了下去。讽刺的是，虽然母亲认为自己残废了，双腿却看起来和以前一样壮实。菲尔达一辈子都没离开过母亲，她所有的回忆里几乎都有母亲的身影。小时候有，结婚时有，孩子出生时有，孙子、孙女出生时有，人生暮年也有。她甚至无法想象母亲去世后将要留下的空白。从某种程度上说，菲尔达盼望着这一天，但与此同时，她完全不知道没有奈斯比太太的生活会是什么样子，而且，每当她照镜子，看到自己凹陷的眼睛、深深的皱纹和脸颊上的色斑，都会很讶异。在等待母亲变老、离世的同时，她自己最后也老了。早上七点半看着镜子，她意识到自己看上去已经不止五十八岁。她记起女儿的建议，用她在巴黎给自己买的面霜涂在那些色斑上。还有漫长的一天在等待她。下午要招待老同学。这八个姑娘从来没分开过。她们定期见面，隔一个月在其中一个人家里聚一次。这次轮到菲尔达了。她们说："你太累了。这次去另外一家吧。你已经超了负荷。"然而，菲尔达坚持说她们不应改变计划。不幸的是，到了一天的这个时间，母亲已经耗尽了她所有的精力，她开始后悔自己的决定了。但她当然不会取消聚会。虽然一晚上没有睡觉，头有点疼，但她已经准备好下厨房了。

她已经计划好要做什么了。她把每样甜品都在脑子里过了一遍，前两天忙里偷闲已经烤好了两样。现在奈斯比太太在睡午觉，终于可以准备现做的甜品了。昨天晚上很不好过。奈斯比太太醒了好几次，让菲尔达给她换纸尿裤。希南戴着耳塞什么也没听到，甚至也没注意到妻子醒了几次，又几次躺下，就那样睁着眼睛直盯着天花板，因为再也睡不着了。

她不知道母亲还会在朋友面前不假思索地说出什么。这些姑娘都认识奈斯比太太，也知道她精神不太稳定，甚至在她得老年痴呆之前就知道。近几个月，她们一个个先后来看她，还常常打电话给她，好让她觉得不那么孤单。即便是这样，她们都没见过奈斯比太太最近的状态。

菲尔达走到厨房，尽量悄无声息地开始准备，连锅碗瓢盆都不碰出声来。她打开收音机听新闻。里面在谈美国总统大选，再有三个月就开始了。他们说这次大选将会改变整个世界的事态发展。如果那个叫奥巴马的人当选，他将会成为美国历史上第一位黑人总统。菲尔达以前总幻想：自己要是生在另一个国家，在另一个环境中会是什么样子？很多次她都对自己说："如果我出生在美国，就会是完全不同的一个人，我会有完全不同的生活。"她可能会成为一个很有名的厨师，或是发挥自己绘画的天赋，成为一名画家，她这么想着。她会去上大学，那是当然的。不会像现在这样，到头来这么没用。她一边这么想着，一边和面做泡芙，朋友们都特别喜欢吃这个。装入裱花袋之前，先让面团饧一饧。她给自己泡上今天的第一杯咖啡，在厨房餐桌前坐下来稍事休息。女儿走后她就没再看过那本舒芙蕾食谱书，没再做过其他口味的。她拿起书，摆到面前，随便翻开一页。她本来想为朋友们做茄子烤肉饼的，一下子翻到了茄子舒芙蕾蛋糕这一页，觉得这是一种启示，继而改变了主意。朋友们在她家一直愿意尝试各种新口味。她知道，即便舒芙蕾蛋糕最后做得很失败，她们也不会失望的。而如果她做得好，那就会是一个巨大的成功。

　　喝完咖啡，她起身查看面团的情况，已经可以挤到酥皮上了。她做好后正在洗手，忽然听到母亲喊她："福叔恩！"她庆幸自己及时做完了点心，现在也已经习惯被叫作另一个名字了。她擦干手，向小卧室走去。就像是她的同情心可以瞬间转变成憎恨一样，她的气愤也可以轻易地变成爱。菲尔达不知道怎么能同时和这么多种感情共处，大多数时间里，她都不知道自己到底是什么样的感觉，每天都会花好几个小时去寻找自己感情的中心。她不得不闭上眼睛在脑海里准备好和母亲的每一场对话。奈斯比太太总有让人吃惊的情况等着她。得了这场病之后，她的创造力已经着实达到了顶峰。菲尔达走进房间，看到母亲已经解开了睡衣，露出一只乳房。无论看到什么听到什么，她都不会惊讶了。母亲近来行为很少正常过。绝大多数时间，她都生活在自己幻想的世界里。菲尔达已经做好了迎接一场新的战斗的准备，并在母亲床边坐了下来。对着奈斯比太太解释什么东西，比对着小孩解释还困难。她的思维会从一件事一下子跳到另一件事，从来没有任何逻辑。

"妈妈，用睡衣盖上乳房好吗？"

"福叔恩，把菲尔达抱过来，我要给她喂奶。"

"妈妈，菲尔达现在是个大姑娘了。她不需要再吃奶了。"

奈斯比太太一只手托着乳房，眼睛盯着菲尔达，似乎是想确定她说的是真的。

"可我还有奶呢。看。"

她挤了挤乳房，没看到一滴乳汁，眼睛里便开始冒出泪来。

"我没奶了。"

"是的，妈妈。不过别担心，菲尔达现在已经是个大姑娘了，你不用给她喂奶了。我帮你穿好衣服。今天有客人来，我准备好招待用的东西后就给你洗一洗，你可以穿上新睡衣，好不好？你觉得呢？"

奈斯比太太说："好。"她并不知道自己同意的是什么。什么时候菲尔达长那么大，不再需要她给喂奶了？福叔恩看上去比她应有的年纪老很多。时间稍不留神就飞走了。在女儿给她扣睡衣扣子时，她再次睡着了。母亲一头倒在了枕头上。菲尔达看到，她那张开的嘴里，牙已经掉光了。母亲曾经是个很美的女人。她那俊俏、有型的嘴唇曾很适合涂口红。她怎么变成这样了呢？眼泪再次毫无征兆地涌了出来。菲尔达所经历的像是一场漫长的战争，那种磨人的战争。当她什么也做不了，只能朝母亲大喊的时候，她很讨厌自己。看到母亲形容枯槁的样子，她感到极其愧疚。她的心分成了两半，自己和自己打起仗来。可悲的是，这是一场没有人会赢的战争。她很清楚，即使事后她感觉胃里翻腾得厉害，并向自己保证不再那样，可还是忍不住。她给奈斯比太太盖好被褥，回到厨房。擦掉眼泪和鼻涕后，她又开始干活了。

菲尔达做饭的时候，除了饭菜她从来不会想其他事情，注意力能这样集中，这也经常让她感到很惊讶。做其他事的时候她却总发现自己在想别的事情，任何让她烦恼的事情。在厨房里就不同了，她立即进入了做饭的角色。也许正因如此，她做的每样食物都非常好吃并总能赢得很高的评价。给橄榄油爆葱花里加一勺糖，或是往芸豆里挤柠檬汁的时候，她的注意力会全部集中在那一勺糖或那半个柠檬上，仿佛整个生命都靠它了。也正因如此，她对厨房那么依恋。因为厨房不允许她想别的，不允许她去质疑生活本身或她自己，不允许焦虑或伤感。

通常情况下是这样的。但是这次她给巧克力泡芙做布丁填料的时候，毫无意识地进入情绪状态中，没注意自己用了多少淀粉和糖，也不知道什么时候加的牛奶。她无意识地做着蛋黄和蛋清分离的动作，要不是看到空空的蛋壳，都不知道自己已经用过鸡蛋了。母亲的事占据了她的整个大脑，令她无法自拔。看起来奈斯比太太剩不下多少日子了，或许刚刚躺下的她不会再醒过来。她看上去是那么累。菲尔达把布丁填料放在炉子上煮着，而后跑回了卧室。奈斯比太太正躺在那里，和菲尔达刚才离开前一样。走近一点儿，才能看到她胸部随着每一次呼吸有微弱的起伏。菲尔达赶紧回到厨房，迅速地搅一搅布丁填料，防止煳锅。关火后，她做了一件从没做过的事：用手指从勺子上刮下一点儿填料尝了尝。一直是这个味道，一点儿不差。

她刚要把托盘从烤箱里取出来，电话铃响了。为了不吵醒母亲，她飞快地跑过去，接电话时都有点喘了。

"妈妈，怎么了？"

"宝贝，你姥姥在睡觉，所以我跑着来接的电话。"

"哦，所以你说话声音也小了。给那个无线电话换块电池不就行了？这样至少你可以拿着电话四处走动了。"

"我知道，我知道。你说得没错，但我们总没工夫弄这些东西。"

她手里拿着电话，把头探到母亲房间。她仍在安详地睡着。

"别担心，她没醒。你还好吗，宝贝？一切都好吗？"

"挺好的……挺好的……不过我想问你点事儿。我的预产期是九月底十月初。现在快到日子了。我该怎么办？"

"你是在问我能不能过去，是吗？我们会想办法解决的。你看着吧，我会找到办法的。"

菲尔达安慰着女儿，但是其实她也不知道要怎么办。即便是希南请假不上班，他也不可能一个人照顾奈斯比太太。把母亲带到弟弟家更是困难，他们两个孩子在那里，没有房间给母亲。另外，弟媳那扎恩不愿意照顾她母亲。他们都没来看过母亲，更不要说全天候地照顾她了。欧瑜刚开始怀孕时就告诉母亲，生产的时候不用她在身边，可是肚子渐渐大了，她开始改变主意了。最近几次电话里她听上去有些焦虑，总是问这问那的。那天她不经意地弯了腰，会不会伤到小孩？肚子撞到操作台桌角了，会不会出事？那天晚上吃鱼后，半夜有些恶心，是不是食物中毒了？以前总是周五打电话，现在几乎天天打，也不分时间了。菲尔达感到很内疚，虽然她知道自己什么也做不了。在女儿最需要她的时候，却帮不上忙，这让她寝食难安。她常常为此睡不着觉，满怀怨恨地责怪起自己的母亲来。

挂上电话后，她心情更糟了，虽然才早上十点钟，一天的重负都已经压在了她的身上。根本没有解决办法，现在她意识到了这一点。她开始不自觉地将布丁填料放到泡芙里。在布丁上涂完巧克力酱后，她听到了奈斯比太太的声音："菲尔达！"她再也无法控制自己，放声哭了起来，整个身体都剧烈地抽搐着。她甚至都没去在乎头会痛，眼睛会哭红，还有朋友要来这些。她趴在沾满巧克力酱的手上，一直哭着，任凭母亲一遍又一遍地叫着她的名字。

菲尔达的朋友们一进家门，就看出她今天很不好过。显然她已经哭了几个小时，尽管她极力掩饰着自己肿胀的眼睛，还有嘴唇四周的红印子。她们都明白她什么感觉，因为她们先后都照顾过生病的亲人。以前她们总估摸着，奈斯比阿姨老的时候会很难办。她们和菲尔达从中学就是朋友了，在她们尽情地乐享着童年的同时，也都亲眼见证了这个可怜的女孩在童年里是怎么照顾她母亲的。菲尔达每天不是在干家务，就是在医院里等着，而她们则坐在咖啡厅里聊天。她总是打理着家里的上上下下，当着她母亲的奶妈。在她们的记忆里，奈斯比阿姨就没有哪天舒服过。现在她看上去像个鬼一样，这次她确实是病了。近几个月来，她们都听说了菲尔达的事，但现在，她们知道她母亲的时间所剩不多了。当她睡着的时候，她们都很难判断她是否还和她们同在这一个世界。

她们关上她卧室的房门，走到客厅，尽量不弄出一点儿声音。菲尔达不停地告诫她们说，母亲醒来的时候可能会说些最不可理喻的话，不要当真才好。这些日子她的精神一直不太好。要是她叫起来，不要害怕，也不要觉得应该要离开。她已经习惯了，菲尔达这么说着。她已经有很长时间不再觉得有什么难为情了。开始她觉得很不舒服，认为邻居会把母亲说的话当真，但她现在确实不在乎了。"该来的迟早要来，对不对？"她问朋友们。

如果朋友们知道这一整天菲尔达是在什么条件下工作的，知道她曾在母亲卧室和厨房之间来来回回跑了多少趟，一定会更加欣赏她做的甜品。她们看起来都十分满足，仰着头，闭着眼，发出愉悦的声响。她们用舌头把每一口美味带到味蕾上，在口腔里翻转一次，再吞下去。舒芙蕾蛋糕非常好吃，虽然她要做很多，而且没去注意自己都是怎么做的。"太棒了，菲尔达，"其中一个朋友说，"我从来不知道还有茄子舒芙蕾。你是怎么边做蛋糕边把里里外外都照应到的？哪儿来的那么多时间？"另一个则说："咳，她女儿在巴黎，她当然熟悉所有的欧洲菜谱了。"又一个接过话题："干吗为我们费那么多事啊？你已经够忙的了。从面包店随便叫点儿就行。要知道，我就什么都不再动手做了。打个电话给阿尔汀科克面包店，他们会把我所需要的一切都送到家。"

她们都知道，这些话让菲尔达有多高兴。她总会在厨房里找到一条逃离之路，从小就这样。上学的时候，她会带上一盒好吃的，与朋友们一起分享她的烹饪才华。那时她就总是尝试各种有趣的菜谱，并发现了其他人从未尝过的美味。最终，当她那些朋友在国外时髦的地方或国内高端的餐厅吃到了同样的菜品时，才惊讶地发现菲尔达很多年前就做出过同样的东西，而她当时还是个孩子，而且，那时还没有任何花哨的烹饪书或互联网可以给她启发，但她做的美味就连摆盘都十分精致，看起来就像一件艺术品。她们都一致认为，她的才华被浪费了。

朋友们走后，菲尔达很高兴能暂时忘却自己的问题，哪怕只有一两个小时。母亲中途没有醒，因为她加大了安定的药量。虽然这么多年来，她招待这群朋友很多次了，但在品尝她手艺的时候，她们还是十分兴奋。吃舒芙蕾蛋糕的时候，她还专门近距离地观察过她们的表情，想要搞清楚她们的赞美是真的还是假的。无论招待谁、招待多少次都没有关系。每一次对她来说都是一个测试，那天的测试她也通过了。她为自己感到骄傲，虽然她知道这么想挺傻的。她收拾起所有的脏盘子和玻璃杯，虽然浑身酸疼，偏头痛一下午也都在大脑的一角里挥之不去，她还是很高兴。每次宴请，客人走后，她总是按捺不住内心的激动。在打扫清洗的同时，总想让希南告诉她每道菜感觉怎么样，不管时间有多晚。直到丈夫跟她重复了三遍"都很棒"之后，她才最终确信无疑。然而，这依然挡不住她第二天冷不丁地来一句："昨天的核桃蛋糕确实很好吃，是不是？"

她最终收拾完所有的一切，把腿搭在咖啡桌上休息时，听到了希南开门的声音。接下来他随时都会问："今晚吃什么？"而菲尔达则会像往常一样回答："有什么吃什么。"

十一

　　八月的那个早上，莉莉亚不得不挣扎着爬起来。整个晚上，她都等着能从那扇敞开的窗户吹进点微风来，然而事与愿违，她艰难地熬过了这个夏天最炎热、最憋闷的一个晚上。一滴滴汗珠从她额头上滚下来，脖子上的汗把枕头浸湿了一片。虽然一晚上她间或能睡一小会儿，但绝大多数时间她都在床上翻来覆去地睡不着。因此，当她两脚着地坐在床边，挣扎着要站起来的时候，便知道这将是艰难的一天。她没有力气做任何事，也不想到楼下去，或是扶阿尔尼去洗手间。她感觉自己似乎连早饭也做不了了，也没有胃口。不管喜欢与否，她没有选择。她不是一个人；还有个丈夫要照顾，一整座房子要打扫，一屋子的房客要吃饭。

　　她费力地走到洗手间，靠着洗手池，用胳膊肘撑住了水槽边沿。她用左手拧开冷水开关，往脸上撩了些水。等她挣扎着直起身子，看到镜中的自己，才发现自己看上去实在太累了。眼睛下面有很深的眼袋，从没这么深过。她又撩湿手，捂在脖子上，然后沿着衣领下方把手向后伸到肩膀，再给肩膀降降温。看起来无论她做什么，这一天她都不可能凉快下来了。汗水从身体的每一个毛孔流出来。她转身看着浴缸。能不能逼着自己洗个澡呢？没有力气。她拖着脚步回到房间。必须下楼去了，阿尔尼现在一定醒了，在等她扶着去厕所。然而，她没有力气站起来。她重新坐在床上，等着一阵头晕的结束。她坐在那里闭着眼睛，胸部的沉重将她拉倒在床上，那力量比地球引力还要大。她再次躺了下来。或许十分钟后就会感觉好一点儿。左胳膊仍感觉很沉，即便躺着也这样。手指一定是在发抖，因为她还没有完全醒过来。额头上又出汗了。心脏也被压迫得越来越厉害了。她闭上眼睛，做了些深呼吸。她累得都不愿去想这是怎么了，连惊慌也没有。昨晚迟迟不来的睡意现在回来了。不管自己有多想睁开眼睛，怎么都睁不开。最后，她被睡意打败了。

当她再次醒来的时候，太阳已经改变了位置，只能看到一圈光晕。虽然胸部没有压迫感了，也不出汗了，但仍觉得累。她在床上坐了起来，动作非常慢，然后把双手放在两腿间形成的小窝里，尽量使自己恢复过来。已经十点多了。阿尔尼一定醒了几个小时了，他甚至可能一个人去了厕所。莉莉亚早就不再用婴儿监视器了。有一天晚上，她实在受不了他胸部喘不出气以及他蹂躏床单的声音，就关上了监视器。

　　她以为自己远远地爱着丈夫很多年，但是现在连他发出的声音都让她恼怒。她知道丈夫也受不了她。正是由于这场病，以前他们不理解的所有那些细微小事都一个个浮出水面。他们早就需要这样的一出悲剧来帮助他们看清彼此关系的实质了。最终两人意识到，他们以为近些年来已经锈迹斑斑的爱情，实际上从来都不曾有过。

　　她的身体一定是累到了极点，因为她在那儿坐了十多分钟才能站起来。又往脸上撩了些水之后，终于离开了房间。她的动作仍然缓慢而吃力。即便她想走得快些，身体也不允许。她下了楼，手扶着栏杆。屋子里一点儿声音也没有。大家要么已经出门，要么仍在自己房间里。她不知道阿尔尼又在他躺着的地方听着她的每个动作了。他从一大早就一直在等着，心里异常焦急。他听到人们走进厨房又走出去时的说话声，但他一句话也没说，也没有喊他们帮忙，虽然他确实很担心。实际上他想莉莉亚可能出了什么事。妻子岁数比他大，或许她倒在了自己房间，就像几个月前他倒下时那样，现在正等着人们发现她。尽管有这种可能，他还是没让任何人到楼上去查看她一下。

　　刚醒来的头半个小时，他尽量憋着尿，后来发现自己实在忍不住了。继而他想靠步行器爬起，但还是起不来。这些日子他很少动弹了，轻微的动作都会让他头晕。即便不头晕，他也不想再冒险了，害怕再来一次中风。没有莉莉亚在身边，他甚至都不想走到房门那里。

　　那个早上，出于同样的原因，他没有离开房间，而是朝床边的杯子里尿了尿。虽然有一会儿他忽略了肠胃的阵阵痉挛，但最后他疼得再也受不了了。显然他无法再忍着了，于是他把盒子里的纸全都抽了出来，并把盒子放在床上，做了不得不做的事，同时尽量平衡好身体。完事后他感觉非常累，连盖上盒子的力气都没有，就把它扔在地上，几乎是把自己抛回了床上。屋子里的气味相当难闻。正常条件下他都不会在那里待着，更别说睡觉了。然而，他依旧无助地等着。他很生气，同时也很焦急。莉莉亚或许不是这世界上最聪明、最负责任的女人，但她也不坏。她不会无缘无故地让他躺在那里不管的。因此，当他最终听到妻子下楼的脚步声时，既如释重负又气急败坏。为什么她走得那么慢，不知道几点了吗？一想到她还不知道屋里等待她的是什么，他忍不住笑了。难道她不知道他早上没吃药，现在饿得很吗？然而，他依旧等着，什么也没说。这是他们交流的新方式：两个人都在猜对方在想什么，没有人开口说话。他从厨房传来的声音里判断，莉莉亚冲上了咖啡，从冰箱里拿出几片面包放在了烤面包机里。阿尔尼还能再等一会儿。如果说这与世隔绝的生活里还有什么是他乐于看到的，那便是莉莉亚脸上很快将要露出的吃惊神情，所以他可以再等一会儿。现在他准备好等她进房间了，但是脚步停止了。或许她正站在厨房操作台边，等着面包烤好。他们两个都讨厌那台机器，但是很多年都没买新的。那估计是世界上最慢的烤面包机了，烤两片面包都要七分钟。阿尔尼已经等了将近三个半小时了，再等七分钟又算什么呢？

似乎这七分钟里的每一秒和每一毫秒都被分割成了微小的粒子，每一颗粒子又被割裂成很多年，太阳在银河系和一个黑洞相撞，整个宇宙都完结了。房间里一片静谧。整个街区那么多有小孩的家庭，全都没有一点儿声音。人们到哪儿去了？为什么那些人家的小孩不出来到街上骑自行车？为什么他们不玩捉迷藏，扯着嗓子喊叫，直到大人出来制止他们？那些家庭的软水管哪儿去了？为什么那些淘气包不玩水玩它个浑身湿透呢？这一片静谧中，他唯一能听到的声响就是鸟鸣。它们是唯一叽叽喳喳想要唱歌、调情的一群。如果不是河边有火车通过，每隔一小时鸣笛一次，没有人会知道这里还有生命。阿尔尼一点一点地感受着那七分钟。他躺在那里没发出一点儿声响，等着烤完面包后的响动。

最终，他听到弹簧弹出面包的声音，但仅此而已了。不管莉莉亚站在哪里，她都没有走到烤面包机那儿，拿出面包片，在脆脆的表面涂上黄油，把它们放到盘子里。他仍然只能听到外面鸟雀的声音。阿尔尼躺在床上，等待着。

走进厨房后，莉莉亚冲好咖啡，从冰箱里拿出面包。近来她每一分钱都花得很小心，不再让埃亚尔买那种美味的面包，而重新买那种黄袋子装的切片面包。她拿出四片，把它们放到烤面包机上，倚靠着水池，等待着。这台烤面包机着实费时间。她能感觉到阿尔尼已经大怒了。他没说一个字，虽然他知道她在厨房里。然而，那天莉莉亚并不在意。炎热实在是困住了她。她感觉很累，甚至都没力气打开水龙头让自己凉快些。她脱掉拖鞋，光脚站在凉凉的瓷砖上。凉爽从脚底扩散至全身，稍稍起了点作用。随后她撩起裙子，握着裙摆坐在瓷砖上。感觉很舒服。她知道自己这块地方很快就会不凉了，但在此之前她可以头靠着橱柜门，闭会儿眼睛。她就这样坐在那里，想着七分钟真的是很长呢。如果人们什么也不做就这样等着下一分钟到来，而不是试图去填满下一分钟，生命也将会很长吧，那么人们就不会在意这些年的时光都去了哪儿。七分钟真的很长，无限地长。不应该有停止的那一刻，也不会停止了。

莉莉亚坐在地板上，再没有睁开眼睛。她再也听不到面包从烤面包机里弹出的声音了。

* * *

奈斯比太太炯炯有神地看着女儿，这是许多天或许还是几个月来的第一次。她又变得像年轻些的时候了。她昂头的样子表明她的意识很清晰。一连串的艰辛时日之后，菲尔达甚至连站起来的力气也没有了。她立刻明白母亲恢复了些意识。她感觉喉咙里像是塞住了东西，流下了泪。虽然她精疲力竭，生母亲的气，但她仍然想念她。每当奈斯比太太恢复一点儿神志的时候，菲尔达就想跟她聊过去的日子，以某种方式回顾她们共同经历的所有回忆。虽然有些回忆是她想忘记的，但她发现自己还是想重新过一回和母亲在一起的日子。

奈斯比太太用瘦小的手拍拍床沿，或许她也想尽量抓住自己神志完全清醒的宝贵时刻。菲尔达轻轻地坐下来，握住母亲瘦弱的手。虽然迹象表明奈斯比太太神志清醒，她还是略带迟疑地问："妈妈？"母亲瘦弱的嘴唇上露出了混着歉疚的微笑。她刚想说"是啊，是我"，但又改了主意。

"菲尔达，你瘦了那么多。"

"是瘦了点，不过我会补回来的。"

"你怎么不焗焗油？"

"现在没有时间。实际上我喜欢这种灰白的头发。我在想或许就一直这样算了。"

"不，别那样。你还年轻。会把你男人赶跑的。"

"别这么说，妈妈。"

菲尔达不想和母亲说这种不着边际的话。她们还有其他事情要对彼此说，更多重要的、感情方面的事。她不知道奈斯比太太是否还能再像这样说话，也因此这次谈话比以往有更重要的意义。然而，她没有勇气继续深入下去。

"你才不该这么说。你必须要一直为你家男人打扮才行。否则他就出去找别的女人了，就像你爸爸那样。"

不，不。菲尔达不想谈她父亲。母亲不该谈让人痛苦和心碎的事情。她们没有时间那么肤浅，再说一遍那些浪漫的无稽之谈。因此她决定不管母亲说什么她都接应着，而后继续说下去。

"好吧。我会去焗油的。"

"再化化妆。"

"我会的。"

母亲不明白，女儿根本没时间做这些事情，眼袋就是很多晚上无法睡觉造成的。她并没有意识到，菲尔达没日没夜地在照顾她，还要打理整个屋子。她甚至都没时间和孙子、孙女在一起了，更别说去美容院了。她把这些想法全部过了一遍，但没有出声。而奈斯比太太几个月来第一次意识到了自己周围的现实状况。她感到自己的脑子最后终于打开，终于可以看清所有的事情了。她想跟女儿谈一谈，但不知道该怎么开始这个话题，因此总在避重就轻。继而她找到了一种方式。

"菲尔达，我对所有的事都感到抱歉，对我所做的一切。请原谅我，亲爱的。我的脑子一下子就糊涂了，也搞不清自己到底是谁了。我说了什么？做了什么？我全都不知道。如果伤到了你，请原谅我。"

菲尔达喉咙里塞着的东西最终化掉了，几个月来一直在聚积的所有情感瞬间倾泻成啜泣和眼泪。这些宝贵的时刻很快要过去了，母亲又会变成另一个人，她又会开始大喊大叫，讲一些荒谬的故事。母亲应该能从女儿的表情上看出，她已经原谅了她。这时她们不再需要语言。奈斯比太太把女儿的手握得更紧了，用了自己最大的力气。她让菲尔达的眼泪尽情地流到最后一滴。她等着，没说一句话。或许这是母女俩相处多年来最宝贵的时刻，完全倾注于彼此的一刻。

如果不是门口的嘈杂声，菲尔达会一直坐在那里，一整天都握着母亲的手。离开房间前，她转过身，看了母亲最后一眼。她疲倦的脸上露出了微笑。她感觉仿佛几个月的重负已经从肩膀上卸了下来。现在她平静了，很久以来都没有这样过。她的问题一个也没解决，但她知道，从此以后她会更加坚强。

在楼层管理员递给她的多个信封里，有一个通知他们上个月的电费没交。她和希南整月都在叮嘱彼此要交电费，但最后还是忘了。虽然菲尔达多次坚持，但希南还是不同意自动缴费，每个月都要看到电费单子和付款收据。以前交电费对菲尔达来说不是什么问题——实际上她喜欢打理这些事情。不幸的是，和其他事情一样，几个月以来，这些小差事逐渐成了负担。她必须趁着还记得这件事，下午就去交。等母亲睡午觉的时候她就出去。

她把那一摞信封放到餐桌上，怀着一种全新的幸福感打开了冰箱门。前一天晚上，有个邻居为庆祝孙子长牙，送来了三杯诺亚布丁，即阿舒瑞[1]。希南吃了自己的那一份，还把菲尔达的一大半偷吃了，因为他知道菲尔达不吃，但他没动岳母的那份。每个人都知道奈斯比太太有多喜欢吃这种甜点。她身体好的时候，做得一手好粥，这一点是大家公认的。她会尽可能多地使用各种材料，把肉桂加得恰到好处，觉得别人做的总不如她。实际上，其他饭菜也都可以这样形容。虽然近些年她经常吃女儿做的饭菜，却总觉得哪里不对劲儿。不是缺油就是少盐。不是快焦了就是还没熟。不该那么切芸豆，而要这么切。做肉饭不能用别的，只能用黄油。如果看起来不像猫在上面走过一样，那就说明肉饭还没好。用绞碎的牛肉做意大利面时不能有一点儿洋葱。花菜豆要在柠檬汁里揉搓后再煮。如果说她喜欢菲尔达做的饭，那通常是因为食材很新鲜，而且品质相当好。就算整个世界都喜欢她女儿的厨艺，奈斯比太太仍会说："还凑合吧。"

菲尔达昨天晚上曾喂母亲吃过诺亚布丁，但无法让她相信里面没下毒。奈斯比太太精神不正常时，连她最喜欢吃的饭菜都拒绝下咽，有时还把一盘子饭菜掀到地上。她屋里的地毯现在已经花里胡哨的了，他们最后只能扔掉。

她端着盛有诺亚布丁的碗，回到母亲的卧室。现在她一定想吃了。一进入房间，她就看到了母亲眼里的异样。她看上去

---

[1] 诺亚布丁是土耳其的传统甜品，制作材料超过十五种。"阿舒瑞"即其名 Ashure 的音译。

仍然正常——眼睛似乎完全睁开了——但表情里有些东西让菲尔达琢磨不透。她一手拿着碗，一手拿着勺子，看了看母亲周围。最后，她注意到了母亲的床头柜。那瓶西番莲盖子开着，已经完全空了。菲尔达又看了看母亲和床头柜，继而弯下腰仔细查看起床头柜上的东西。两盒鲁米那[1]也都空了，那是她刚买的。实际上，光开处方就费了好一番工夫。她再次看了看母亲。她紧闭着嘴，一直在吞咽。菲尔达把碗勺放在床头柜上，按住了母亲的下巴。过了两分钟后，她才意识到自己在喊："妈，张开嘴！"等到奈斯比太太最终张开了嘴，她已经就着西番莲糖浆把所有的药片都吞了下去。她拨开女儿按在她下巴上的手，握在了自己手里。"坐下。"她说。菲尔达坐在了床边。这一次两人眼里都含着眼泪。菲尔达指着床头柜，用微弱的语气说："我端来了阿舒瑞。知道你特别喜欢吃。"奈斯比太太让头舒服地靠在枕头上。"喂我好吗？"她问。菲尔达把碗端在手里。她合拢了腿，离母亲更近了些。她慢慢地把勺子伸进甜点里，舀了一勺。她的手颤抖着伸向母亲。奈斯比太太和往常一样，慢悠悠地享用着美味。她张开嘴，看着女儿。菲尔达又喂了她一勺，看着她慢慢地吃下去。一两次后，她的手不再抖了。她继续喂着母亲，时不时地为她擦擦嘴。吃完半碗粥后，奈斯比太太进入了深睡状态。菲尔达知道，她再也不会醒了。

---

[1]　一种镇静剂。

*　　　*　　　*

　　太阳升起来没几分钟，马克就睁开了眼睛，没有用到那只时间原本设定得更晚些的闹铃。为了让自己更容易醒来，他没有拉满窗帘。此刻，白天的第一缕光线透过窗帘缓缓地洒满了房间。昨晚他入睡困难，一晚上都没睡好。这就意味着他一整天都会睡意沉沉。也不管一天下来会有多累了，他带着一种年轻时才有的兴奋感，立刻叠好被子。幸好他没抬头看床对面镜子里的自己，要是看了，他一定会注意到身体的自动反应——那是经常独居的男人才会有的一些习惯——那又会把他从头到脚伤一遍。很久以来他一直否认这样一个事实，但最后也习惯了孤独。这种曾让他感觉相当奇怪的生活，现在也适应了。

　　他洗了个澡，在镜子前仔细刮了刮胡子、梳了梳头发。他以为这一天自己会悲伤，但相反，他觉得极为兴奋。从醒来以后，他想了克拉拉几分钟，但还是因为傍晚之前要做的一长串事情而分心了。

　　穿上衣服后，他站在客厅中央，环顾四周，检查自己前一天打扫得是否干净。为了避免晚餐聚会这天出大乱子，前一天他就打扫了房间。架子上、书籍上、植物叶子上，没有一点儿灰尘的影子。他甚至用一块湿布擦掉了各种小摆件上一年下来积的灰尘。他打开客厅的一个个抽屉，查看掖在里面很久的桌布，最终选了一块米黄色的。桌布叠得太久，上面出现了横横竖竖的折痕。他紧张而小心地熨平了这些痕迹，然后在一把扶手椅上摊开，以防功亏一篑。他还查看了昂贵的中国瓷器，从中选了一套自己最喜欢的。克拉拉去世后，他就没再动过那些瓷器。他在桌子上摆了八个盘子，八个配套的碟子，旁边还有八个小碗，但没有按顺序摆。他还把所有可能用到的银餐具从胡桃木盒子里拿了出来——那是克拉拉从她祖母那里继承下来的，每一件都逐一擦过，还哈着气擦出了亮光来。

这一天，他正好可以试试从一本小册子上得来的主意。那是他要离开杜乐玛的时候别人给的。他所要做的，便是把每个人的名字写在长方形的纸上，买八个小梨，再把梨放在碟子上，然后利用纸角的小孔，把纸插在梨把上，这样每个人就都知道该坐哪儿了。他打开小便笺本，把梨列在了购物单上，又把所有的东西都检查了一遍，以防有任何遗漏。他已经晕头转向了。虽然什么都计划得面面俱到，饭菜、沙司、沙拉都安排得井井有条，但他还是感到了慌张，因为有太多东西要顾及了。

他深吸了口气，向窗外望去。从站着的地方可以看到农贸市场正开始支起摊位。再过十五分钟，所有的摊位就都营业了。他决定去外面吃早饭，避免在厨房做而增添额外的工作。就在要离开公寓的那一刻，他意识到，今天留在身后的，是绝对的安谧。几个月来，他第一次没有在醒来后就立刻打开收音机或电视。他回到厨房，打开了窗边的收音机，出了门。这不仅让他镇定下来，也让那些习惯从一楼听到这些声音的邻居镇定了下来。

　　他在柠檬咖啡馆一张靠窗的桌边坐了下来，点了一份土豆蛋包饭，外加一杯咖啡。他要吃得饱饱的，省得接下来的一天会饿。他不会偷吃自己要做的那些菜的。现在他明白，为什么他偷吃母亲为客人准备的饭菜时，母亲那么生气，还用木勺子打他的手了。任何既定的食材量，哪怕最后一点点，也是至关重要的。缺一点儿，整桌菜都会毁掉。他已经从卖肉的那儿定了所需的一切，计算过需要多少西红柿和大葱，还有要买多少牛奶和奶油。他要先去肉贩那儿，还有农贸市场，然后去奶酪摊，再去酒庄买三瓶木桐嘉棣红葡萄酒。他看了下时间，又环顾了一下周围，刚要叫服务生，对方就端着盘子过来了。

　　二十分钟后，他离开了咖啡馆，感觉饱饱的，很舒服。他要先去市场买东西，再去肉店。市场上的人热情地跟他打招呼。当然，他们也有些奇怪，不知道为什么今天他需要的蔬菜比平时多。是啊，这是他第一次要给一群人做饭呢。要做什么？酱香菲力牛排。是的，他会在酱汁里加点红葡萄酒。他会把葱切碎，用黄油和橄榄油煸香，再加入红酒和奶油。是的，他会用海盐的。

　　他会先煮一下小土豆，随后用黄油爆香小茴香、香芹、蒜，然后加入切好的土豆。迪拉尔德太太边说着，边为他拣出最小、最圆的土豆："你要是不想在客人来之前土豆就凉了，可以把它们放在烤箱里。可以在里面保温，而且因为不会变凉，口味也不会丢，要是再加热的话，口味就会丢失了。"

由于马克在每个摊位前都解释了自己晚上要做什么，他购物的时间远比自己想象的要长。与此同时，他还学了几招自己永远也想不到的小窍门。买过梨和酸奶鸡尾酒要用的一些水果后，他走向了最后一站——奶酪摊。"一斤蓝纹奶酪，一斤塞浦路斯圆月，再来些布里干酪。我想要'梦想之旅'。"

买完奶酪后，他意识到自己没法再去肉店和酒庄了，手里提着那么多袋子，他已经没有多余的指头再提一个了。最好先回家，把东西放下，再跑第二趟。他打开家门后，听到了每隔十秒便会响起的电话录音。这是很久以来第一次有人给他留言。实际上，这是他重新接上留言机后的第一个留言。他把袋子放到厨房里，按下了闪烁的红色按键：

"您有一条新留言。第一条留言，周六，十点三十分。'你好，马克。我是奥黛特。我猜今天你一定起得很早吧？我们都很期待今天晚上的聚餐。我想知道你还需要些什么吗？另外，按照你吩咐的，我跟西尔维和苏珊说你还请了一位新朋友，但你们并不是恋人关系。虽然你的私生活不关我们的事，但我们还是感谢你分享了这样一个消息。我想让你知道这一点。我们都期待能见到萨宾娜。晚上见。再见！'留言结束。"

马克笑了笑，删掉了留言。没错，他的私生活不关克拉拉朋友们的事，但他还是很高兴能向她们解释一下。至少他不会感觉一晚上她们的眼光都紧盯在他身上。他知道，她们的丈夫也不会不管，但这样一来他就可以避开他们那意味深长的目光了。

他走到厨房里，把奶酪放入冰箱后就又出门了。他要去肉店和酒庄，然后去鲜花店买些鲜花，给客厅增添点颜色。马克对鲜花也一无所知，但他相信波莱特大婶会帮他选的。一开始的时候，像躲避其他人那样，他也躲开了她。但是慢慢地，他开始买些鲜花，发现自己已成为这个善良老妇人生活的一部分，就像以前克拉拉那样。现在，他们常坐在店门前的藤椅上，一起喝法国廊酒或柠檬水。当然，干邑白兰地只在冬天才喝。

买完红酒，他又去了肉店。西蒙和往常一样，大声地招呼他。他从柜台里走出来，一只手递给他装肉的袋子，另一只手拍了拍马克的肩膀。他对马克说，其他地方可都买不着这么好的肉喽。要是按照他以前说的法子做肉，吃起来绝对会像土耳其软糖一样。一定别忘了在每隔两指的距离切一刀，然后撒上月桂叶，再用袋子里的细绳在肉上绑十字，这样有助于锁住风味。整个做起来需要两个半小时。他要在最后剩十五分钟的时候，用勺子把酱汁淋到肉上，不能一下子全倒进去。马克像个小学生一样听着这些建议，虽然不是第一次听，但他还是不介意再回想一下几个重要的地方。他一手提着红酒，一手提着肉，继而向鲜花店走去。店门口看上去就像花园一样。波莱特大婶像往常一样坐在藤椅里，看着行人来来往往，并和认识的人聊上几句。一看到马克来，她便指了指旁边的藤椅。"要喝杯法国廊酒吗？"马克忍不住笑了。他想知道波莱特大婶是否意识到现在才一大早。他礼貌地谢过，说赶时间，还有一大堆事要做。这位老妇人比以往任何时候都认真，手扶在腰后，仔细地想着。最后，她扎了一大束色彩斑斓的绣球花。她觉得也没必要跟马克说，克拉拉常会为宴会买这种花。

待回到家把鲜花插到花瓶里，马克才觉得这一幕似曾相识。突然间，他感觉自己仿佛正置身于客厅里，而克拉拉正在一旁收拾着。他的双腿发麻，头有些晕。整整一天他都会有这种感觉，无论是在摆饭桌、上开胃菜，抑或是在梨上竖名牌时。

除了这几个时刻，马克一整天都在厨房里。在接下来的七个小时里，他精心准备着一切，时而也会随着收音机里的歌曲唱几句，并在几个至关重要的时刻屏息凝视。用完量杯、汤勺和菜刀后，他都随手洗过，因此厨房里看不出做饭的迹象。只有肉仍在烤箱里烤着。除此以外，一切就绪。

他站在餐桌前，再次查看了一番。没忘记什么，至少他没发现。他看了看时间，差十分钟八点。街角的蛋糕店再过十分钟就会有新烤好的面包了。他买完面包回来几秒钟后，就会有人敲门，很快这个公寓里便会在将近一年来第一次聚满了人。西尔维、奥黛特、苏珊、亨利、雅克和丹尼尔会慢慢走进来，仔细看着客厅的每一样家具，仿佛想知道这些家具是否都"幸存"了下来。毫无疑问，他们脸上会拂过一丝悲伤之情，但是没有人会露出痕迹，就此说些什么，或是给眼前这个男人精心准备的一晚带来阴影。他们都会怀着巨大的同情心看着马克的兴奋和热情，还有他在厨房和客厅之间跑来跑去的样子。另外，每个人都会发现那束绣球花很眼熟并就此忆及过往。

在萨宾娜到来之前，他们打开了第一瓶木桐嘉棣红葡萄酒。其中几人谈着本周时事，而另外几个人则赞赏着桌面装饰。他们都同意，在一番准备后厨房还那么干净，马克确实值得表扬。快九点，门铃再次响了起来。萨宾娜脸上带着甜美的微笑，举止略带羞涩地走了进来。在把一瓶波尔特葡萄酒递给马克后，她向其他客人做了自我介绍。趁着这群朋友都在了解多年来进入他们圈子的第一个新人时，马克把烤肉从烤箱里端了出来。他把烤肉放在特别摆好的盘子里，走进了客厅。每个人的注意力都转移了过来。烤肉看上去很棒，颜色刚刚好。他是怎么做的酱汁？

现在大家都坐到了餐桌前。他们都很喜欢名牌的创意。他是怎么想出这个主意的？是怎么买到大小完全一样的梨？他们都坐在为他们安排好的位子上，等待着男主人来分餐。每个人都不禁注意到马克的手在抖。他们所不知道的是，其实他的内心也在发抖，而且双手冰凉，虽然晚秋的天气仍然很热。在所有的餐盘都盛满了菜，餐巾也都在各人的膝盖上放好后，餐桌上一片安静。在这一彼此心灵相通的时刻，奥黛特把酒杯举到餐桌中央，打破了沉默："为马克干杯！"

本书中文简体版翻译资金由土耳其文化旅游局 TEDA 项目资助

This translation has been published with the financial support of

TEDA Project

(Translation and Publication Grant Programme of Turkey)